新潮文庫

夢の階段

池波正太郎著

新潮社版

5652

目次

厨房にて……七
禿頭記……四五
機長スタントン……九五
娘のくれた太陽……一五九
あの男だ！……一九一
母ふたり……二二一
踏切は知っている……二五三
夢の階段……二七七
忠臣蔵余話　おみちの客……三〇一

解説　八尋舜右

夢の階段

厨《キッ》房《チン》にて

一

電話が鳴り出した。

ランニング一枚で、厨房《キッチン》の床を磨《みが》いていた圭吉が、パッと立上って両手の油《オイル》を拭《ふ》きとり廊下へ飛び出すのと、庭から妻の篤子が駈《か》け込むのと同時だった。

「よし。俺《おれ》が出る」

圭吉が電話にかかるのを見て、篤子は、両手に抱えた洗濯物《せんたくもの》の間からニコリとうなずき厨房へ入って行く。

この若い夫婦は、アメリカの航空会社のパイロットで、もう六年も日本に暮しているハワード氏に、住込みで雇われている。圭吉は運転手《ドライバー》で定期的にアメリカへ飛ぶ主人《マスター》に替って留守宅を守り、篤子は料理と洗濯を受持つ。五、六年前に細君に死なれた五十二歳のハワード氏、一人切りの家で、毎月の二人の給料は合せて三万円だ。

「じゃア待ってる。寄り道しないで来いよ」

圭吉が電話を切ると、エプロンをはずしながら出て来た篤子が、

「だあれ？　達男ちゃんから？」

「うむ。奴《やっこ》さん、淋《さび》しいらしいよ」

「そりゃそうよ。急に一人ぼっちになっちゃったんですものね」

と、篤子は小さく首を振って溜息《ためいき》をつき、

「私だって、もう何だかキョトンとしちゃって仕事が手につきやしないわ――これから月日がたてばたつ程、思い出すわ、あたし――いいお母さんだったのにナ」

篤子の大きな眼からブツブツと涙がふきこぼれてきた。二人とも一寸《ちよつと》黙って立っていたが、

「達男、帰りにこっちへ寄って一緒に飯を食いたいってさ。何かあいつの好きなもの、こさえてやれよ」

圭吉は篤子の肩越しに手を伸ばして、薄暗くなった厨房へ灯《ひ》をつけた。

印度大使館の運転手《ドライバー》をしている達男が来る頃《ころ》には、うっとうしい梅雨空から、また煙るような雨が降ってきはじめた。

厨房でレインコートをぬぎかけている達男に、圭吉は煙草《たばこ》をくわえさせて火をつけてやると、達男は、せわしく煙りをはき出しながら、

「よく降るねえ、兄さん。お通夜《つや》の晩からずっとだ。全く厭《いや》ンなるよ」

と顔をしかめて見せる。

「しかし、あの雨ン中を、みんな、いろんな人が来てくれたな、お線香をあげにさ」

「人徳ってやつさ、おふくろの――」

「全く、つきあいのいいおふくろだったよなア」

「うむ――義姉《ねえ》さんは？」

「刺身を買いに行ってる、刺身を――」

「僕のためにかい？」

「ふむ」

「すまねえな」

「ま、坐《すわ》れよ」

　弟の肩を押して小さなテーブルに向い合うと、圭吉は卓上の真新しいウイスキーの口をあけてグラスに注《つ》いだ。

　まっ白な電気冷蔵庫やガスレンジ。食器棚《だな》も壁も、あくまで白く清潔な、またそれだけに孤独な感じがするこの厨房の一隅《いちぐう》で二人が酌《く》み交していると、篤子が勢いよく扉《とびら》を開けて帰って来た。

「只今《ただいま》ア。あら、もう来てたの」

「今晩は。義姉《ねえ》さん、こないだは、いろいろと――」

　達男が大人びた挨拶《あいさつ》をして、一寸頭を下げると、篤子も、

「何のお役にもたちませんで」

　あわてて、ピョコンとおじぎを返したが、とたんに、小柄《こがら》な、ひきしまった体が跳ね返るように動きはじめて夕飯の仕度にかかった。

「お刺身に、お豆腐のおつゆをこしらえたげる。そいからピーマンを焼いたげる。達男ちゃん、あんた、たしか好きだったわね？　ピーマン――」

ハワード氏は昨夜から飛んでいるので、何時《いつ》もは夕飯後に、きまって一人たのしむピアノの音もなく、この麻布の高台にある邸町《やしきまち》の一角は、嘘《うそ》みたいに静まり返っている。

食事が終ると、苦い茶を啜《すす》りながら話はまた十日前に亡《な》くなった母親のことになり、そのうちに達男が、今夜は泊ると言い出した。

駒込に兄弟金を出し合って去年やっと建てた小さな家に母と二人きり、ずっと一緒に暮して来ただけに、ここ数日の弔問客も絶えた家に一人眠るのがよほどこたえたものらしい。早速、篤子が玄関傍《そば》の予備室のベッドを整え、別棟《べつむね》の車庫に隣合せた自分達の部屋つづきに、わざわざハワード氏が建増してくれた日本風の湯殿へ入浴の仕度をしてやると、

(淋しくてお湯に入るのも忘れてたよ)

などと笑って見せながら、よろこんで達男は肌着《はだぎ》一枚になり厨房を出て行きかけたが、ふと振り向いて、

「兄さん。うちへ来てくれよ」

「うむ——」

「どうだい？　義姉さん」

と、篤子へも切実な眼のいろで誘いかける。

「行きたいわよ、そりゃ——けどね、達男ちゃん。もう少しよ。だからさ」

「ここのマスターが住み込みでなきゃ困るっていうんなら、他のくちを見つけろよ、兄さん

——」

「うむ。しかし、此処《ここ》にいてもう少し働いてりゃ、何とかまとまった金が出来るしな」

「それを元手に、レストランをやるってえのかい?」

「そんなに気取ったもんじゃなく、つまり、言えばまア、西洋風の一膳《いちぜん》飯屋をやってみたいんだ。それにァ、もう少し金も要るし、篤子もコックとして自信が持てるようになるまで、がんばってみたいって言うしね」

　篤子も、

「うちのマスターのお友達でリップマンさんって人の奥さんが素晴しいお料理博士でね。私を一週間に二度も、わざわざ此処へ来て仕込んで下さるし——一寸惜しいのよ」

　うらめしそうに兄夫婦を見て、達男は、

「うらむよ、全く」

　と溜息をつく。

「お前、嫁さんでも貰《もら》ってみろ。俺達なんか邪魔ンなる一方だぜ」

「ちぇッ。何とでもお言いなさいだ」

「いないのか?　まだ——」

「何が?」

「彼女よ」

　と、篤子が口をはさむ。

「イマセン、そんなものは——」

「お前、いくつになったんだっけ？」

「兄さんと八ツ違いさ」

「と、もう二十三か？　へーえ——」

と、圭吉はハワード氏の長身と並んでも、さして見劣りしない弟の姿を、まじまじと見上げた。

苦笑して廊下へ出て行きかけた達男が「あ、そうそう」と扉口へ戻って来た。

「その僕のコートの内ポケットに免許証のケースが入ってるだろ？　一寸出して——あ、それそれ。その中に写真が入ってるだろう。昨夜おふくろの形見を整理してたら、箪笥《たんす》の底の方にしまってあったんだ」

「これ？」

と篤子が出して見せる。

「うん。誰だか、わかるかい？」

「あら。これ、お母さんね」

「そう。珍らしいよ、そんなに若いときのやつは——」

「これは？　こっちの男の人は？」

「僕の親父《おやじ》だってさ。昨夜、渡辺の小母《おば》さんが線香あげに来たからそいつを見せたら、シンコクな顔をして教えてくれたよ」

何気なく言い捨てて達男は廊下へ消えた。渡辺の小母さんというのは谷中に住んでいる若

い頃からの母の友達だったが、圭吉は思わず眼を光らせ、

「どれ。見せろ」

篤子の手から引ッたくって、その古ぼけた写真に見入った。

「ふーむ」

あきらかに、強い衝動を受けた声を洩《も》らして、

「何よ？　どうしたのよ？」

と聞く篤子の声も放ったらかしに、かなり永い間、黙念と写真に眼を据《す》えつけたままだった。その、かすかにふるえる指の間から、灰の落ちかけた煙草を、あわてて篤子が取り上げたのも、彼は知らなかった。しばらくして、やや気持も落ちついたらしく、冷えた茶をぐッと飲むと、圭吉は写真を篤子に渡して言った。

「俺は今の今まで、考えてもみなかったことだよ。その、おふくろと並んで写ってるのが佐久間兵曹《へいそう》だ」

篤子が眼を丸くした。彼女は写真を指で突つきながら叫んだ。

「じゃ、あんた、この人が佐久間兵曹？」

二

佐久間兵曹が弟の父親だと当時気づかなかったのは、姓が違っていたことも一つの原因だ

ったろう。そう言えば何かの折に、

「俺は養子でね」

と、兵曹が洩らしたことがある。

母と二人で写真に写っている佐久間兵曹は白い夏の背広にハンチングをかぶっているが、圭吉の知っている兵曹は、海軍下士官の軍装で、巡羅《じゅんら》隊の腕章をつけ、拳銃《けんじゅう》を肩につるしていた姿でしかないのだ。

圭吉が佐久間兵曹に初めて会ったのは、昭和二十年の早春——ようやく激化した空襲に東京が焼き払われ、丁度、横浜の航空基地で軍務に服していた圭吉が、外出のたびに母や弟を東京に見舞っていた、そのときのことである。横浜にいる海軍の兵隊には川崎から先が外出禁止区域だった。各交通機関の要所には巡羅隊が詰めていて服装と切符の検査をやる。中には図太く軍服のまま見張りの眼をかすめて東京へ潜行する兵隊もいたが、圭吉は磯子に住む友達の家で服装を変え、いわゆる銃後の国民になりすまし、改札口に立つ巡羅の前を通過したものだ。もし見つかって捕まり、隊へ通告されれば、分隊の下士官から脂汗《あぶらあせ》のしぼりつくされるまで尻《しり》に棍棒《こんぼう》のお見舞いを受けなくてはならない。その苦痛はともかく、二カ月は外出を禁止されるのがこわかったからだ。

海軍の外出は夕方から早朝まで。勿論《もちろん》、東京へ泊ることは不可能だけに、変装につぶす時間の貴重さを考えると口惜《くや》しかった。

母が住む浅草一帯が焼野原になったと知ったときには、さすがにジリジリして待兼ねた次

の外出の夕方、隊門を出たとたんに、

（面倒くさいこのまま行っちまえ）

という気になった。危いが川崎の一つ手前あたりで一度下車して切符を買い直すつもりだった。駅へ駈けつけ、チラリと改札口を見ると、珍らしく巡羅がいない。御徒町《おかちまち》へ着いて乗り越しの分を払い、警報でまっ暗な街へ出たとたん、

（なアんだ。案外カンタンじゃないか）

圭吉はそう思った。貴重な時間を変装につぶしてきた今までの自分の要心ぶかさが、何だか、バカみたいに感じられた。

家は灰になったが、母も弟も付近の女学校へ避難していて、元気だった。圭吉はホッとした。母親のはるが、折れた眼鏡のツルを糸でくくりながら、

「どっちみち私達にァ、田舎ってものがない。従って疎開《そかい》の見込みもなしさ、だから早いとこ焼けちまった方が、サバサバするよ」

などと負惜しみを言う。傍で達男は炊出《たきだ》しの握飯《にぎりめし》をほおばっていたが、眼を見張って言った。

「焼けるのを待っててんの怖いもんなア」

母も、

「一寸、手術をしたあとの、安心したような、ホッとしたような気も、たしかにするねえ。おかしいみたいなもんだけどさ」

と言った。

暗い雨天体操場の一隅で、ろうそくの灯を囲むうち、またたく間に時がたった。圭吉は帰途についた。巡羅の警戒が手薄だと言われている東神奈川駅で一度降りた圭吉は、切符を買い直すつもりで、それでも緊張した眼を配りながら改札口に近づいた。

誰もいない。

燈火管制の頼りない電灯の光りが、さびしく改札の駅員ひとりを浮き上らせている。

切符を渡して出たとたんに、ひやりとした。外の闇《やみ》の中から巡羅の腕章をつけた下士官が、ぬッと駅へ入って来たのである。

(失敗《しま》った)

どうするひまもない。敬礼をして、ズカズカと近づきすれちがおうとした。

「おい、待て」

「は……」

圭吉は、びくりと立止った。

「東京へ行って来たな」

と、声が鋭い。

「嘘つけェ。一眼見りゃわかる」

振り返って下士官は、改札の駅員に聞いた。

「これ、東京から来たんだろう?」

「え、そうですよ。御徒町からね」

駅員はジロジロとこっちを見ている。

「みろ。どこの隊だ、お前は——」

「…………」

「ダテやスイキョウに東京外出を禁止してるんじゃないぞ。もし空襲でもあって、隊へ帰れなくなったら、どうするつもりだ。こんなこと位、わかってるんだろうが——」

「は、わ、わかってます」

「行ったんだろう。おい？」

圭吉はヤケになった。

「行きましたッ」

「こいつ、ムクれてやがる」

四十前後の、応召らしい一等兵曹で、傍へ来ると圭吉を見下ろす程、背が高い。浅黒いひきしまった顔立ちで、眼が細く光っている。圭吉は撲《なぐ》られるものと観念した。

「何処《どこ》だ？　東京の——」

「浅草です」

「やられたな」

「はい」

相変らず、ぶっきら棒な調子で、一等兵曹は、たたみ込んで聞く。

「家族はどうした？」

「みんな、助かりました」

「元気か？　みんな――」

「はい」

うなずいた兵曹は、初めて微笑した。

「よし。行け」

「……？」

「行けよ」

「は……」

嬉《うれ》しかった。無言の感謝をこめて一生懸命の敬礼をやった。軽く答礼して、兵曹は外の闇へ消えかけて、こう言った。

「俺も東京だよ」


あの当時の軍隊、ことに海軍で、この奇蹟《きせき》的だと言ってもいい捌《さば》けた一等兵曹のふるまいが、折にふれ懐《なつか》しく思い出された。

その後、変装しての東京行も度び度びあったが兵曹には出会わなかった。母と弟は爆撃に追われて三度も焼け出されたが、春になって圭吉に転勤命令が下る頃には田端の焼け残った一隅に移っていた。

転勤前に特別の外出が許され、圭吉は隊内の各兵科にいる同年兵達にねだり、さらし木綿を一反、航空糧食の菓子などを集めて持出し、何時《いつ》ものように磯子の友達の家へ寄ると、

「追浜《おっぱま》の親戚《しんせき》へ行くとかで、みなさんしてお出かけに――」

隣家の主婦の言葉だった。

家には鍵《かぎ》がかけてあり変装用の国民服は家の中だ。不意の外出で知らせる暇がなかったのである。わけを話して隣家から何か着るものを借りて、と考えたが、

（なあに大丈夫だろう。今夜ひと晩だ）

そう思った。知らない人に頼むのも気詰りだった。

桜木町駅には巡羅が三人も詰めていたが、圭吉は新子安までの切符を見せて通過し、乗越し料金を払って、うまく東京へ着いた。母は、さらし木綿に飛び上ってよろこんだが、圭吉の転勤を聞くと、眉《まゆ》をひそめて、

「行先は何処だい？」

と聞く。

「台湾だ」

「台湾？――負けに行くようなもんじゃないか」

瞬間、母の顔が青く引きつった。

「よく知ってるね、母さん」

それには答えず、やや黙っていて、今度は全く感情のない押し殺した声になり、

「で、何時発《た》つの？」

「明日。横浜を二時に発つ」

「ふむ。一寸、お父さんに知らせたらどうだい？　電報を打っとけば間に合うだろう」

「俺が死ぬと思ってるのかい？」

圭吉は、思わずニヤリとして言った。

母は睨《にら》み返してきて、

「お前さんは、何時まで私が生きてると思ってるんだい？」

その声には、爆撃に、三度も家を焼かれ炎に追われたものだけが知っている絶望があった。

圭吉は顔をそむけ煙草を吸いつづけていたが、それを静かに灰皿へもみ消した。

「どっちにしても、会うことはないよ」

「けど、向うにしてみりゃ――」

「向うは向うだ。会ってみてどうだっていうんだい。俺は今迄《いままで》、一度も親父の顔なんか思い出したこともないよ。可笑《おか》しいよ今更――」

「けど、出征のときには会ったじゃないか」

「向うが来たからさ。でも全然、他人だ。何の気持も湧《わ》いてきやしなかった」

「ときどき手紙がくるよ。お前さんのことをきいてくるよ」

「そうかい」

何と言われても、圭吉には、七つのときに別れた切りの父親に、憎しみも感じないかわり愛情も湧いてこない。二十何年かの自分の人生に没交渉の人間を、親だの子だのと今更言われるのは可笑しかった。

　母は眼鏡を、ちょいと押え直して、しばらく圭吉を見ていたが、

「そういうもんかねえ」

　と、溜息をつく。

「そういうもんさ。誰のせいでもないよ」

　いまだに一人暮しで、神田の青果市場に勤めているという父親が、永い間別れていた圭吉と共に暮したいという希望を、数年前、人を通じて伝えてよこしたときも、圭吉はハッキリと断っている。戸籍の上では栗原慶次郎の長男だが、そんなことはどうでもよい。圭吉の胸に残る父のおもかげは、酒に酔いつぶれて食事もせず、三日も四日も床にもぐり込み、起きれば母を撲ったり蹴《け》ったりして、わめいている姿と顔しかなかった。七歳の冬、夜更《よふ》けて首をしめられかけた母に、圭吉はびっくりして隣家の歯医者を叩《たた》き起して母を救って貰い、その夜から圭吉は父と別れ、母の実家で暮すことになった。

　そして、母は何時ともなく姿を消してしまった。

　眼に入れても痛くない可愛《かわい》がりようで、圭吉を育ててくれた祖父母が、

「お母ちゃんは大阪というところへ働きに行ってるんだよ」

　と、話してくれたのを、そのまま素直に受けとり、一年に一度か二度、ひょっくり現われる母のお土産をたのしみにして腕白一杯の数年がたった。

父親の慶次郎は一度も圭吉の前に現われて来なかった。祖父が亡くなり、つづいてまた病身だった母の弟が亡くなった年の秋、赤ン坊を抱いて帰って来た母は、もう再び、圭吉から離れなかった。その赤ン坊が達男である。

母は、少年の圭吉を強い眼で見つめ、その赤ン坊を彼につきつけ、

「この子はお前の弟だよ。お父さんは違うけれどね」

と、少しもたじろがぬ声で言い放った。

それからの母は、祖母と圭吉と達男を抱え死物狂いで働きはじめた。丸の内の、或《あ》るビルディングの中にある食堂で、庖丁《ほうちょう》を持ってする、この生業《なりわい》が、以後、彼女の半生の仕事となったわけだが、ともかく、母はひたむきだった。ただもう一生懸命に体を張って生活の楯《たて》となった。

彼女がその息づまるような、その日暮しの圧迫から解放されるのは月に一度の芝居見物である。これだけは、どんなことがあっても、決して欠かすことがなかった。小遣いがないときなどは、無けなしの着るものを質に放《ほう》り込んで、手弁当をぶら下げ、生き生きと息子達や老母を引連れ、歌舞伎座《かぶきざ》の三階席へ出かける母の、その嬉しそうな顔を、今でも圭吉は、まざまざと思い浮かべることが出来る。

姓が違う母と弟がいるので、小学校の先生が替るたびに圭吉は、いろいろと質問をされるのが一番厭《いや》だった。

「お父さんが違うんです」

と答えると、どの先生も、決まって眉《まゆ》をひそめ同情の眼《まな》ざしで彼を見るのが、テレくさいし、可笑しかった。

彼は母と弟との生活に少しの矛盾も感じなかった。ただ単純に、何とかして母と同じ姓を、弟のように名乗ることが出来たら面倒くさくなくていいと思っていただけである。

あるとき、祖母が、圭吉にこんなことを言ったのをおぼえている。

「お母ちゃんはねえ。お前や達男をねえ、ふしあわせな目に会わせたと思って、だから、あんなに一生懸命に働いてるんだよ。でなきゃ、とてもああはいかない」

しかし、母は、当時、父親が圭吉を迎えに来た時には、何時でも圭吉を返す覚悟をしていたのだそうだ。

その夜、土産のさらし木綿で下帯をこしらえてくれた母は、門口まで圭吉を見送ってくれた。人を見送るなどということを、変にテレくさがる母にしては珍らしいことだった。

駅へ下る小さな坂を達男と二人で遠去かりながら、ふと振り返って見ると、燈火管制の闇の中で、玄関に立ちつくしている母の姿が不思議な程ハッキリ見える。何だか心細い気がして、圭吉は唇《くちびる》を嚙《か》んだ。

「兄さん――兄さんってば――」

「うむ?――何だ?」

「兄さんは嫌《きら》いかい?　自分のお父さんのこと――」

「好きでも嫌いでもないよ」

「僕ァ、好きだな」

「へえ、お前が？——どうして？」

「兄さんが出征したとき、家へ来たろ。あん時、僕、お小遣い貰《もら》っちゃった、十円」

「ふーん」

「外で遊んでたら、家から出て来て、ニコニコして頭を撫《な》でたんだ僕の——」

「ふーん」

「君が達男さんかい？　って聞くのさ」

「ふむ」

「うん、って言ったら、十円くれたんだ。立派な、やさしい人じゃないか、あの人——」

「バカに気に入ったんだな。十円が利《き》いたな」

「じゃないけどさ。でもさ、あの人はいい人だよ」

と、達男は力んだ。

「そうだな。悪い人じゃないさ、別に——」

「あんないい人のところを、どうして、うちの母さん出て来ちゃったのかな」

この弟の言葉に圭吉は低く笑った。

「出て来なかったら、お前は生れちゃこなかったぜ。そしたら俺とお前も兄弟になれないとこだ」

「そりゃそうだな」

　圭吉は立止って、もう会えないことになるかも知れない弟の肩に手をかけた。

「俺は、お前と兄弟でよかったと思ってるぜ」

　達男もキラキラ眼を光らせて、こっちを見上げた。また、二人は歩き出した。

「兄さん。さっきの話さ。どうだい？　会ってあげたら——僕、電報打って来てやるよ」

「よしとけよ。お前だって自分の親父に会いたいとは思わないだろう？」

「会いたいもんか。母さんを捨てたんだろ、僕の親父——」

「そんなことよりも、俺たちは形だけでつながってる親子の関係なんか真っ平だって言いたいんだよ。そうだろう」

「うン」

　達男は、こっくりとうなずいた。

「戸籍の上じゃ、俺は、お前やおふくろとは他人だけど、俺は間違いなくお前と兄弟だし、おふくろとは親子だ。それでいいじゃないか。誰を憎むこともうらむこともないさ」

「うン。わかった」

「わかったか」

「わかったよ」

　何時の間にか駅へ着いていた。丁度、桜木町行の終電車が入って来たので圭吉は改札口を走り抜けながら、

「おふくろのこと頼む。いいな」

言い捨てて手を振ると、プラットホームへ駈《か》け降りて行った。

圭吉が、佐久間兵曹と二度目に会ったのはこの晩のことである。

電車の中で疲労が瞼《まぶた》に浮いてくるのを我慢しきれずに眠り込んでしまった圭吉が、ハッと気がつくと、電車は桜木町へ着いていた。新子安あたりで下車し、夜通し歩いて航空隊まで帰るつもりだったがもう上りの電車もない。改札口に巡羅が詰めていれば線路伝いに街へ抜けるつもりで、彼は、そっとホームに降りた。

まさか、プラットホームにはと、安心し切っていた圭吉は、いきなり腕を摑《つか》まれてギクリとした。

「おい。切符を見せろ」

声まで意地悪そうな奴《やつ》である。兵隊を撲る快感に、うずうずしているような脂切った下士官の顔を見ると、

（勝手にしろ）

という気になった。

圭吉は摑まれた腕をふり払うと、力一杯その巡羅を突き飛ばした。

「こいつ。待てェ」

追いかけて来る靴音《くつおと》に神経を集め、夢中で階段を転げ降りた。

「そいつを摑まえてくれェ」と、後で叫ぶ声に、改札口へ、もう一人の巡羅が駈け込んで来

た。圭吉は観念した。だが彼は足を止めない。もうヤケだったのだ。

見る間に改札口が近づく。

腕をひろげて待ち構えている下士官の顔を見て、圭吉は、

(あッ)

と思った。あの晩の一等兵曹なのだ。兵曹の顔にも、

(おや?)

という表情が浮かんだが、すべては一瞬のことだ。

(すまない。でも仕方がない)

猛然と、圭吉は突進した。

どしんとぶつかり合い、若い圭吉の体当りに、中年の一等兵曹は、だだッとよろめいた。

「貴様ッ」

さすがにまっ赤になって摑みかかる腕を振りもぎって、圭吉は、いきなり兵曹の足を蹴飛ばした。見事に、兵曹はひっくり返った。

警戒警報のサイレンが、けたたましく鳴り渡った。

面喰《めんくら》っている改札の駅員を突飛ばし、外へ飛び出した圭吉は、暗い街を縫って、汗まみれになり胸苦しくなるまで駈けつづけた。

翌日は、全く厭《いや》な気持だった。

(すまない。あの時捕まっても、明日は転勤とわかれば大目に見てくれたかも知れない。そ

うすれァよかった。あの晩、あんなに親切な態度で見逃してくれた、あの一等兵曹を俺は暴力で打ち返したンだ。男らしく捕まるべきだった。たとえ隊へ照会があったところで、出発を明日に控えてどうすることもない筈《はず》だ。あったところで、尻を撲られること位、今まで何度もあったじゃないか。何をビクビク怖がっていたんだ。卑怯《ひきょう》だ。俺は卑怯だった。こんなことじゃ、転勤しても、ロクなことはありやしない）

圭吉は、すっかり悄気《しょげ》ていた。とにかく、あの一等兵曹が出て来さえしなければ、今頃は昨夜の逃走を彼は同年兵たちへ、愉快に、尾ヒレをつけて物語っていたに違いなかった。

圭吉は、苦々しく自分を責めつづけていた。

三

台湾行だという部隊内の予想を裏切って、圭吉が転勤した特攻隊の基地は、山陰地方の、U半島にあった。

基地を中心に、各分隊は農家の物置や蚕室を宿舎にして分散し、命令ひとつ伝えるのにも、伝令が田舎道を自転車で飛廻るのだ。その自転車も足りなくなると、農家の馬を引出して走る、という状態では、勢い日常の勤務もダラダラと怠りがちになり、下の兵隊は、退屈し切って我儘一杯になった下士官の身の廻りの世話で、奴隷みたいに追い廻された。将校や下士官は、主計科から運び込んだ酒で、夜はきまって酒盛になる。

勝てない戦だとは誰もが肯定していながら、しかし特攻隊を乗せて基地に向うトラックは、毎日、半島を貫ぬく街道を、あわただしく走って行った。もう半ば自暴自棄で、飛行機と兵隊が消えてしまうまで、惰性的にくり返される出撃だった。少年飛行兵の、まるで達男と同じ年齢にしか思えない子供子供した顔が、物に憑《つ》かれたように眼を据えて、トラックに乗っているのを見ると、圭吉は誰に投げつけていいのかわからない怒りと、哀しみで、気狂いみたいに地面を転げ廻りたくなることがあった。

夢のように日がすぎていった。

名物と言われる淋雨《りんう》があがって、空はカラリと晴れ渡り、一ぺんに夏が来た。

この半島は何処を歩いても白い砂地が美しく、南の湖の向うから長く伸びたS半島が、この小さな山脈もないU半島の突端にかぶさっていて、日本海の風波を喰い止めている。

穏やかな土地に暮す半農半漁の住民は純朴《じゅんぼく》で、海では鯖《さば》や烏賊《いか》がよくとれた。

東京からは一度便りがあったきり、圭吉の手紙にも返事が来なくなった。

圭吉は、初めて、夢の中で母を見るという経験をした。不安な毎日の明け暮れだった。

やがて、この半島にも、けたたましい空襲警報が鳴り渡り、偵察《ていさつ》に来たグラマンが、ついでに機銃掃射を浴びせて飛び去ることもあった。基地は殺気立った。

明日の知れない命には理性も軍律もなくなり、特攻隊員は狂暴になった。お互いに激しく口論したり撲り合ったり、港町の娼婦《しょうふ》を奪い合って拳銃《けんじゅう》を撃ち合ったり、そればかりか農民達にまで迷惑がかかるようなことも起きてきはじめた。日が暮れると農家では固く扉《とびら》を閉し、若い娘たちは外を歩かなくなった。

風紀を取締る巡羅《じゅんら》隊が強化され、圭吉も選ばれて他の兵隊と一緒に基地の司令部の近くにあるA村の巡羅隊本部へ移った。

その日、圭吉は支給された拳銃や半長靴《はんちょうか》の手入れをすまし、夕飯後のひとときを三上という上等水兵と共に煙草《たばこ》を吸いに宿舎を出た。宿舎は、この半島でも豪農だと言われる農家の蚕室と物置を改造したものだった。二人は、広い庭を突切って古びた門の傍《そば》にある夏蜜柑《なつみかん》の樹の下に来ると、積み重ねられたムシロの上に足を投げ出した。

母屋《おもや》の軒下に、これもムシロを敷いて、この家の隠居らしい老婆《ろうば》が、一心にさやえん豆《どう》をむきつづけている。

陽《ひ》も沈み、あたりには、むらさき色の夕闇《ゆうやみ》がただよっているのに、ずいぶん眼の達者な老婆だと思って圭吉が見ていると、母屋から若い女が出て何か話しかけ、その手を引いて家の中へ入って行く。眼が見えないのだった。

圭吉と三上は、顔を見合せて哀しく微笑し合った。三上にも老母が新潟の山の中に、彼を待っている筈だった。

このとき、砂の道を踏む数人の靴音が整然と近寄り、当番の巡羅隊が巡回を終えて帰って来た。圭吉は、その一隊を引率して門内へ入って来る下士官を、敬礼で迎えたが――ゴクリとツバを呑《の》みこむなり、さすがにブルブルと脚がふるえてくるのをどうしようもなかった。

（これァ、大変なことになっちまった）

顔から血が引いていくのがハッキリわかった。

忘れる筈がない、横浜にいた、のっぽの一等兵曹ではないか。例の如《ごと》く巡羅隊伍長のマークを腕にぶら下げ、拳銃を肩からつるし赧《あか》く陽にやけて、たくましい姿だ。

兵曹は圭吉を見て、

「おお」

と声をあげた。

いきなり飛びかかってくるかと、身をこわばらせたが、兵曹はキラリと圭吉を睨《にら》んでおいて、そのまま兵隊と共に宿舎へ消えた。

「知ってるんですか？　栗原兵長。あの下士官――」

三上が聞く。

圭吉は、

「うむ……」

と答えたまま、ムシロの上へかがみ込んでしまった。

今度こそ、気絶するまで撲《なぐ》られるに決まっていた。何度撲られても怖いものは怖い。あの太い棍棒《こんぼう》で二十も三十も尻《しり》を撲られることは、やはりつらかった。それよりも、この部隊で、上官を蹴倒した兵隊だとみんなに知れたら、行先圭吉の立場の苦しさは考えただけでも情けないことになる。

とっぷりと、あたりは暗くなっていた。

何か言って、三上が宿舎へ戻って行ったが、圭吉は、とても戻る気になれない。

やがて、兵曹の足音がゆっくり近づいて来た。

（来たぞ）

覚悟を決めて立上りはしたが、声も出ず、うなだれてしまうと、

「あの時は、ひどい目に会わせたな」

兵曹の声がした。

「は……」

「でっかいアザが出来たぜ」

「は――どうも……」

恐怖を抱いているのはたまらなかったが、兵曹は両手を腰に当てて、なかなか撲らない。

「何時《いつ》、こっちへ来た？」

「ゴ、五月です」

「じゃ、あれからすぐじゃないか」

「は――」

「何処《どこ》の部隊だ？」

「鳩《はと》部隊です」

「心配するな。隊の名前を聞いたからって、お前を取って食おうたァ言わない」

「…………」

「俺は十日ばかり前に、こっちへ転勤して来た」

「は……」

「一緒に来い」

ピクリと圭吉は兵曹の眼を見た。兵曹はニヤリと笑った。

「俺ァな、甲板下士をしていて、灘道に事務室を一軒貰ってる。お前、将棋やるか?」

「は。やります」

「じゃ、一緒に、俺ンとこで寝ろ。今、宿舎の方へは話をつけといた。早く荷物を持って来いよ。俺は、其処《そこ》の寺の前で待ってるから――」

佐久間兵曹の宿舎は、海辺に近い農家の物置を改造したものだった。朝夕の点呼と巡回勤務以外、圭吉はこの一室で兵曹と共に暮すことになった。

何と言っても兵舎と違い、この半島での分散宿舎は気が楽だ。沖縄、台湾と敗《ま》けつづけて、空襲もひんぱんとなり、毎日、午后《ごご》になるとグラマンが機銃の弾をバラまきに来る。たまには、こっちの必死の迎撃の網をくぐってB29が爆弾を投げ込む。表面は穏やかだったこの半島も、ようやく騒然としてきたのだが、兵曹は何も彼《か》もあきらめ切った態度で、圭吉を相手に一日一日を、ひとり楽しんでいるようだった。

兵曹は、農家が、日常使用している食器類の中から、牛ノ戸とか津ノ井とか、出雲《いずも》の袖師《そでし》とかいう名がついている、この半島の周辺で出来るやきものをさがしては、買い取って来る。

その素朴《そぼく》で厚味のある緑や黒、または飴色《あめいろ》の釉薬《うわぐすり》で彩《い》ろどられたその陶器に、自分から煮た鯖《さば》や、胡瓜《きゆうり》もみ、ときには卵の汁などを盛りつけたりして夕飯の卓に向う。そして静かに一合の酒を飲む。

圭吉が見ても、その色とりどりの食器に盛られた魚や野菜は、にぶい電灯の光りの下で、思わず見とれる程美しかった。飯を食うことが、こんなに眼と口とを一緒に楽しませるものだということを、圭吉は初めて知った。

「こんな半島に閉じ込められてしまったんじゃ、金の使い道もないしな。何時死ぬかも知れないから、まァ飯ぐらいは楽しみにして食いたいよ」

と、兵曹は言った。

ときたまの外出には、港町の古道具屋で皿や瓶《かめ》などを買い込んで来ては、紅い夾竹桃《きょうちくとう》を挿《さ》したりした。食べるものも手に入る限り、夕飯の膳《ぜん》を豊かにするものには金を惜しまない。

或日、道具屋で見つけて来たと言って、古ぼけた茶碗《ちゃわん》を圭吉に見せた。

「これァな、萩《はぎ》焼と言って、山口県の萩で出来たもんだ。昔、豊臣秀吉が朝鮮で戦争をやったとき、毛利輝元が朝鮮の陶工を連れて日本へ帰り、萩で、やきものをつくらせたんだな。この茶碗は、かなり古いもんだ。もしかすると、その朝鮮から来た陶工が焼いたものかも知れないぜ」

嬉《うれ》しそうに言う兵曹は、やきものについては、仲々くわしいらしい。

「それは、お茶をたてて飲む茶碗でしょう？　つまり何とか流とかいう、お茶の……」

「うむ。いわゆる茶人というやつは、勿体《もったい》ぶってこれを床の間へ飾ったり、かしこまって茶を飲んだりするが、俺は、こいつで飯を食うつもりなんだ。この茶碗の形を井戸と呼ぶが、俺が飯を食うのに丁度手頃だと思ってな」

「ずいぶん高いものですか？」

「値段か？　いや、安かった。何しろお前、この戦争の最中に茶碗でもないからな。だからこそ、俺みたいなものの懐ろ《ふとこ》へ、安値に転げ込んでくれたんだよ」

　兵曹は茶碗を愛撫《あいぶ》しながら眼を光らせて力強く言った。

「やきものってやつは、勿体ぶったり気取ったりして扱うと、だんだん気位が高くなってな。こんな茶碗一つでも何万円という値段がつくのさ。もっとも平和な時代ならだがね。だが、俺は、そういうのは厭《いや》なんだ。俺は、きれいだな、好きだな、と思ったものだけ手に入れて、そいつを毎日毎日、せっせと使ってやるんだ。飯も食い、水も茶も飲む、味噌汁《みそしる》も入れる。するとな、いくら気位の高いやきものでも、だんだん親しみ易《やす》い愉快なツラをしてくる。俺の家じゃ女房の親父が菓子屋だけにお茶をやっててな。いろんな茶碗を持ってる。そいつを床の間へ飾ったり蔵の中へ仕まいこんだりして有難がっているんだ。俺はバカバカしくなってな、片っぱしから飯や味噌汁を入れて使い出したもんだから、親父、カンカンになって怒ったもんだ」

　兵曹は声をあげて笑った。

「初めは俺も親父の骨董《こっとう》趣味に反パツしてやったことなんだが、そのうちに、やきものが好きになっちまってなァ。しかし俺は、あくまで俺の可愛《かわい》がり方で、こいつを可愛がるのさ。見ててごらん栗原。今に、この茶碗、だんだん血色がよくなって、威勢よく働き始めるぜ」

兵曹の言う通り、この、ひびが無数に入った（このひび割れも、貫入《かんにゅう》と称してお茶人が珍重したり有難がったりするのだそうだ）古ぼけた茶碗は、飯や茶を出したり入れたり、兵曹の手に撫《な》でられたりしているうち、生き生きとうるみを帯びて厚味が加わり、圭吉さえも、思わず手を伸ばして愛撫したい程の、光沢を見せてきはじめた。

ともかく、二人の心は急速に結び合った。

ことに或夜、話のおもむくままに、圭吉が、母や弟の写真を兵曹に見せて語った身の上話を聞いてからは、兵曹の態度が一変した。

今、思い直してみると、あれは只事《ただごと》ではなかったのだ。兵曹は、圭吉と兵曹自身の位置を知ったわけなのだった。

そう言えばあの夜、母と弟の写真を、黙って何時までも、食い入るように見入っていた兵曹だった。あのときは、ただ、部下の家族に対しての、温い気持だけのものと、単純に納得していたのだが――。

その夜以来、兵曹は自分の洗濯物《せんたくもの》に決して圭吉の手をふれさせなくなり、〔栗原〕と呼んでいたのが、〔圭ちゃん〕になった。その親身の弟か子供にでも接するような兵曹と圭吉の生活を、分隊の下士官が白い眼で見て、

（栗原の奴、たるんでるから、たまには気合を入れてやれ）

などと圭吉を引っ張り出して撲りつけでもしようとすると、兵曹は古参下士官の顔を利《き》かせて、強引に圭吉をかばい抜いた。

ソ連が宣戦を布告した。

基地は暗い空気に包まれ、残暑の、激しい陽《ひ》の光りが隊員たちの心を尚更《なおさら》いらだたせ、血なまぐさい事故が日毎《ひごと》に増えてきはじめた。隊員同士が傷つけ合うはともかく、民家に被害をあたえることが司令部で問題になり、巡羅隊は増班されて急に忙しくなった。圭吉も日に二度の勤務になり、たまには農家へ暴れ込んで女達に乱暴する飛行兵と争って負傷したこともある。

巡羅隊の拳銃《けんじゅう》は、きびしく手入れされ、樫《かし》の棍棒が新しい武器として、それも味方に対する武器として支給された。しかも、出撃は規則正しく若い命をボロボロの飛行機に乗せて、沖縄や台湾の海に沈めつづけた。

或夜、それはもう終戦も間近い頃だったが、S村の飛行兵が主計科の将校と争って、これを射殺し逃亡するという事件が起った。

すぐさま巡羅隊は半島の入口をふさぎ、二日がかりで、しらみつぶしに捜索を行い、三日目の夜、ついに半島の突端にある港町に犯人を追い詰めた。

陸軍の憲兵の応援で、犯人が〔湊屋〕という娼家《しょうか》に逃げ込んだのがわかり、町の人達を驚かさないように、ひそかに巡羅隊が入り込んで、その家の周辺を固めた。

圭吉の隊と、佐久間兵曹の隊が踏み込むことになり、娼家の裏手の海に面した露地で、表と裏に別れた。

星が消えて、さっきから稲妻が、しきりに走っていたのが、いきなり、しぶくような雨になった。

佐久間兵曹は、

「栗原、俺と一緒に来い」

と、きびしく呼んで先に立った。

娼家の古風な格子戸《こうしど》を開けると、ガランとした土間に明るく電灯がついていて、誰もいない。雷雨のどよめきが、重く家の中を満たしている。

兵隊が四人、拳銃を構えて階下の闇《やみ》へ、廊下づたいにそっと消えた。

その時、勝手口の縄《なわ》のれんの蔭《かげ》から、女が一人出て来た。見ると光子という娼婦で、圭吉も前に二度ばかり相手にした女だ。ふるえながら彼女は、二階を指さしている。

兵曹は、小声で圭吉に命じた。

「お前さん。此処《ここ》で待ってなさい」

そして一人で、眼の前にある階段に近づいた。二階はまっ暗だ。圭吉も黙って追いつくと兵曹に肩を並べた。

兵曹は拳銃を抜きとり、安全装置をはずしてから低く言った。

「其処《そこ》で待ってろ」

「行きます」

「バカ。言うことを聞きなさい」

その声には威厳があった。

先へ出て階段へ足をかけた圭吉の腕を摑《つか》んで引戻し、これを押し退《の》けるように体の位置が入れ替って、兵曹が、一歩、二歩と階段をのぼった瞬間だった。

二階の闇の中から火が走り、たてつづけに拳銃の音が響き渡った。

佐久間兵曹の体は、バネ仕掛けの人形みたいに跳ね飛んで階段の下に倒れた。

圭吉は夢中だった。階段に体をつけて、両手の拳銃を構えると、弾丸の無くなるのも知らず引金を引きつづけた。

四

雨音が強くなってきた。

二人とも、一枚の写真を前にして頰杖《ほおづえ》をついて黙り込んだきりだったが、そのうちに、圭吉がウイスキーを飲みはじめたので、篤子は水とチーズクラッカーを持って来てやった。彼女も佐久間兵曹の話は、圭吉から聞いて、前に知っていたのである。

「あんた。けど、本当に知らなかったの?」

と、篤子が口をきった。

「知らない、俺はただ、おふくろが山崎っていう人と一緒になり、達男を生んでからその人と別れたってことだけしか知らない。おふくろもくわしい話はしたがらなかったし、俺も達男も、そんなことァ、別に聞きたくもなかったしね」

圭吉は、日本橋にある昔から名の通った和菓子の老舗《しにせ》で、佐久間兵曹の遺族が住む家のことを思い浮かべた。戦災に焼け残った店舗は堂々としている。

兵曹は、母と別れてから、その店の養子になったのだが、今も二人の子供と未亡人が、老夫婦と共に暮していているらしい。

当時、部隊から兵曹の家に届いた知らせは、〔空襲による戦死〕となっている筈《はず》だ。

復員後、何度もその店の前を通ってみたが、圭吉は、兵曹の死の真実を知らさないことに決めている。

圭吉は、篤子にもウイスキーを注いでやってからつぶやいた。

「これで、俺達兄弟の親は、みんな死んじまったってわけだな、篤子」

篤子はグラスをなめながら、

「あんた、とうとう行かなかったわね、あの時――」

「どの時？」

「あんたのお父さんのお葬式のとき――」

父親の慶次郎は終戦後、圭吉と暮すことをあきらめたらしく、再婚をした。子供が一人出来、元気にやっていると人伝《ひとづ》てに聞いて間もなく、脳溢血《のういっけつ》で倒れ、そのまま、あっ気なく死んでしまった。父の兄で、昔から圭吉を可愛がってくれて、何かと父と圭吉との連絡を保つ役目をしていた伯父が、電報を打って来たが、圭吉は行かなかった。

新聞に出ている名士の死亡通知よりもピンとこないのだ。自分で歯がゆくなる程、白けた気持を彼は持て余したものである。それに、今更自分が出て行って、父の妻や子に会って挨《あい》拶《さつ》することもないと思った。

父は、若い時から何の苦労もなく、堀留の綿糸問屋の通い番頭になり、店が商用の借金でつぶれてしまうと、再び、立上って世の中へ出直す気力もなく、ヤケ酒を飲んでは母に当り散らしたものだ。言えば逆境にあった父を捨てた母に対しては世間の評判も良くなかったようである。

母が、佐久間兵曹と、何処で、どうして知り合ったものか、ついに圭吉は知らなかったが、当時、父との生活に見切りをつけて栗原の家を飛び出したことは、圭吉に対して彼女が終生、胸の底に持ちつづけた苦しみであったらしく、

「私は、お前のお父さんを捨てたかわりに、達男の父親からも捨てられちまった」

と、苦い微笑を洩《も》らしたことがあったが、それは、母が圭吉への精一杯の、わびごとだったらしい。

若い頃の佐久間兵曹にとっても、母は、もしかすると、一時の、なぐさみものだったかもしれない。兵曹は、圭吉が母の写真を見せるまでは、栗原という圭吉の姓を知っても、別に、これという変った様子も見せなかった。

とすると、兵曹は、母が家を出てからの愛人だったのだろうか――。

晩年の母は、食堂の勤めも辞めて、二人の息子と気に入った嫁に取巻かれ、好きな芝居見物も欠かさず、持病の腎臓が悪化して死ぬまで幸福だったと、圭吉はそう思っている。

母は、篤子に言ったそうだ。

「私は若い時から自分勝手にやってきたけれど、父親の違う二人の子供が、あんなに仲良くしてくれてることだけで、世間ってものに対して勿体ないと思うね」

しかし、母は、とにかく精一杯に自分の道を歩いて来たのだ。その一生懸命さが、二人の子供にも一つの真実として、深くしみとおり、彼女を中心に、ムダなものの割込む余地を与えなかったのである。

そのかわり、兄弟は、それぞれの父親を忘れた。彼等は母親一人で充分だったのだ。

「篤子、お前、俺が親父の葬式に行かなかったときに、冷たい人だって言ったね」

突然、眼をあげて圭吉が言った。

「言ったわ。でも、今はわかんない。私は両親に可愛がられて、のんびり育ったんだから――」

「俺はね、篤子。たとえ行きずりに出っくわした乞食でも、その人の気持と俺の気持が、ぴったり通じ合ったとすれば、葬式にも行くだろうし、場合によっちゃ一緒に暮したくなるかもしれないよ。お前と俺だって、はじめは見たことも聞いたこともない、アカの他人だったんだぜ」

圭吉はテーブルの上の飯茶碗を手にとって眺《なが》めた。この萩の茶碗で飯を食べているのを見たら、茶人とかいう連中は眉《まゆ》をひそめて、あざ笑うかもしれないが、佐久間兵曹は微笑して、うなずいてくれることだろう。

遺品の中から、そっと、この茶碗一つを自分の荷物にかくして持ち帰ったことを、圭吉は悪いことだと思っていない。兵曹は、この茶碗を通じて、彼の胸の中に生きていた。

ふと圭吉は、何百年もの間、この茶碗が、さまざまな人の手に愛撫されて、今もなお、生きていることの不思議さを思ってみた。

篤子が圭吉の腕をつついた。

廊下の向うの扉《とびら》が開いて閉まった。達男が入浴をすまして戻って来たらしい。

夫婦は、思わず、きびしい表情になって眼を見合せた。

圭吉は篤子に囁《ささや》いた。

「俺は、佐久間兵曹のこと、達男に言わないよ。兵曹も弟にとっちゃ、アカの他人だからな」

達男の吹く口笛が、厨房《キッチン》へ近づいて来た。

（「大衆文芸」昭和二十九年十月号）

禿《とく》頭《とう》記《き》

一

男が歳《とし》をとるにしたがい、髪の毛が薄くなり抜けてくるのは当り前のことだし、中年から老年にかけ、その人、それぞれの経歴と性格と生活とが、風貌《ふうぼう》に与えるニュアンスによって、禿《は》げた頭は、立派に、一つの風格をさえ、つくりあげるものだ。

だが鶴田周治の場合、これは話が違う。

終戦後、復員して来た二十五歳の彼の頭髪は、後頭部から首すじへかけてと、両耳の周囲に僅《わず》かな毛を残して、あとはツルツルに禿げ上ってしまっている。

〔禿頭病〕だった。

周治が、自分の頭髪の異常に気づいたのは、横浜の海軍航空隊で、電話交換員をしていたときのことである。昭和十九年の秋、海兵団から横浜へ転勤して、すぐに電話交換室勤務を命ぜられた。東京出身で、言語明晰《めいせき》なのを特に撰《えら》ばれたのだ。

軍隊の、どの部門でもそうだが、この電話交換員という仕事も、かなりつらいもので、隊内のあらゆる部屋へ通ずる線が五十いくつ、外部からの線と、鎮守府直通の線が十いくつもある。そうして、のべつ幕なしの通話を、交換当番の兵隊が一人で捌《さば》いていくのであるが、通話の相手はほとんど上官である上に、作戦上、重要な通話が多いから、少しの油断も出来ない。言葉遣い一つでも乱暴になったり粗雑に扱ったりすると、たちまち士官や下士官が怒鳴り込んで来て撲《なぐ》りつけられる。だから、新米の周治を一人前にしてすぐさま役に立たせる為には、例の〔軍隊式訓練〕が容赦なく行われた。

交換室の長は秋山圭吉という若い兵長で、これも東京出身。やせぎすで色の黒い、小さな栗鼠《りす》のような眼をした男で、浅草の、すしやの息子だというが、この秋山が、士官の炊事用の〔スリコ木〕を構えて周治の傍《そば》にピッタリとつく。

周治が懸命に、赤いランプの信号をコードで受けながら交換を始めると、秋山はガミガミ怒鳴りながら〔スリコ木〕をふりまわすのだ。

「なんだ、その口のきき方は――もっと丁寧にやれ。ほら、其処《そこ》にランプがついてる。こっちにもついてるぞ、何をマゴマゴしてやがるンだ。こらッ、コードを無理にさしこむな。切れちまうじゃねえか。そらそら、その信号は山田中佐の部屋だぞ、気をつけて応対しろ。何ッ、コードが足りない？　バカ。そっちのコードはもう話がすんでる、早くはずして、こっちをつなげ。ほらほら。何をしてやがるんだ、ほんとにまァ――しっかりしろ、バカ。チェッチェッ。何をマゴマゴ」

と、毒づきながら、打ち下ろす〔スリコ木〕の下で、周治の頭はたちまちにコブだらけに腫《は》れ上ってしまう。

夢中になり、しどろもどろにコードをあやつるうち、信号の赤ランプが、あっちからもこっちからもジイジイと、いらだたしい叫びをあげはじめる。だが、からみ合ったコードのうち、どの線が通話完了したのか、どれを抜き取って新しい赤ランプの叫びを防ぎ止めたらいいのか、もう手がつけられなくなり、カァーッとのぼせ上って眼がくらんでくる。

こうなると、秋山も周治を撲っていられなくなり、あわただしくブレストを耳にかけると、

「どけ、どけ、どけッ」

と、周治を突き飛ばして交換台に向い、柔軟な両手の指を魔法のように素早くあやつり、

「はい、交換です。はい、かしこまりました。一寸《ちよつと》お待ち下さい。モシモシ、藤井大尉でございますか？　航空参謀お出になりました、どうぞ――あ、只今、お話中です。お話中です。はい、お話中でございます。お話中――」

ともかく一応、「お話中」の一点張りで、ざッと赤ランプの呼出しを消しておいて、コードを整理し、次から順々に通話を捌いていく。声も平静で、寸分のスキなく手と口が動いて、流石《さすが》に見事なものだった。

そして一通り仕末をつけて、周治と替ると、また毒舌と〔スリコ木〕で、周治をせめたてるのだった。

地獄のような数日がすぎたが、或日、例のごとく周治の頭を撲りつけていた秋山が、

「おやァ？　お前、どうしたんだ。いつからこんなになったんだ」

と笑いながら、

「よし、どけ。少し休め」

交替して席につくと、

「鶴田、お前の頭の毛、まさか、俺が撲ったんで、そんなに薄くなったんじゃないだろうな？」

「はあ？」

周治は、思わず頭に手をやったが、よく呑《の》み込めなかった。

「鏡を見てみろよ、鶴田。俺も、今、はじめて気がついたんだが、お前、若禿げかァ？」

「いえ——そんな……」

剛《かた》い毛だが、人並みに生えている筈《はず》だ。けれど、新兵教育を終えて転勤して来たばかりの水兵に、頭の毛を鏡にうつしている暇などある筈もない。あまり、秋山が笑うので、周治は、言われるまま机の引出しから鏡を出して眺《なが》めた。

むろん坊主頭だし、半月ほど前に海兵団で散髪したとき以来、順調に伸びている。何処《どこ》が禿げてるんだろうと、鏡を眺めていると、秋山が、

「バカ。合せ鏡をしてみろ。頭のてっぺんだい」

と言う。

周治は扉《とびら》の傍の鏡の前へ飛んで行って、合せ鏡で頭の頂点をうつしてみて、ギョッとなった。

たしかに薄くなって、いやもう禿げかかっている。黒い夜空に、薄雲をすかして見た月みたいに頼りない印象で、思わず彼は丸刈の髪をつまんでみた。すると、そのつまんだ一束の毛は、何の手応《てごた》えもなく、あっけないほどの従順さで頭から離れ、彼の指先についてきた。

周治はめんくらった。もう一度、二度――せわしなく、つまみつづけたが、結果は同じだ。応召以来六カ月、夜、眠るハンモックをつるのにも競争訓練の激しさで、夢中にすごした為もあるが、この急激な頭髪異変を、彼は全く気づかなかったのである。

顔色を変え、両手で頭をこすってみたが、バサッバサッと、束になって髪の毛が落ちてきたので、周治は息を呑んだまま、呆然《ぼうぜん》と鏡にうつった自分の青い顔を見つめたままになった。

腹が痛むと言えば、検査もせず、盲腸を切りとってしまうと言われている位に荒っぽい軍隊の診察室が、彼の〔禿頭病〕に、デリケートな治療を与えてくれる筈もなく、秋山兵長が懇意にしている衛生士官に頼み、見て貰《もら》ったところ、

「ははは。それァな、円形脱毛症と言うのだ。しかし、俺は禿頭病については、何も知らん。まァ、ヘヤー・トニックでもつけとくんだな」

と、一蹴《いっしゅう》されてしまい、周治は恥かしさで真ッ赤になった。

「畜生メ。今度、真金町の芸者から電話が掛かってきても、つないでやらねえから――」

秋山兵長は、あとで毒づいたが、外出の時に士官が使うヘヤー・トニックを手に入れて来て周治にくれた。

「これでもつけてみろよ。いくらか脱毛の進行速度が、にぶるかもしれねえ」

以後、秋山は、決して周治を撲らなかった。もっとも周治の交換技術も、日毎《ひごと》に熟練してきて、前からいた山崎という上等水兵にも劣らなくなり、

「お前、優秀だぞ。俺も昼寝が出来る」

と、秋山をよろこばせた。

その年も暮れて、いよいよ東京爆撃が始まる頃《ころ》には、周治の頭の頂点の月は、ハッキリと薄雲を破って輝きはじめた。周治は、背こそ低かったが、ふっくりとした色白の顔立ちで、とりわけ大きな眼が、うるみをおびて美しく、その瞳《ひとみ》は日本人に珍らしく、青味がかった茶色だった。

彼が、青春の哀歓もあったものでない敗戦間際《まぎわ》の軍隊にいて、しかも交換員という仕事の上から、サイパン、トラック、フィリッピンの敗戦につれて、鎮守府の参謀や航空隊の司令たちの悲観的な通話を、つい盗み聞きしてしまうことから、早くも絶望的な敗戦を悟らざるを得なくなり、俺の命も何時《いつ》かは——と、少しばかりの感傷も交えて、頭髪の疾患もどうにかあきらめ、そのうちに、さして気にしなくなったのも、うなずけないことではなかった。

爆撃につぐ爆撃——。横浜市中が火の海になっても、この海岸にある航空基地が、大きな被害を受けなかったのは、米軍が占領後の使用を考えた上でのことだったろうが、とにかく交換室の勤務は激しく、忙しかった。

隊門の桜が散りはじめる頃、周治は上等水兵に進級した。

進級式のあった日の夜更《よふ》け、一日中で一番、通話の途絶えた暇な時刻に、周治が当直していると、横須賀鎮守府からのランプが赤くついた。出てみると鎮守府の交換員の玉井伊津子だった。

「暇？——ええ、こっちも——。え？——あら、進級したの。お目出度う、でもないわね。

だって、さっき、おたくの司令が、うちの運輸参謀にね、油をくれって頼んでらしたわ。そしたら、もうそっちへ廻す油は一滴もないって返事よ。大喧嘩《おおげんか》してるの。これじゃ心細いわ、全く——」

「沖縄も駄目かね？」

「駄目。こっちの飛行機が全然近寄れないらしいの」

鎮守府の交換員は全部女がやっている。電話交換員という仕事は、声の調子や物の言い方を一本調子の、キメの荒いものにしてしまうものだが、玉井伊津子の声は、何時、どんな忙しいときでも、やわらかく落ちついていて、何か聞いているものに女らしい暖さ、やさしさを感じさせる。航空隊からは鎮守府直通の線が五本以上も通っているし、忙しいときには日に何百回も線をつながなくてはならない。自然、交換員同士は、互いに〔声〕だけを通じて仲良しになるのだ。

「お前、此頃《このごろ》、バカに玉井と仲良しになったらしいが、会わねえ方がいいよ。あの娘《こ》は良い娘だが、会うとゲンメツかもしれないぜ」

秋山には、そんな経験があったものらしい。だが、周治は、ゲンメツを感じるのは、むしろ伊津子の方だろうと思った。

此頃、彼女が、

「今度の外出は何時なの？　あらそう。私もその日はお休みよ」

などと話しかけてくることもあり、会いたいのは山々だったが、無理に答えをはぐらかせて、その機会もつくらなかったのは、いよいよ薄くなり、ほとんど禿げかかってきた頭のことが、ただ一つの理由だった。それを考えると哀《かな》しかったが、殺風景な、しかも日毎に敗色の濃くなるばかりの軍隊生活で、電話を通じての伊津子との交際は周治にとってただ一つの楽しみであり、なぐさめでもあったのだ。

やがて秋山に転勤命令が下った。

転勤先の鳥取の基地へ出発する朝、秋山はヘヤー・トニックを二瓶《びん》、周治にくれて、真面目《まじめ》な顔つきで、

「残ってるやつだけでも大切にしろよ」

そしてニヤリと笑って、また言った。

「あの娘《こ》によろしくな」

二

戦争が終り、周治は横浜から、運よく焼け残った本郷の家へ帰って来た。すでに彼の頭は、額から頂点にかけて、洞穴《どうけつ》の口みたいにポッカリと禿げ上り、毛根の跡もとどめていなかった。

父親は、この春、商用で（勿論《もちろん》、軍関係の仕事だったが）大阪へ出かけて爆死し、母は肝臓を患《わず》らって、もともと病身だった処《ところ》へ、あの爆撃騒ぎで治療もとどかず、帰って来た周治

を迎えて間もなく、あっ気なく亡《な》くなってしまった。

母は、息子の頭を見ると、寝ついたままの床の上で、ボロボロと涙をこぼし、

「母さんにも、どういうわけで、あんたが、そんな病気になったのか、さっぱりわからない。他《ほか》の体は、どこもみんな、何ともないのに、頭の毛だけが、そんなになっちゃって——許しとくれ。許しとくれよ、周治……」

と、何度もわびるのだった。

彼を生んだ、母親としての責任感みたいなものが、死ぬまで母を心配させたらしく、熱で濁った眼を、じっと周治にそそぎ、

「いいお嫁さんをお貰いよ。それでねえ、しあわせになっとくれよ」

とも言った。

母の通夜《つや》の晩、看病の疲れがどっと出た周治は、階下に同居している片岡夫妻にすすめられて二階の部屋でしばらく眠った。

目がさめてみると、もう夜更けで、弔問客も帰ったらしく、木枯がカタカタと窓ガラスを鳴らしている。疲れと母を失った哀しみでぼんやりしながら階段を下り、廊下へ出た周治は、玄関わきの六畳の部屋から流れてくる話声に、ハッと息を呑んだ。

叔父の声だった。

「いや、周治はですね。私の兄貴の子供ですが、断じて、鶴田家の血統には、あんな病気ありませんよ。絶対にありませんとも」

これを受けて答えたのは母の妹で、桐生《きりゆう》市の織屋へ嫁いでいる叔母で、気の強い女だ。

「じゃ、何ですか、私の方にでも、何かヘンな遺伝でもあるって、おっしゃるんでござんすか？」

「いや、何もそう言うわけじゃない、そう言うわけじゃ――」

叔父は笑いにまぎらしてから、

「ありゃね、きっと周治の奴、海軍で、さんざ悪いことをしたんですな。だから頭へ廻ってきたんですよ」

「まさか――周ちゃんって固い人ですもの、そんな――」

「それが危い、ああいうのに限ってですね。ヘンにその、あっちの方には――」

あとは、下卑た低い笑い声になった。

部屋の中は、叔父と叔母だけらしかったが、周治は、廊下に立ちすくんだまま、唇《くちびる》を嚙《か》みしめ、怒りと恥かしさに、ふくれ上ってくる胸の中を搔《か》きむしりたい思いだった。何か大声でわめいて部屋へ飛び込み、叔父と叔母を撲《なぐ》りつけてやりたくさえなってきた。

しかし、禿げ上った頭の自分の顔が、ハッキリと胸に浮かんでくると、地の底にでも引きずり込まれるような絶望を感じて、彼の頰《ほお》には、思わず涙がこぼれてきた。

母の葬式が済んで数日後、叔父が、熊谷の疎開《そかい》先からやって来た。何時になく愛想笑いを浮かべながら土産だと言って、米や野菜を、ボストンバッグからひろげ、

「ねえ、周ちゃん。この間、お通夜の時に聞いたんだけど、階下《した》の片岡さん故郷へ帰るんだ

ってね」

「ええ」

　ムッツリとうなずくと、かぶせるようにして、叔父は、

「じゃ、空《あ》くわけだね？　階下は――」

「ええ」

「どうだろうな。私も会社へ通うのに、この歳をして、埼玉くんだりから殺人的な汽車で東京まで来るのは一寸こたえるんだよ、体に――子供たちも東京の学校へ戻りたいって言うんだが、まァ、安サラリーマンじゃ家も建たんしねえ。君も一人で、この家に住むのは淋《さび》しすぎやしないかな。どうだい、君。一つ、叔父さんたちを助けてくれないかな」

　周治が黙っていると、叔父は、一寸、あせり気味に、

「まァ、今居る熊谷の友達のところは気も置けないんだが、とにかく、東京で暮した者には、やっぱり東京だよ。それにね、君。当分食糧事情もよくなる見込みはないしさ。食い物は、その友達が、いくらでも都合つけてくれるから、その点、君にも役に立ってあげられると思うんだがなァ。それに、君も、どうせ、何処かへ勤めるなり働くなりしなくちゃならないし、僕も、うちの会社へ聞いてあげても――」

　突然、周治は、自分でもあきれるような言葉で、叔父の声をさえぎった。

「叔父さん。この家へ来ると、僕の梅毒がうつりますよ」

　とたんに、叔父の顔は硬く引きつったが、無理に白っぽい笑いを浮かべて、

「そんな君、そんなことを気にしなくたって――」

「か、帰って下さい」

周治は、パッと立って、次の部屋へ入ってしまった。

静かな、もう正月も間近い小春日和《びより》の午後で、何処かで、明るい子供達の笑い声と羽根の音がしている。このあたりの、焼け残った家々には、古い羽子板が生き残っていたとみえる。

だが、周治は、自分の机の傍の、母親が使っていたらしい手鏡に、自分の、ゆがんだ顔がうつっているのを見て、何時までも動かなかった。

若い肉体の上に、これも若々しい青春の眉《まゆ》、眼、鼻、唇があった。しかし、その顔の上の、むざんな頭が、部屋中いっぱいに射《さ》し込んでいる明るい陽《ひ》に光っている。

いきなり、周治は、その手鏡を取って火鉢《ひばち》に叩《たた》きつけた。

それまで黙っていた隣室の叔父が、

「ふン。ヒステリーをおこしてやがる」

と、負け惜しみの捨て台詞《ぜりふ》を残して、立上る気配がした。


古い、朽ちかけた家で、周治は、ぼんやりと、一人で暮しつづけた。同居の片岡夫妻は荷物をまとめて、故郷の九州へ帰ってしまったのだ。

この付近一帯は、夏目漱石が住んでいた家がまだ残っている位で、古色蒼然《そうぜん》とした門構えの、それも、今度の戦争の息詰まるような空気に圧迫されて羽目も破れ、木も枯れ、瓦《かわら》も落ち、鼠色《ねずみいろ》にくすんで、今にもくずれかかり、ぺちゃんこにつぶれるかと思われながら、頑強《がんきょう》に天災や戦災から生き残ってきている。それでもまだ下町の、吸いがらだらけの灰皿みたいな焼け跡に建っているブリキの壕舎《ごうしゃ》などよりも上等なことは言うまでもない。とにかく、門があり、玄関があり、廊下や部屋がある。たとえ、焼け出されの幾組かが雑居してハミ出しそうになっているにしても、文句は言えたものではない。戦争前の、静かな住宅街だったこのあたりも、人間の声だけは、やたらに増えて、にぎやかになった。

だが、周治の家だけは、年が明けて、荒れ果てた庭の青桐《あおぎり》が、緑いろに芽吹く頃になっても、しんかんと静まり返って、何かと近所の人達の話題にのぼった。

周治は、五ツ間もある、カビのはえかかった家の中へ引きこもったきり、道具や、母の着物を売り食いして、一人で暮していた。いや、何時か、迷い込んで来た一匹の、雌の黒猫と一緒に、ポツネンと暮していたのだ。

三

朝から暖い雨が降り出した。

桜は、もう散ってしまい、開け放した窓一杯にひろがった青桐の若葉が、ぷーんと匂《にお》ってくるようだった。

気だるく、物倦《ものう》い体を持てあまして、周治が敷き放しの床の上に寝転んで雨の音を聞いていると、階下の廊下で、しきりに鳴きつづけていた猫が、何時の間にか蒲団《ふとん》にもぐり込んで来て、ノドを鳴らしては体をこすりつけてくる。

猫も腹がへっているらしい。

周治は、昨日の昼から何も食べていないことを思い出した。

「おい、クロ。見ろよ、この家ン中を――親父の洋服も母さんの着物も、箪笥《たんす》や蒲団も、売れるものはみんなお前と俺とで食べちまったんだ。こんなことしてたら、もうお前と心中だナ。けど、僕ァもう何をする気もしないよ。この頭を人眼にさらして外へ出て働くなんてことは、とても出来そうにもないよ。可笑《おか》しいか？　え、可笑しいか？　クロ――ふふん。だがなァ、僕ァ若いんだ。まだ二十六になったばかりなんだぜ。それなのに、このヤカンみたいな頭の工合は一体なんだ。何ていう自然のいたずらなんだ」

物を売ったりヤミ市へ食物を漁《あさ》りに出る時以外、ここ半年近くも家にこもったきりの周治は、何時か、長い独り言を言う癖がついてしまっている。生きている限り、人間というものはしゃべることをやめるわけにはいかないのだ。子供の時に、何かの本で読んだ、無言の行に耐えて何年も山の中で修行したという昔の偉い坊さんや武士の話を、ふと思い出して、周治は、彼等もきっと、山の樹や、草や馬やけだものに話しかけ、ブツブツ独り言をつぶやいて、胸を噛む淋しさとたたかったことだろうと思った。独り言をつづけているうちに彼の眼には、また涙がにじんできた。

ふと気がつくと、玄関に誰か入って来たらしく、

「御免下さい、御免……」

と呼ぶ声がする。

面倒臭そうに起き上り、毛糸のナイトキャップをかぶって階下へ降りて行って見ると、めずらしや、秋山圭吉だ。

「あ、秋山兵長――」

「おいおい。戦争はとっくに終ったんだぜ、鶴田君」

秋山は、春の背広をリュウと着込んで活気にあふれている。脱いだハンチングの下の頭髪が、さわやかにポマードで光っている。それが周治の眼に痛かった。

「どうしたんだよ、鶴田。病気かい？」

「いや――、別に……」

「上るぜ」

「どうぞ」

流石《さすが》に懐《なつか》しかった。秋山は血色のいい、ムックリ肥《ふと》った体をしている。ヤミ屋でもしているのだろう。

「そうか。お母さんもお父さんもいけなかったのか。じゃ、お前、一人ぼっちか、これで――」

「ええ」

周治は眼を伏せた。

「ふうん。淋しいな、そいつは──」

　と、周治を見守った眼が、ぐるりと部屋の中を見廻しているうちに、何もかもわかってきた様子で、

「おい。外へ出て、何か、うまいヤミ料理でも食おうや。カラッと狐色《きつねいろ》に揚がったカツレツなんかいいぜ。それから俺と一緒に働くんだ。なァ鶴田。俺ァな、どうにか、まとまった金が出来たんで、バラックでもいいから一軒建てて、何か食べ物屋でも始めるつもりなんだ。勿論ヤミさ。何だ、おい。そんな眼つきをするなよ。今はな、ヤミの世の中だ。ヤミに同化しなけりゃ、ヤミに消しつぶされちまうよ。さ、とにかく出よう。出て、何か腹に詰め込んでから、この猫助の食い物も買って来てやろうじゃないか。さ、仕度しろよ。何だいやなのか？　おい、いいか。こんなことしてたら、お前ヒボシになっちゃうよ」

「いいんですよ、なったって──」

「何ィ。どうしてだ？」

　周治は、卑屈な、いじけた暗い眼つきで睨《にら》んだ。秋山も眼をむいて睨み返していたが、いきなり、周治の頰を撲りつけた。

「な、何をするんだッ」

　秋山は、遠慮なく言い放った。

「我慢しろ、顔と頭の釣り合いがとれるまで、我慢しろ」

　とにかく、飯を食べなくては、生きていかれない。食べずに死ぬのを待つなどという芸当

は、枯れ朽ちかけた老人ならばともかく、健康なものにはとても出来るものではなかった。

秋山は、浅草の仲見世に近いもと住んでいた地所に、小ぢんまりした二階家を建て、浅草を焼け出されて以来、埼玉の親類に行っている両親は、そのままあずけて置いて、周治と二人でヤミ屋をはじめた。勿論、階下で代用食や外食券を取っての食べ物を出して一般の客を集める一方、二階の部屋ではヤミ成金の客を入れての、パリパリした白米の寿司や洋食を出した。専門のコックも高給で雇い、眼の廻るほど忙しい毎日だった。

それに、浅草という場所は、こういう商売をするのには得難い場所だ。ほとんど焼野原になった、この古い伝統をもつ盛り場には、戦後またたく間にバラックや市《いち》が立ち並び、当時、衣食の欲望を中心にした取引きが、昼夜の区別なく、せわしない叫び声をあげて渦《うず》を巻いていたのだ。

この盛り場へ来る客から金を儲《もう》けた者が、またすぐに間髪を入れずこの土地で儲けた金を使って行く。東京中で手に入るものは、この土地へ来れば何一つ無いものはない。秋山の店も、面白いように儲かった。

新円の切換えがあって、インフレの波は、激しくなるばかりだったが、秋山はたくみにその間を縫って金や品物を活用し、あらゆるヤミ物資を動かして働きはじめ、三カ月もたたないうちに、家と店を建て増して、両親を呼び戻した。

周治は秋山の言う通りに動いていればよく、店の帳つけから、ヤミ物資の運搬まで、雑多な仕事を手伝い、秋山から貰う給料で服装も整えたし酒も飲めるようになった。

猫も丸々と肥り、黒い毛並みにツヤがのってきて、周治は、その猫の美しい毛並みを、憎いと感じることがある。

周治は店に居ても、なるべく客の前には出ないようにしたし、亡くなった母が編んでくれた毛糸のナイトキャップをかぶり放しにしていた。彼の顔と、体と、そして頭との異様な対照を見たものは、きまって好奇の一瞥《いちべつ》をくれずにはおかないからだ。と言っても、商売上の取引で、秋山の代理としてヤミ会社の連中と会う時など、まさかナイトキャップもかぶっていられないこともあり、そんなとき、話している相手が見事な長髪に綺麗《きれい》な櫛《くし》の目を入れてあるのを見たときなどは、たまらなくなる。その劣等感に耐え黙々と働くうちに、周治の顔は苦みを帯びて、トゲトゲしく無口になり、初めて会う人達に、取りつきにくい印象を与えた。

金に困らなくなってから、周治は一度、通りかかった御徒町《おかちまち》で、皮膚科の医者の看板に引き寄せられるように入って、診断してもらったことがある。

もしか悪い遺伝でも――と前々から考えていたからだ、老人《としより》の品の良い医者だったが感じの良い応待ぶりで、それが少しも気休めやおせじのない病状の指摘をおだやかな口調で話してくれた。血液検査の結果、そうした悪い遺伝が全く無いことが証明された。

「この脱毛症というのは、まだハッキリした原因が摑《つか》めていないんでしてね。栄養神経障《しょう》碍《がい》説か、又は寄生性触接伝染病説か、判然としない。とにかく極度の神経衰弱やヒステリーの後や、軍隊、監獄などの集団生活の中に、この病気が発生している例が多いんですよ。脱毛しても、また再生して元通りになることも、かなりあるんですがね……」

「僕のは、もう毛根が無くなってますからね」

「もう少し早く手当をすれば、まだなんとか――」

「丁度、軍隊にいたもんですから――」

「成程。とにかく、この病気は意外に多いものでしてね。それだけに早く原因が摑めるといいと思いますな」

医者は、僅《わず》かに残った周囲の毛髪のために、薬液を調合してくれた。が、周治は外へ出ると、その薬瓶を鋪道に叩きつけた。

（今更、どうなるもんじゃないんだ）

と、彼は淋しくニヤッと笑ってみた。

猫を相手に、周治は黙々と暮しつづけた。

夜遅く、彼が帰って来るまで、戸締りをした家の中で猫が静かに留守番をしている。

店から弁当箱に入れて持って来た飯に魚をまぜてやり、彼女がノドを鳴らして食べる有様を、話しかけながら周治は何時までも見ている。そして好きだった読書も面倒くさく、甘ったれた鳴声で体をこすりつけてくる猫を抱いて床へもぐり込んでしまう。

この家も、階下の部屋などは掃除もせず、蜘蛛《くも》の巣が張り、カビ臭くなったが、空間《あきま》を狙《ねら》って近所の人達が、何かと部屋を借りる交渉に来ても、周治は話にも乗らない。配給物をとってくれる隣家の細君以外、口をきく人もいなくなった。

（俺は一体、何のために生きてるんだろう）

周治は、つくづくと、そう思うことがあった。

四

敗戦の混乱の中で、進駐軍の指令によって日本の旧勢力が次から次へと崩壊していった。財閥の解体、新憲法の公布、施行。絶え間ない労働団体のストライキ。アメリカの軍政が、日本の風習と制度の中を勇敢に掻《か》き廻し、その相容《あいい》れないスキ間を縫って、インフレの波は高まる一方だった。

秋山は、秋山商事という会社をこしらえて、かなりムチャな金儲けもやり、伸びる限り手を伸ばした。上野の不忍池《しのばずのいけ》の傍《そば》に高級旅館を建てて、周治がそこの支配人になったのもその頃だ。周治もまたよく働いたものだ。いや、メチャクチャに働くことで、空虚な、淋しい生活に眼かくしをしていたのかもしれない。

自分の、丸刈りの頭に注がれる人々の眼は少しも変りがなかった。女中や店の者たちの、

「支配人さん、前にね、ヘンな病気にかかったんですってさ」

「あら。ヘンなって、どんな？」

「いやァねェ。知らないの？――ホラ、あの病気よ。ね……」

「君達も気をつけろよ」

「あら、いやだ。バカにしないでよ」

などと、クスクス笑い合う声を耳にはさんだこともある。

周治は、自分の頭を、そういう、いまわしい病気と結びつけなくては気がすまない他人の眼や考え方が不思議でもあり、口惜しかった。

禿頭病の、しかも若い時代にこの病気にかかったものの苦しみや哀《かな》しさは、なってみなくてはわからない。それが笑いの種にされる性質のものだけに、尚更《なおさら》、他人は身にしみて本人の気持になってやれないのだ。なお十年、いや十五年もの間、自分の容貌《ようぼう》が、頭の表情に釣《つ》り合いがとれてくる年齢まで、この恥辱を耐えていかなくてはならないのか――残酷な、その運命に周治は泣いた。

そして、だんだん石みたいに冷たく、自分で自分に意地悪くなり、そういう眼で世の中を見ることが、また秋山の仕事の上にも、かなり役立ったともいえる。世の中自体が何か気狂いじみていて意地悪なので、彼の裏返しの意見が商売上の取引にもピタリと当てはまり、ともすれば有頂天になりがちな秋山の欠点を、よくカバーしていく結果になったのである。

秋山は周治を大事にした。

「ボーナスだ。取っといてくれ」

三月《みつき》に一度は部厚な札束をくれた。

秋山から貰《もら》う金はかなり使い手があったが、周治は着る物と酒にかけた。死んだ父親が仲の洒落者《しゃれもの》で、周治も子供の時から着るものにはぜいたくに育てられた為か、新しい服を買

う度びに、

（フン。こんな頭をしてお洒落したところで、どうにもなりゃしないじゃないか）

と、ひねくれながらも、いいかげんな服装ですます気にはなれない。それに好きな服を着て、全く自然に頭を帽子の中へ隠して街の中を歩くことは、習慣的に彼の胸騒ぎを静めてくれるし、暇があれば街を歩き、何処《どこ》かで一杯やるのは、周治にとって唯一《ゆいいつ》のなぐさめとなったのだ。

中西綾子を知ったのもこの頃のことである。

それは、もうその年も押し詰った、寒い木枯の吹く夜のことだった。

この辺の土建屋の宴会が池之端の旅館で開かれ、役人達も招《よ》ばれているというので、周治も支配人として挨拶《あいさつ》に出た。彼はもう、あの毛糸のナイトキャップはかぶっていなかった。あれをかぶることは反《かえ》って彼の頭の内容を無言のうちに人の眼に物語ることに気づいたし、それに、今の彼は自分の頭に対して、いや人生に対して自棄《やけ》気味だった。ムキ出しの頭を初めて見た者がどんな眼をするか、それを反対にじーっと見詰めてやることも出来るようになった。

しかし、その晩、宴席で盃を受けていると、かなり離れた床の間近くの席で、浅草からよばれた二、三人の踊子達が、あぶらぎった中年の客を中心にしてゲラゲラ笑いながら何か囁《ささや》き合っている。

（また俺の頭のことだな）

そう思った。

毎度のことで、こみ上げてくる怒りはとっさに冷たく押しつぶしてしまうことが出来たが、その時、風のように耳をうった踊り子の一人の声の切れ端が、周治の胸に突き刺さった。

「薄気味悪い……」

という、その言葉が、チラリと聞えたとき、周治は名状しがたいショックを受けたのだ。

(気味が悪い)

といわれるのを聞いたのは初めてだったし、この言葉は、石のように感情を押し殺している胸の中を掻《か》き廻すには、充分な一言であった。

周治は逃げるようにこの席を飛び出し、店の者に後を頼んで外へ出た。

久しぶりで、彼の怒り、口惜しさが、哀しさが、体中にあふれ出してどうにもならなくなってきた。やたらに街を歩き廻り、それから酒だった。

酔って夜更《よふ》けの広小路をさまよっていると、Mデパートのあたりで、客引きの老婆《ろうば》に誘われた。この辺の闇《やみ》の中には街娼《がいしよう》や客引きが列をなして並んでいる。警察の取締りに負けてはいられない女達の暗い生活が、見栄《みえ》も体裁も破って世相の前面に押し出された頃だった。

周治も男だ。クロを抱いて満足してもいられないこともあるわけだ。それに、今はもう、健康で美しい若い娘と結婚して暖い家庭を持つ、などという夢はあきらめていた。

老婆に誘われた周治は、今夜は思い切り相手の女をいじめてやりたい気がした。

どうせ、帽子をぬいだ、そのとたん、

「あら、いやだ」

とか、

「病気したの、あんた——」

とか、または無言で、チラリと嫌悪《けんお》の眉《まゆ》をひそめるかプッと吹き出すか、クスリと笑うか、どっちにしても結果は知れている。それを、金の力で自分のものにして、どうせ、その翌朝の、白けきった苦々しい気持を考えるとやりきれなかったが、でも、今夜はどうしても、あのディッケンズの小説に出てくるような、蜘蛛の巣だらけの化物屋敷へ帰る気がしなかったのだ。

「昼間はミシン会社の事務員さんなんですけどね。そりゃ、やさしい気だてのいい、もう本当の素人《しろうと》さんなんですよ」

と老婆は言う。

「何処まで行くんだ?」

「あさくさ」

「よし、行こう」

先に立つ周治へ、いそいそと従いながら老婆が、

「お泊りで千五百円なんですけれど——」

「いいよ」

老婆は龍泉寺辺の、細い露路をくねくねと曲った突当りにある、小さな二階家へ周治を案

内した。何の道具もないガランとした部屋だったが、それでも新しい火鉢《ひばち》にカンカン炭火を起してくれて、老婆は女を呼びに行った。

熱い茶を飲んで煙草《たばこ》を吸っていると、戻って来た老婆が金を受取って階下へ去り、間もなく、

「ごめん下さい」

と、つつましやかに襖《ふすま》を開けて入って来たのが綾子だったのだ。

さぐり合うように、互いに、互いの姿を鋭く見つめあう、客と女の瞬間がすぎて、

「冷えますのね、今夜――」

と、火鉢へすり寄って来た女を見て、周治は一寸《ちよつと》、意外な感じがした。

グレーの地味な服を着て、キュッと後ろに束ねている今どき古風なくらいの髪の形が洋装によく似合っている。若くはない。細っそりした体つきで形のいい、しまった唇《くちびる》に、目だたないほどの紅がひかれている。

「毎晩出ているの？」

「え？――いいえ、お金がなくなったときだけですの」

と、微笑してみせたが、周治のカシミヤの外套《がいとう》を、そっとさわってみて、

「すばらしいオーバを着てらっしゃるのね」

「そうかな――」

「ヤミ屋さんですの？」

女の眼が、キラリと光って、周治を見つめた。

何時《いつ》にもなく、周治はドギマギした。物しずかで、しっとりした女の言葉や態度に一寸押された感じで、顔に血がのぼってくるのが自分でハッキリわかった。

「おぬぎになったら？　そんなに寒いんですの？――あら。帽子ぐらいおとりんならなきゃ――」

手を伸ばしかける女を、周治は乱暴に抱きこんで唇を押しつけた。いきなり自分の頭を、この女に見せるのが厭《いや》だったのだろう。

その晩、周治は思わず、その哀しい頭の来歴を綾子に打ち明けたものだ。そういう気持にならざるを得ない程、彼女は、まめまめしく暖く、女が男に対する最大の誠実をもって、周治をもてなしたからだ。勿論《もちろん》、あの病気だなどとは気ぶりにも見せず、〔脱毛症〕という病気には同情を示しはしたが、いや、そんなことは別に何の興味もないといった風に、もっぱら周治という蠟燭《ろうそく》に情熱のマッチで灯《ひ》をともしつづけたものだから、周治の冷えて固まった胸のシコリは、一時に溶けてしまい、その夜は、ほとんど眠りもせずに語り明かしたものだ。

綾子は三十二歳の未亡人だと言う。細っそり見えた体は、意外にやわらかく、それも若い女の張り切った肌《はだ》ではなく、年齢相応の疲れがよどんではいたが、

「あたくしねえ。そりゃ、こんなことしてお金頂くのは厭なの。でも、故郷《くに》に母が病気で、親類の厄介《やっかい》になってるし、戦争で死んだ主人の会社に使って頂いてるんですけど、とても薄給でしょ、やってけないの。でもねえ、こんなことはじめてなんですの。あなたみたいなや

さしい方に会ったの——だから、とても嬉《うれ》しいの、今夜は——わかって頂けるゥ？——でもね、もう、こんなになっちゃって、おばあさんだし、あきらめてるんですけど、でも、もう一度、夢でもいいから、あたくし、家庭ってものに入ってみたいの。可笑《おか》しい？　笑う？」

甘ったるい声が溜息《ためいき》を伴奏にして一晩中囁きつづけた。

周治は、若い自分の感傷が、どっと湧《わ》いてくるのを、どうしようもなかったのである。そして、ふと、この女と一緒に、本郷の家へ住むことを考えて胸をおどらせた。

翌朝、周治は、財布の五千円ばかりの金を綾子に与え、再会を約して、その家を出た。

「頂けないわ、こんなに——いいえ、いいの、いいんですの、でも、そんな——あら。すみません。有難う、じゃ頂いときますわ。母がよろこびますわ」

と、その金を胸に抱くようにして彼を見つめた眼が涙でうるんでいたのを思い出しながら、上野の店へ向って歩いている周治は、何かこう、漠然《ばくぜん》とした希望に、明るく胸がふくらんできた。

それからほとんど毎日、忙しい仕事の都合をつけて周治は綾子に逢《あ》った。町の小さなホテル、郊外の割烹《かっぽう》旅館。そしてもう一日でも彼女から眼を離してはいられなくなり、仕事で遅くなるときなどは、先に本郷の家へ彼女を待たせたりした。

そんなとき、急いで深夜の道を帰って来ると、二階の灯が、ボーッとにじんで見える。玄関を開けるとたんに、

「お帰んなさい。あたくし、淋《さび》しかったわ、とっても——」

などと、綾子が二階から駈《か》け降りて来る。炬燵《こたつ》は足がしびれる程熱かったし、暖い食べものや酒もある。

とにかく、それが当り前のことのように、綾子は、この家へ移り住んだ形になった。

心を決めた周治が、

「結婚してくれないか」

と切り出し、福岡の親類にあずけてあるとかいう母親も引取りたいと申出ると、綾子は、

「でもねェ、あたくしが三十二で、あなた二十八でしょ。今はいいけど、もう十年もたってごらんなさい、あたくし四十二よ。なのにあなたは、まだ三十八だわ」

「構やしないじゃないか、そんなこと——ね、籍も入れて、ちゃんとしようよ」

騎虎《きこ》の勢いで、それに綾子を確実に自分のものとしたい一心で、せきたててみたが、どういうわけか彼女は煮え切らなかった。

せめてもう少し、一緒に暮してみて、よく考えてみてくれ。今すぐに、あなたの妻になって、歳《とし》をとるにつれ、年齢のヒラキが、どんなつまずきをもたらしてもお互いに厭だから——しかし、その上でどうしても、という気持がおありになるなら、その時は籍も入れ母親も呼んでもらって結婚したい、と言うのを、もう懸命に説きつけて、その期間を一年後に約した。

「後悔するわよ、きっと——あたくしなんか、とてもダメな女なのに——」

彼女は眼を細めて微笑を浮かべた。その綾子の微笑の中に、何かハッとさせられるような、

白けた、冷たいものが感じられ、ほんの瞬間のことだったが、ドキリとして、その胸騒ぎを周治が持て余す様子を見た綾子が、すぐに、しおらしく、例の甘い感傷的な声で、

「あたくし、あなたのことだけを考えてるのよ。わかって頂ける？　ねえ、わかって下さる？」

と、また涙でうるんだ眼をからみつかせてくると、とたんに周治の不安も、何処かに消えて行ってしまうのだ。

秋山や店の者達も綾子のことに気づかない筈《はず》はなく、冷やかされたり、また半分は馬鹿にされた想像半分の蔭口《かげぐち》も耳に入ったが、もう平気だった。一人の女を愛し愛されているという自信は、周治に寛容さと、ひそかな誇りさえも与えてくれたからだ。

秋山にも紹介した。

「凄《すご》いじゃないか、鶴田。見直したよ」

「それからかってるつもりですか」

周治がムッとして言うと、

「いや、すまんすまん」

女遊びには眼のない秋山も、一寸うらやましそうに、

「俺が先に会いたかった位なもんだよ」

と、言い出したのも周治には満足だった。

周治は、久しぶりでこの年の春を、働く生甲斐《いきがい》をもって迎えたものだ。暖い空の色も、樹

や花の匂《にお》いも、たまらなくたのしい。綾子は衣食に満ち足りて、見る間に三十の女の美しさを取り戻し、頰《ほお》からアゴのあたりにかけて、少しくびれかげんになる程の肉がついてきたのも好もしかった。

襖《ふすま》や畳も入れ替え、化物屋敷にも、どうやら人間が住むようになったわけだ。

綾子は本箱を買い込み、これに、翻訳の全集本などを買い漁《あさ》って来て並べ、一日読書している。小説を読むことが無上の快楽でもあるかのように、次から次へと買って来ては読む。バルザックとモーパッサンが大好きだそうで、

「この二人ときたら、まるで魔法使みたいに、あらゆる人間の階級や職業や生活をひろげ出してきて蜘蛛《くも》の糸みたいにからみ合せ、ペン先一つで世界中の読者を、思うままに引きずり廻してしまうんですものね。この二人の小説を読んでると、あたくしねェ、この世の中に生きてる人間ってものに、興味シンシンたるものを感じてくるのよ。昔は、それでも原書を少しずつ辞書をひきながら読んだものだけど――」

と語尾をしんみりと落し、チラリと周治を見上げる。

「原書って、フランス語?」

「でも、もうダメ。忘れちゃってるわ、きっと――」

こんなことから、彼女の生い立ちが福岡の旧家の出で、父親は外交官で巴里《パリ》にいたこともあり、結婚した彼女の良人《おっと》も、やはり福岡出身で、B重工業に勤めていた技師だったこと、良人が戦争中に病死してからは、あの混乱の中で母親を抱え、つぶさに辛酸をなめたこと、

──ためらいがちにボツボツ語る彼女の話は、アメリカ映画のロマンスそのままだが、演技が上等だったから、周治は、またたく間に引込まれて聞き入ってしまったものだ。

「ダメなのね。お嬢さん育ちだからツブシっていうのかしら、それがきかないのね。でも嬉しいわ、あなたが助けて下すったんですもの」

うっとりと見詰められると、たまらなくなる程、幸福だった。年齢の差などがなんだろう。不幸な目に会ってきた彼女を、自分の力の限り、幸福にしてやるのだと気負いたつものだ。家計の一切も綾子に任せた。

ただ困ったことは彼女が大へんな猫ぎらいなことで、このために、周治は、あの飼猫のクロを一時、隣家の細君に預けることにした。恨めしそうに鳴いては戻ってくるクロを、昼間、周治の留守に、金切り声をあげて撲《なぐ》りつけ、追出してしまう綾子の、人が違ったように、たけだけしい姿を見たら、周治の夢の酔いも、いくらかはさめたかもしれないのだが──。

クロもあきらめて、もう寄りつかなくなった。

「猫って情けないもんだな、あんなに可愛《かわ》いがってやったのに、ちっとも寄りつかない」

「だからきらいなのよ、あたくし──」

五

やがて夏が来た。

あの下山国鉄総裁の怪死事件、三鷹駅の国電事件などが起った夏だ。

その頃、秋山は神田の貸ビルの地下室へ割烹料理の店を開いた。日本の経済も、ようやく立直りかけ、今に甘い汁も吸えなくなると見極めをつけた彼は、ひろげた事業の網を少しずつすぼめ、土台を固めはじめたのだ。

或朝、めずらしく早起きの秋山が、自動車で本郷の家へ訪ねて来た。まだ朝飯のコーヒーを飲んでいるときだったが、綾子は、こぼれるばかりの愛嬌《あいきょう》を見せ、冷たいタオルだの果物だのと、懸命に秋山をもてなす。それも大切な周治のマスターだと思えばこそだと受取れて、周治も悪い気持ではない。

「実はね、鶴田君。神田の店も、まァ来月早々始めることになったんだが、例の支配人の件ねェ……」

「誰か見つかりましたか？」

「居ないんだよ、適当なのがさ、君がやってくれりゃ助かるんだが――」

「そりゃ無理だ。上野の方と他の仕事でフウフウ言ってる位なんだから――」

「だろう？　勿論《もちろん》、僕もやってられないしさ。でね、実はね……」

秋山が言うには、これはいっそ、奥さんにやってもらったらと考えついて、早速出向いて来たんだ、奥さんみたいに育ちのいい方に料理屋の支配人などという仕事を、とも思ったが、それ今度の店では、日本橋、丸の内辺の会社の重役連の宴会などにも食い込むつもりだし、それには、やはり奥さん位の押出しと口がきける人でないとうまくない、それに女給仕達の指導をして貰《もら》うのも都合がいいし――秋山はヒザを乗出して、しきりにすすめた。

秋山は、綾子が、浅草でああいうことをしていた女だとは知らない。むろん周治も、綾子から固く口止めされるまでもなく、くわしい話はボカしてあるし、秋山も、外交官の家庭に育ったという綾子の教養とか匂いとかを、一目見て信じ込んでしまっている。

話を聞くと綾子は、キラキラと眼を光らせて、

「あなた。どうかしら？」

「うむ……」

周治は気がすすまない。秋山の話を、まるで舞台の俳優が、観客の前にくりひろげる演技の歯応《はごた》えに酔っているかのような期待と自信に満ちて、一も二もなく飛びついて行きそうに聞き入っている、綾子の生き生きとした表情が一寸、不快だった。

(俺と暮しているだけでは充分じゃないのか)

しかし、もう綾子は、行くことに決めているらしく、

「鶴田がいけないってんなら、それまでですよ、奥さん」

と笑ってみせる秋山と周治を交る交る見やりながら、怪《もののけ》にでもつかれたような激しさで、行きたい、やって見たい、どっちにも迷惑のかからないようにきっとうまくやってみせる、の一点張りである。

「ねえ、鶴田。仕事が軌道に乗るまででもいい。ひとつ奥さんを貸してくれないかな」

ここまで言われて、断わるわけにもいかなかった。下手に断われば自分の気持を見透かさ

れそうだし、今更、気の小さい奴だと笑われるのも厭だ。さっぱりと割り切れない後味の悪さをおぼえながらも承諾すると、綾子はもう大よろこびで、しきりに秋山へ、新しい店の計画や、次から次へと湧き出てくる彼女の抱負を、押え切れないようにしゃべりはじめた。

九月になって神田の店は開業した。

まだ食糧事情もそれほど自由ではなかったし、腕利《うでき》きの料理人《コック》とヤミの材料で、いくらでもうまいものを食べさせ、豪奢《ごうしゃ》な和服に身を包んで客の接待と交渉に熱中する綾子の姿は、文字通り、水の中へ帰った魚みたいに鮮烈な魅力があり、一度、宴会を持ち込んだ者を決して離さなかった。各会社や官庁の要処々々には、勿論、鼻薬も利かせたし、彼女自身、忙しく体を運んで、手に入った客の評判を土台に新しい常連の客を増やしていくので、その年の忘年会の季節には、注文に応じ切れない盛況をみせたのだった。

もう今の綾子には、あのとき、龍泉寺の二階で初めて周治が会った時の、生活の疲れにしおらしく身を任せていた、影のような微笑は消えている。今の彼女は、明るく、そのゆったりと肉のついてきた体をふるわして、笑い声をはじき出すのだ。

はじめのうちこそ「忙しい忙しい」と息を切らせては、キチンキチンと同じ時間に帰って来たが、やがてそれも不規則になり、大きな宴会でもある前の晩などは、「仕込み」に立会うのだからと言って店へ泊り込むようなことにもなってきた。

また周治はポツネンと一人で夕飯をすますことが多くなった。

家の中も、ケバケバしく、やたらに飾りたてる綾子の趣味が埃《ほこ》りをかぶってベソをかいている。部屋咲きの薔薇《ばら》の花束を買い込んできて壺《つぼ》に生け、悦に入っているかと思えば、あとはもう水も替えず、枯れて、しおれ切ってしまっても平気で、それを捨てることさえしない彼女に気づいたのもこの頃だ。

「もう店の方も順調なんだし、マスターに代りの人を見つけてもらったらどうだろう」

新年宴会の多忙な時期がすぎ、或夜、めずらしく早く帰った綾子に、思いきって周治は切り出してみた。

「あら。仕事はこれからじゃないかしら。どうせお引受けしたんだし、もう少しやってみて、大威張りでやめたいわ、あたくし」

そういう綾子の、煙草を吸っている唇元《くちもと》には、店をやめる気配さえ浮んではいない。男の矜持《きょうじ》だと思って淋しい気持を押え、何気なく振舞っていた、この半年ばかりの自分の気持が、わからない筈《はず》はない。

「そりゃ仕事は面白いだろうけど、君だって、もう僕の家のひとなんじゃないか。それを考えたら――」

綾子は煙草を灰皿にもみ消し、チラッとこっちを見た。冷たい、厭な眼だった。

こんな眼や表情を、かつて彼女は周治に向けたことはない。それだけに、周治は、今までの不安や疑惑が、一度に本当の形になって現われた気がした。

「君は、僕を捨てる気なんだな。そうなんだろう、綾子――」

「そんな」

と言いかけ、綾子は、固い微笑をつくりかけたが、いっそ、それも面倒くさいと言わんばかりに、さっと立上り、今度は、バカに思いせまった真剣な口調で、

「あたくしねェ、不安なの。じっとしてるのが不安なんだわ。わかる？　わからないでしょうね」

と、身をふるわせて訴えるように言いかけるので、周治が一寸まごついていると、彼女はふっと笑い、さらりと言ってのけた。

「もう、よしましょうよ。あたくし、よく考えてみるわ、ね、もう遅いわ。仲直りしません？」

その晩は、うやむやに終ってしまったが、彼女も、よく考え直してくれるに違いない。周治も、やや愁眉《しゅうび》をひらいて、翌朝、店へ出かける時に、玄関まで送ってきた綾子に、

「今日、マスターにもよく相談してごらんよ」

と、やさしく言い残して、その晩は綾子の好きな食べものを土産に買ってきて帰りを待ったが、とうとう帰って来ない。

舌打ちをしたい気持で、いらいらと朝を迎え、一人でコーヒーを沸かしていると、秋山が自動車を乗りつけて来た。このところ五日ばかり、仕事で掛け違って会わなかったし、何か急用でも出来たのかと出て見ると、秋山は、いやに強《こわ》ばった顔つきでムッとして部屋に通り、しばらくは無言で煙草をふかしつづけている。

「何か急用でも？」

「いや」

と、秋山は決意をこめて煙草を火鉢へさし込み、

「奥さんに相談かけられてね」

やっぱり、やめる気になってくれていたのかと、周治は嬉《うれ》しくなり、

「すみませんでしたね」

「え？」

秋山は眼をパチパチさせたが、

「君ィ、自分でもわかってるのかい？」

「ええ」

「ひどいじゃないか」

「何がです？」

「僕ァ、失礼だが腕の、奥さんの腕の、ここんところを見せてもらったよ。紫色に腫《は》れ上ってたぜ」

「………？」

「あんなに奥さんをギャクタイして、何処《どこ》がいいんだ、君――」

「何ですって――？」

さっぱり呑《の》みこめなかった。

「奥さんはね、君のことを変態だって言ってるよ。僕も話を聞いてびっくりした。本当なの

か？　一体――」

周治は唇を噛《か》んだ。

ようやく、ぼんやりながらも事の次第がわかってきたような気がした。同時に、ガクガクと体がふるえてきた。全く根も葉もないこんな作り話を、平気で秋山に訴えた綾子という女が恐ろしくなってきた。

二人は、しばらく睨《にら》み合ったままだった。

「あ、あんたは、そんなバカな話を、信じてるのかッ」

「信じるッ」

と、力み返る秋山だ。

「か、勝手にしなさいッ」

「するとも。綾子さんは、今日から俺が引取る。そう思ってくれ」

カッとなった周治は、いきなり飛びかかって秋山を撲《なぐ》りつけた。

「何をするッ」

と眼をむいた秋山も、撲り返そうともせず、そのまま畳を蹴《け》って去ったのは、もう綾子との間が抜きさしならないことになっていた、そのやましさがあったからだろう。

とにかく、これで秋山との友情も、呆気《あっけ》なく破れてしまったわけだった。

あとから考えると苦笑が浮かんで、テレくさくなるようなものだったが、その時は、情けなくて口惜しくて、自分の体が宙に浮き、突かれればくだけてしまうかと思われたものだ。

また酒だった。浴びるほど飲んだその夜、周治は池之端の道路でトラックにはね飛ばされてしまった。

六

周治は左腕を骨折し、腿《もも》に裂傷を負ったが、手術の経過は良く、

「もう少しで危いところでしたなァ。運が良かったんですよ」

と、担《かつ》ぎ込まれた下谷の病院で言われた。暴走中のトラックだけに、当り処《どころ》一つで命はないところだ。

（いっそ、やられちまえばよかったんだ）

と、ひがんでみても、傷の痛みは耐え難く、一日も早く癒《なお》りたいのが本音だった。それに彼の健康な肉体は傷の回復につれて、食欲の満足や運動の快感を、しみじみと思い知らせてくれた。一カ月に足らない入院生活ではあったが――。

退院も数日のうちに――という或日。

周治は上野の秋山の旅館へ電話をかけ、下に使っていた柳田という男を呼び寄せ、事務の引つぎをした。店は辞める気だが、後に残る柳田たちが帳簿のことで困るのはわかりきっている。柳田は「どうしてお辞めになるんですか?」と聞いたが、周治は苦笑にまぎらせて、何も、これには答えない。

その夕方、帳簿を抱えた柳田が帰るのと入れ違いに、病室へ入って来た若い女が、ニコニコと周治に笑いかけてきた。

「おわかりになるかしら？　私のこと――」

「………？」

「私、すぐわかっちゃいました、鶴田さんだってこと――電話で、あなたが、根岸の何番って、おっしゃった時に、ハッと思ったの。一寸、失礼でしたけど盗み聞きしちゃいました。それから病室の名前を調べて貰って、今度こそハッキリわかっちゃいましたわ」

「じゃ――じゃ、君は？――玉井さん？　伊津子さん？」

「久しぶりねえ、私、この病院で交換やってるんです。ほんとに奇遇ねェ」

初めて見る玉井伊津子だ。その声が、まざまざと横浜の航空隊電話室を思い出させてくれた。

懐《なつか》しさにベッドへ体を起した周治の眼の底に、自分の頭の映像がさっとうつり、周治は顔を赤くした。

伊津子は小柄《こがら》だが、その体の、どの部分も、はじけ出そうにふくらんでいる。しかし、さっとベッドの傍《そば》へ近寄って来た素早《すば》しこい体のこなしが活気に満ちていて、肥っていることを忘れさせた。

「しかし、よく覚えてたねえ、僕の声を――僕はわからなかった。ただ、ハイ、ハイという声だけじゃ見当もつかなかったんだ」

ていた。

「私、もう六年やってますもの、通話の声だけには敏感なんだわ」

語り合う二人を、隣りのベッドに四、五日前入院してきた中年の男が、ニコニコして眺《なが》めていた。

この人が牧村さんだった。下町の、或る区役所の庶務係長をしていて、これは歩道でバスを待っているところを、ハンドルを切り損なったオートバイに引っかけられたものだ。

「一年毎《ごと》にひどくなりますな。此頃《このごろ》は、とんと乗物恐怖症になっちまってね」

と、牧村さんは、これも見事に禿《は》げ上っている頭を撫《な》ぜながら、ロイド眼鏡の中から温和な眼を周治に向けて、よく話しかけて来る。

この牧村さんが、明後日は退院という晩に突然、こんなことを言い出したのだ。

「ね、鶴田さん。私がね、禿頭病にかかったのは二十三のときでしたよ。つらござんしたな。何度も自殺を考えたものだ。いや、事実、この病気が恥かしくて自殺した人も二、三知ってますがね。何といっても、この悩みは他人にはわかってもらえない、笑われるばかりでね」

思わず息をのみ、こっちを見詰めている周治に牧村さんは、しずかな、しかも何処か威厳のある声で言った。

「人間、神様じゃない。悩む時にゃ悩むより仕方がないんだ。だが一年たつ毎に、この悩みが少しずつはがれていく。そりゃね、ふしぎなもんで、三十を越すと年毎に釣《つ》り合いがとれてくるもんでね。歳《とし》をとるたびに、この頭が価値と味わいをもってくる。他人もまた、この頭を尊敬と親しみをもって丁寧に、いんぎんに扱ってくれる、僕は五十一ですがね。今になると、もうこの頭に一本の毛が生えていても自他共に許せなくなっている。こいつはいいもんですよ」

牧村さんは、ゆっくりと何度もうなずいて見せ、スタンドの灯を消した。

周治は何時までも、ベッドの上に坐ったまま動かなかった。

退院して家へ帰ってみると、留守中に綾子が来たらしく、目ぼしい衣類や貴金属類が、みんな無くなっていた。その代り、秋山が柳田を使いにして、退職金だと言って、かなりの金を届けてよこした。周治は素直に貰っておいた。ふしぎに秋山が憎めなかったし、むしろ、これからの綾子との生活が、どう展開していくものか、心配になった位である。

一カ月の入院生活が周治に或る落着きを与えてくれた。牧村さんの不意打ちの言葉が胸にしみついて離れなかった。

（この頭が、俺という人間の表現として、ビクリともしなくなるまで待とう）

という、あきらめと期待が、周治の心のなかに根を張ってきはじめたのだ。

退院後、数日たって、静養していた周治は風邪をひきこみ、急に寒気、頭痛、発熱が激しくなり、どっと寝込んでしまった。クルップ性肺炎というやつだった。

丁度、訪ねて来た伊津子が、驚いて看病してくれた。そのために勤めを休んでくれたこともある。

彼女の母は、復員した二人の兄と郷里の松江市に住み、彼女は東京が離れがたくて荏原《えばら》の友達の家に、部屋を借りていた。

病院生活から引つづいての病気で、周治も気が弱くなり、それだけに、全く誠意をこめて、まめまめしく看病してくれる伊津子の好意が身にしみて嬉《うれ》しかった。何よりも二人には横浜時代に、それとなく一つの愛情の交流がある。それに、頭の病気についても、おしゃべりな秋山の口から電話で聞かされて知っていたらしいのだ。その上職もない、すっからかんの自分にまめにしてくれる愛情は、頭の病気以来、少々ゆがみかかった周治の気持も、これを肯定しないわけにはいかない。

寝ている枕元《まくらもと》で顔をのぞき込みながら体温計を入れてくれたりするときなど、彼女のまっ白なブラウスの胸元から、健康な、わかしたての牛乳みたいな匂《にお》いがして、周治をうっとりさせた。

病気は二週間ほどで癒った。

二人は結婚した。別に式もあげなかったが、伊津子はテキパキと籍を入れて来ると、

「これで安心しちゃった」

「そうかい」

「だって、男一人に女がトラック一台っていう時代よ。私だって売れ残りたくないもの」

伊津子は二十六歳だ。結婚してからも勤めはやめなかったが、周治にしても、とにかく新しい仕事を求めなくてはならなかった。がこれも、病院で知り合った牧村さんの世話で、同

じ区役所の税務係へ就職することが出来た。

予期した通り、周治の頭は役所でも噂《うわさ》の種になり、ことにツルタという姓がピッタリだという蔭口《かげぐち》も耳にした。初めは、何度も辞めてしまおうと思ったこともあるが、しかし、この仕事は、一日中外へ出て滞納整理をやる仕事だし、帽子をかぶりっぱなしでも一日すごせる。朝出て、夕方帰所して計算をすませると、すぐにもう、退庁のベルが鳴る。役所にいる時間は朝夕で、二時間足らずなのが、気持をらくにしてくれた。

でも、結婚して一緒に住むとなると、役所で聞いた蔭口のうっぷんを、そのまま伊津子にぶつけることも度び度びだった。

まだ病院へ勤めていた彼女に、馬鹿々々しい嫉妬《しっと》をして、残業が遅くなった時などは、そのまま彼女が逃げてしまって、もう帰って来ないのではないかと、居ても立ってもいられなくなることもあった。

が、それも少しの間だった。男の児《こ》が生れたのだ。

伊津子も勤めを辞めたし、何よりも、父親となった自分が、不思議な位、どっしりした責任を負って大地に立ったような気がして、周治は、この時はじめて、

（よし、やるぞ）

という気になったのだ。

家の中も見違えるようになった。

伊津子は、綾子のように、自分の部屋だけを飾りたててあとは構わないというのでなく、

隅《すみ》から隅まで磨《みが》きたてるように手入れをする。周治はよく、クローニンの小説「城砦《じょうさい》」の中に出てくる、クリスチンという女主人公を思い出した。貧乏な医者の妻となった彼女が、ロンドンの下町の、薄暗い古びた小さな家を買った時に、これを彼女の手一つで、ピカピカに磨きあげて良人《おっと》を驚かすところがある。まさに伊津子は、朽ちかけ、くずれかかりそうに見えた家と取っ組み合いをはじめた。まだしっかりした骨組みをしていることを確かめると、自分でノコギリや金槌《かなづち》を器用に使って少しずつ修理をはじめ、大きいところは大工を雇ったりして、見事、化物屋敷の汚名を消し飛ばした。この為に彼女の貯金は空っぽになってしまった。

「人間ってものは、住んでいる家がションボリしてたら元気が出ないもんだと思うわ、小さけりゃ小さいなりに、住む家が生き生きとしてないとね」

これが伊津子のモットーだ。

荒れ果てた庭にも季節の花が咲くし、帰って来れば子供が、あどけない笑いを顔一杯にして周治の手に抱き上げられる。

それに、伊津子は、何時《いつ》も、うまい食事をさせてくれる。東京育ちの母に育てられた周治は、家庭料理といえば油気のない、さっぱりしたものに食べ馴《な》れていたが、伊津子は、湯豆腐をつける醤油《しょうゆ》にも胡麻《ごま》油を落して味を複雑にするといった、細かいことをよく知っていて、同じ野菜でも魚でも、周治には全く新しい味にして楽しませてくれる。役所へ出ていても(今夜はなんだろうな?)と思うことも度び度びで、それが、何かこう、一日の仕事さえも張りのあるものにしてくれるから不思議だった。

それから何時も清潔な肌着、寝具――。

仕事にも丸味が出て、欠勤もなく役所の成績もいい。昇格試験にも合格したし、昇給も順調だった。周治は平凡な役人暮しに溶け込みきってしまった。


結婚して五年目の春、周治は伊津子と一郎を連れて、久しぶりに浅草へ遊びに行ったときに、地下鉄の駅で秋山と出会った。

降りる秋山と乗る周治が、駅のホームで、瞬間、まじまじと見詰め合っていたが、どちらからともなく、ニヤニヤと笑い出してしまったのだ。

秋山が、さっぱりと、しかし、どこかしんみりと先に口をきいた。

「別れたよ、とっくに――」

「そう……」

「魔がさしやがったんだな。実はね……」

と言いかけ、後ろにいる伊津子を見た秋山に、周治は妻と子を紹介した。

秋山は、無性によろこんで、ムリヤリに浅草の自宅へ、引っ張って行った。

秋山の父親は亡《な》くなり、母親がまだ元気で、涙をこぼすばかりに懐しがってくれた。

秋山も、やっと、どうやら結婚して来年は子供も生れそうだという。

店は、しゃれた西洋料理に変っていて、浅草の芸人や、小説家、画家などの常連も多いらしく、神田のビルの店は、とっくにやめてしまったらしい。

　伊津子が席をたったときに、秋山は声をひそめて、

「綾子って女、中国人のバイヤーのところへ行っちまってね」

　あれから間もなく、店の金を大分持ち出して、常連だったその中国人と、あッという間に香港《ホンコン》へ行ってしまったのだそうだ。

「俺も、そろそろあの女の正体が知れたような気がしてたもんだから、早いとこ手を廻して逃げちまったんだろう。だがねえ、神田の店へよく来たS工業の専務で、友部っていう人がね、戦争前に、綾子をたしかに見たというんだ。何処で見たんだと思う?」

「さあ――」

「神楽坂《かぐらざか》で芸妓してたそうだよ。外交官の娘が聞いてあきれるじゃないか。とにかく、ま、許してくれ」

「いいじゃないか、もう――」

「そうか。よし、これでサバサバした。そりゃそうと、君は肥《ふと》ったねえ。腹がせり出して来たじゃないか」

「そうかな」

「もう、ピッタリだ、その頭と――ちっとも可笑《おか》しかァない」

　と、相変らずの秋山だった。

　この五年という歳月は、周治に〔父親〕という責任を負わせてしまったし、その責任が彼

を落着かせ、その落着きが彼を肥らせ、十七貫の重々しい体は禿げ上った頭と立派にバランスをとり、今はもう、蔭口を聞くこともなく、たまたま耳に入っても通り抜けてしまう。此頃は何の邪念もなく鏡に映る自分の頭を眺めていることもある。

秋山の妻と伊津子は、すぐ仲良しになった。女同志は行ったり来たりして交際をしている。勿論《もちろん》秋山も周治も、綾子のことは話していない。また話す必要もなかった。

その年の秋、周治は本庁の徴税課へ栄転した。その栄転祝いだというので、秋山が浅草の店へ周治達を招待した。

食事の後で、女達の提案でＴ劇場のディズニーの長篇漫画を見物に行くことになり、漫画の映画ならおばあちゃんもわかるだろうと、秋山の母も加えて銀座へ出かけた。

丁度、最終回の上映に間に合って、美しい色彩と音楽にいろどられた漫画の動物達の物語をたのしみ、軽い昂奮《こうふん》に上気して廊下に出た、その時、秋山が無言で周治を突っついて、向うへアゴをしゃくって見せた。周治はドキリとした。

綾子だ。出口に流れる人々を縫って、中年の紳士？と連れ立ち、流行の洋服生地を和服にデザインしたものを黄と黒の配合で大胆に着こなし、悠然《ゆうぜん》とこっちへやってくるではないか。

（行こうよ）

伊津子達は一足遅れて人混みにもまれているらしく、まだ廊下へ出て来ない。

と、周治は無言で誘った。

（まま、いい）

秋山は周治の腕を軽く押えて、近寄って来る綾子をニヤニヤしながら見ている。

周治も、綾子がどんな顔をするものか、ふと見てやりたくなった。いたずら的なものよりも、何か「よう」と言って声をかけてやりたいような懐しさがあったのだ。

綾子がすぐ前まで来て、こっちを見た。——彼女は眉《まゆ》の毛一本動かさず、秋山と周治を見詰めたまま、ゆっくりと近づいて来て、少しも悪びれず、また物も言わず、二人を黙殺して、連れの男と共に人の波の中へ消えて行ってしまったのだ。

彼女も、もう四十に近い筈《はず》だ。だが、以前にもまして、美しく立派に見えた。油に濡《ぬ》れて、つややかに光った黒い髪と対照的に、白いなめらかな首のあたりの肌がハッキリと見てとれた。

秋山と周治は顔を見合せ、心から微笑し合った。秋山がケースから煙草を抜き取り、周治にもすすめて火をつけてくれた。二人とも黙っていた。

伊津子達の笑い声と、何か、はしゃいでいる一郎の声が廊下へ出て来た。

満ち足りた幸福そうな声が、すぐ耳元で聞えた。

「お父ちゃん。お待遠さま」


（「大衆文芸」昭和三十年二月号）

機長スタントン

一

昨日の朝、小森乾一《けんいち》が徹夜の流しから帰り、車庫で顔の脂《あぶら》を洗っていると、社長の関口がやって来て、

「おい、車軸《シャフト》。アメリカ人の運転手《ドライバー》にならんか？　いや、ぜひ頼む。君なら安心だ、実はね、ハワードさんから頼まれちゃったんだがね」

と言う。

ハワードというのは、関口が戦後、外国の高級車のブローカーをやって、しこたま儲《もう》けたときからの、関口に言わせると〔大切なカモ〕である。

アメリカのNA航空会社の重要なポストにいて、田園調布に邸宅を持ち、自動車以外の細かい雑用でも、何かと関口に相談しかけてくる。その度びに関口は甘い汁を吸うのだ。今度、同じ会社の機長をしている、スタントン宅の運転手《ドライバー》が故郷へ帰ってしまったので、至急に、その替りを世話してくれと言ってきたらしい。

乾一は承知した。住込み三食つき一万五千円で客を拾う気苦労がなければ、独身の運転手なら誰でも飛びつく仕事だ。

前に一度、M生命の社長の車を、関口から頼まれ、三カ月程度受持った記憶は悪いもので

はなかった。行く先々でチップも貰《もら》えたし、主人一人をお守りして行けばいいのだから気は楽だ。油も売れるし、主人を待つ時間が永い時は、客を見つけて、そっと稼《かせ》いだこともある。とにかく要領よく立廻《たちまわ》り、ボロは出さず、むしろ真面目《まじめ》で正直な運転手だと折紙をつけられて、関口も面目をほどこした位だ。

乾一は、平和交通の運転手仲間で〔車軸《シャフト》〕と呼ばれている。

欠勤もなく誰にでも愛想がいいし、五尺三寸、十五貫の、すらりと引締まった体には粘気《ねばりけ》が躍動している。金も借りず、また貸さない。勤め先で酒気を顔に見せない。酒を飲むときは別の世界で飲む。付合いにくいが、堅い点では車軸《シャフト》みたいに堅いというわけだ。これは、少年の頃に両親を失って以来、戦後の十年間を、どうにか生き抜いて来た乾一が、他人から得た評価格である。

ハワードもスタントンも、すべて関口に依頼したからは、事前に本人と会う必要はないと言ったそうで、乾一は、

（へえ、成程。外人ってのは、仲々いいところがあるもんだな）

そう思った。

人間が人間を信頼するということは、今どき珍重すべきことではないか。

乾一は、下宿をしている上根岸の伯母の家を引払い、関口に連れられて、スタントン邸へ出かけた。

ウイリアム・スタントンは、丁度、庭のプールで水泳中だったが、その水音を聞いた関口

が乾一を連れて玄関から庭の芝生を横切って近づくと、彼は水玉を振り飛ばしてプールから躍り上って来た。海水パンツも何もつけていない生れたままの姿で、金色の体毛に包まれた体を籐《とう》の寝椅子《ねいす》に横たえて二人を迎えたスタントンを見て、乾一は、

（やっぱり、どこか違う。毛唐って、こんなもんかな。けだものみたいじゃないか）

自分達が銭湯の中でも隠している、そのものを、悪びれもせず、白昼、しかも戸外で、衣服をまとった相手の前に堂々とむき出しにしているのが、まるで自分のことのように恥かしく、みっともなかったのだ。

「よく、おいでになりました。わたし、スタントンです」

けだものが口をきいた。かなり明快な日本語である。

挨拶《あいさつ》が済むと、関口は乾一をうながして、車庫の傍《そば》の石畳を裏手に廻った。車庫には、そう新しくもないフォードが一台入っている。

この辺りは東横線の都立大学駅から西へ入った住宅地で、駅前の商店街を抜けると空気の味が変るほど静まり返って、木立や畠《はたけ》が多く、このスタントン邸も、こんもりとした灌木《かんぼく》や庭木や、蟬《せみ》の声に包まれている。

裏手の塀《へい》に近い扉《とびら》を開けると、コンクリートの土間にボイラーの装置と電気洗濯機《せんたくき》があり、此処《ここ》を通り抜けると厨房《キッチン》だった。

一点の塵《ちり》も、その存在を許さないといった風に、電気冷蔵庫、ガスレンジ、磨《みが》き込まれた様々の器具の列が薄クリーム色の壁に並んで、冷ややかに乾一を迎えた。

「ふーむ。アメリカですね」

思わず洩《も》らすと、関口が笑って、

「奴らだって日本に居るから、こんなゼイタクが出来るのさ。国へ帰ったら飛行機の機長位で、こんな家に住めたもんじゃねえよ」

「あの人、いくつなんです？」

「マスターかい？――四十になったか、ならないかってとこらしいよ。彼はね、この家を半年前に建てたんだよ。それまではハワードさんの処《ところ》へ居候《いそうろう》してたのさ。俺《おれ》も二、三回会ったことがあるけど、な、感じのいい奴だぜ」

「奥さんは？」

「居ない。離婚したらしい」

「今までのドライバーどうしたのかな？」

「田舎へ帰って金持の養子になったとか聞いたよ」

関口はハンチングを頭へ乗せると、

「じゃ、俺、行くよ」

「え。もう行っちゃうんですか？」

「だって、俺の用は済んだよ」

「でも……」

「マスターは此処で待たせといてくれってんだ。今すぐに料理人《コツク》が帰って来て、いろいろ説明してくれるとさ」

乾一は立上った。ピカピカに光った厨房の雰囲気《ふんいき》が妙に心細く、

「ねえ、厭《いや》になったら帰りますよ。また使ってくれるって約束を忘れないで下さい」

「心配するなよ。流しで、あくせく稼《かせ》ぐことを考えりゃ極楽だよ」

関口は乾一の肩をポンと叩《たた》き、さっさと出て行ってしまった。

持って来た荷物を片寄せると、乾一は水を呑《の》もうとして三つある蛇口《じゃぐち》の一つをひねった。

(暑いな。水までとろけてやがる)

間を置いてからコップで受けると、水は熱湯に変っていた。

(成程。アメリカだな)

洗濯室のボイラーは、一日中、焚《た》きっ放しとみえる。

その時、洗濯室の扉が開いた。肌《はだ》の薄黒い、背の高い女が、こっちを見詰めている。切れ長の良い形の眼だが、底の知れない厭な眼だと思った。

向うが黙っているので、乾一も見返したままだった。睨《にら》めっこなら負けない自信がある。

女は買物籠《かご》の野菜を卓の上に置いた。

「あなたが、小森さん？」

乾いた、壁のような声だ。

「ええ。あんたは？」

「料理人《コツク》です。大内って言います」

「あ、こりゃ失礼しました。よろしく」

大内は無言で椅子をすすめ、サイフォンを取り出してコーヒーをいれにかかった。

「小森さん。此処のマスターは一週間に三日か四日は香港《ホンコン》とマニラへ交替で飛びます。その間、あなた一人で、しっかり、この家を管理して頂きます。外出は許されませんよ。私も、ときどき寄って見ますけどね。日曜日はお休みです。けど、マスターが飛ぶ時は、他の日に休んで頂きます。この家の一切の経費は、あなたがマスターから受取り、責任をもって支払うのです」

事務的にまくしたてる大内の、少し、まくれ上った厚い唇《くちびる》から、真っ白な歯が見えた。その歯で嚙《か》んだらガラスのコップも粉々になるような気がした。

コーヒーの沸く間に、大内は乾一を案内して家の中を廻った。

厨房に隣合せて小さな部屋が二つ。これが乾一と大内の私室だそうで、小さなロッカーと戸棚《とだな》、ベッド、電気スタンド、小卓、扇風機まである。

（ふふん。こんな部屋で眠るのは悪かないぞ）

乾一は急に楽しくなって口笛を吹くと、

「静かに――マスターが居る時は、絶対に静かにして下さい」

大内に叱《しか》られた。

廊下の左側が、マスターの居間だ。

どっしりした調度の中に、ピアノの黒い肌が輝いている。そこで乾一は、また嬉《うれ》しくなった。

(留守番のときは、このピアノで遊べるぞ)

居間に隣合せた日本間の腰掛け式の炉が切ってある食堂は、厨房と扉一つ隔てられている。二階はマスターの寝室だ。

大きなベッドを中央にして、マントルピースと、壁面を囲む書棚、衣裳戸棚には、スタントンの衣類が、ぎっしりと詰まっている。バス・ルームと便所は二階にも設けられていた。

乾一は厨房の椅子に戻ると、ガックリと疲れてしまった。これから先の見当がつかない生活に気が重くなり、すぐにも、此処を飛び出して〔平和交通〕へ戻り、愛用のルノーを駆って客拾いに出かけたくなった。

(不愉快なコックだ。あんな女と、これから付合っていくんじゃ先が見えてる)

その夜、十一時すぎに、スタントンは大内に手伝わせて青い制服を着込み、ボストンバッグを提げ、羽田の飛行場へ出かけて行った。

運転をするつもりで身仕度を整え、車を出した乾一に、スタントンは、

「いいです。るすばん、たのみます」

さっさと、自分で運転して出て行ってしまった。

(何の為に僕は来たんだ。バカにしてやがる)

大内と二人で、坂道を下って行くスタントンの車を見送っていると、

「この人、今度来た人かい?」

太い、柔らかい声がした。気がつくと、白っぽい浴衣《ゆかた》を着た坊主頭の老人が、大内に話しかけている。

「小森さん」

と、大内は呼んで、

「この方は、植木屋さんの木村さんです。マスターからも話があるでしょうけど、私の来ないときは、この方になんでも聞いて下さい」

老人は進み出た。小柄《こがら》だが骨太のゴツゴツした体つきだ。門柱の外燈の灯《ひ》を受けて、細い眼が、陽《ひ》にやけた皺《しわ》の中で、笑っている。

「ハロー」と、老人は手を突出した。これが握手の意味だと気づいたのは、やや間を置いてからで、日本人同志としては、まだ消化し切れない挨拶の仕方に、乾一は、テレくさい、もじもじする気分で、老人のザラザラした掌《て》を握り返した。何となく、気味の悪い触感だった。

やや離れた処で大内の唇元《くちもと》が、かすかに冷笑を浮べたのを見て、乾一は舌打ちしたくなるのを、どうにか我慢した。

二

植木屋、木村甚太郎——即《すなわ》ち〔植甚〕（どういうわけか彼は好んで、そう自称している）がスタントン邸に於いて、かなり重要な人物だと、間もなく乾一は知った。

植甚は、つまりハワード邸に於ける関口のような役割をしているわけだった。

彼は、この家が建ったときに雇われて以来、巧みにスタントンへ取入って、今では細かい雑用の一つ一つでも、スタントンは彼に相談するらしい。

スタントン邸に出入りする大工、ボイラー屋、家具屋、牛乳、肉、野菜、その他、煙突掃除に至る一切の商人、職人達は、皆植甚の息のかかったものだ。

植甚は、スタントン邸のボスなんだそうだ。日本に住む外人の家庭には、植甚や関口のような人間が、一人や二人は必ずくっついているものらしい。大は大なりに小は小なりに、国情の違う暮し向きの間に入って忠義顔に世話を焼き、出費の頭をハネるわけだ。乾一も植甚と協力することを心に決めた。

植甚は一週に二度、鋏《はさみ》を持って現われ、庭を見廻る。スタントンが居るときは、備えつけの造園用具を倉庫から持ち出して、懸命に立働く有様を厭になるほど見せつけるが、スタントンの出張中は決して何もせず、コーヒーを飲んだり、勝手に米を炊き、冷蔵庫の魚や肉を引張り出しては好きなものをこしらえて食べたり、居間のソファで昼寝をしたり——それで三千円ずつ貰って行く。彼だけは週給で、これは乾一が預かっている金から支払うのだ。

金は二万円ずつ預かり、無くなると家計簿をスタントンに見せてまた二万円貰う。厨房の買物、水道や電気の料金、恵比寿《えびす》にあるNA航空会社の売店での買物一切——すべてノートに記入しておく。乾一が日本語で書いたものを、大内が英語でルビをふるというわけだ。

スタントンは、邸内の掃除や衣類の洗濯、アイロンかけなどには、うるさく、気に入らないと何度もやり直させる。邸内が何時《いつ》も清潔でさえあれば彼は満足らしい。外国人は細かいから気をつけろ、などと関口からも言われてきたのだが、乾一が請求する経費には大ざっぱで、ノートにも、ざっと眼を通すだけで、すぐに金を補充してくれる。その点、異国の使用人に対する信頼ぶりは快よいものだった。香港やマニラから帰って来ると、次の出張までは、居間で読書をするか、ピアノを叩くか、プールで泳ぐか、時には永い間、タイプの音をさせていることもある。かと思うと、突然、車に撮影用具一式を積み込んで、外へ飛び出し、一日も二日も帰らないこともあった。

はじめのうちは、乾一がハンドルを握ることもほとんどなくて、食事の時など、大内が調理したものを、乾一は腕にナプキンをかけ、スタントンに教わった通りに、スープから肉に至る食事の給仕をさせられながら、

（僕は食堂のボーイになりに来たんじゃないぞ）

と、閉口もし、腹もたてた。

いっそ辞めてしまうかとも考えるが、こんなにうまい仕事は何処《どこ》にでも転がっているわけでなく、自分の技能によって生活するという誇りを捨ててしまいさえすれば、文句のつけようがなかった。

全身これ暖い微笑そのものといったスタントンの、底抜けに人の善い応待ぶりも気に入ったし、その上、一週間のうち半分は主人の居ない邸で、乾一は、スタントン自身のアメリカの文化生活を満喫出来るのである。ベッドに寝そべったまま、ベーコンをのせたトーストや

卵、チーズ、コーヒーなどの朝飯を食べ、居間のソファもピアノも庭のプールも、厨房に充満している食物の一切まで、彼の自由になるわけだ。

コーヒーの好きな乾一は、一杯五十円のそれを、月末近くの心細い財布の中味と相談しては諦《あきら》め、行きつけの喫茶店の前を、うらめし気に通りすぎることは度び度びだったものだ。それが、毎日、何杯でも飲める。スタントン邸へ来て十日も経《た》たないうちに、彼は三千円近くも飲んだことに気がついて満足した。

それにしても鷹揚《おうよう》すぎるスタントンだった。

「マスターのおかみさんが居たら、俺達、とても、こうはいかねえよ」

何時か、しみじみと植甚が洩らしたことがある。

「もっとも、ここのオヤジときたら、底抜けにお人善しだからな。少しバカがつく位だ」

と、そんなことも言った。

酒もタダで飲める。

植甚が来ると、

「一本、買いなよ」

と言う。

駅前の酒屋が届けてくる酒を、植甚は、乾一と二人で一升あけてしまう。酒屋の払いは、他の買物の値段に水増しして、スタントンに払わせるのだ。

何時だったか、酒盛りの最中に、大内トモ子が入って来たことがある（大内も植甚も、歩いて十分とかからない駅の付近に住んでいるのだ）。

大内はジロリと二人を見て、自室から本や書類のようなものを取って来て、すぐに帰って行ったのだが、

「見られちゃったな」

と、眉《まゆ》をひそめた乾一に、植甚が、

「何が？」

「今度から僕も出しますよ、酒代――」

「バカだな、お前さん」

植甚はニヤリとして、

「何も彼《か》も知ってるよ、あの女は――俺達と同類さ」

大内トモ子も植甚の世話で雇われたのだという。

「あの女はね、俺の家の近所に間借をしてるんだよ。栄養士の免状を持っていてね、前に保健所へ勤めてたんだが、待遇が段違いだからね。口をかけたら飛びついてきやがったっけ」

乾一は自分のことを言われたような気がして苦い顔になった。

大内も乾一と同じ給料を貰っている。マスターの出張中は出て来なくてもいいのだが、彼女も厨房から、自活するに必要な米や缶詰《かんづめ》類を下宿へ持ち運んでいることは確かだ。

「ねえ、小森クン」

と、その時、植甚は、飲みかけの酒のコップを置き、眼をむいて乾一を見据《みす》え、

「お前さん、この家へ来て面白くねえかい？」

「いえ。別に――そんなことはないけど」

「今どき、運ちゃんの仕事にしちゃ気《き》が利いてると思うだろう？　給料だって悪かアねえ」

「うむ」

乾一は、うなずいた。

「永く勤めていたいと思うかね？」

「思いますね」

「それなら、俺の言うことをきくんだな」

植甚は凄《すご》んで眼をむいて見せた。その眼に圧力を感じたわけではないが、意味を計りかねて乾一が黙っていると、

「俺はマスターのキンタマを、しっかり摑《つか》んでる。ボスに逆らっちゃ損だぜ」

植甚は芝居染《じ》みた口調で、そう言うと、酒を乾一のコップに注《つ》いだ。

「さア、飲めよ。まア、とにかく協力してやるこったな」

その声は、もう別人のような愛嬌《あいきょう》にこぼれていた。

三

今年は梅雨の季節にも雨が降らず、高台にあるスタントン邸は、日中、水道の出が糸みた

いになって、一週に一度、汲《く》み替えるプールの水を満たすのにも二十時間近くかかる始末で、植甚は早速、スタントンにすすめて井戸を掘る工事を仰《おお》せつかった。

井戸水をモーターで汲み上げ、屋内に配水する工事は、かなりの経費と日程を必要とした。全くの断水でもないし、井戸の一つや二つ掘ったところで、プールの汲み替えまでスムースに行われるわけではないのだが、予想以上にスタントンへ取入ったものらしく、多額の工事費を払わせたらしいのだ。今度は乾一の方からでなく、マスターが直接、植甚の手に渡したので、その金額は知るべくもなかったけれど、植甚は仕事を請負った水道工事屋と話合いで大分頭をハネたらしく、工事が済んだ或夜、ブラリと現われて乾一に三千円くれた。

「何です？　この金は——」

わざと聞き返してやると、植甚はニヤニヤして、

「今度は、スタちゃんが自分で金を出したもんで、君の方からなにすることが出来なかったんだ。ま、取っといてくれ。この次には、きっと埋め合せするよ」

大蔵大臣たる自分の手を通さずに頭をハネた植甚のやり方に腹がたったが、乾一は、あまりしつこく聞き返すのもヤボだと思い、その金をポケットにしまって、

「仲間外れは厭だね、おじさん」

と、皮肉を言ってやったが、何となく後味は悪かった。

（マスターも何てぼんくらなんだろう。こんな悪い虫にたかられてることがわからねえんだからな。こいつらのしてることを知ったら一体どんな顔つきになるか——）

全く、スタントンは、何の疑惑も抱かず、親切で献身的な日本人に取巻かれて黙々と微笑を絶やさず、落着き払って生活を楽しんでいる。赤い、たっぷりと肉の乗った顔に、絶えず人懐《ひとなつ》っこい微笑を浮べて、パイプをくわえ、家に居る時には、乾一達にもあまり口をきかず、ピアノ、水泳、読書のくり返しである。

「マスターは、よくタイプを叩いてるが、手紙を書いてるんですか？」

と、植甚に聞くと、

「俺にも、わからねえ。会社の仕事かも知れないぜ。外へ飛出して家を明けるときは、きっと女と遊んでやがるのさ」

乾一が、居間にとじこもっているスタントンに、コーヒーなどを持って行くと、

「ありがと。コモリさん。よく、きがつきます」

そう言って感謝をこめた深い眼ざしを乾一に向けて、いかにも乾一の気働きが嬉しくてならないといった風なのである。

何時だったか、一緒に泳げと言われて、二人でプールへ飛込んだことがあり、芝生の上でコカコーラを飲みながら泳ぎ疲れた体を憩《やす》めていたとき、スタントンは乾一の経歴や身辺のことを聞きたがった。

それ程面白い身の上話でもないと思ったが、沖縄で戦病死した父親のことや、終戦後、心臓の病気であっ気なく亡《な》くなった母親のこと、それまで住んでいた谷中の家を伯母の手で売り払ってもらい、以後は谷中で学生相手の下宿屋をしていた伯母の家に引取られ、中学を卒

業すると、伯母に、

「お金も、もう無いし、お前も働いて、私の処へ入れてくれなくちゃね」

と言われて、伯母の世話で京成バスの修理部に入り、運転と修理を覚えてから、昔、同じ町内の浴場の息子で、乾一より六つ歳上の関口に街中で邂逅《かいこう》し、彼の会社のタクシーの運転手になったことなど、真剣に体を乗り出して聞き入るスタントンに誘い込まれて乾一が語ると、スタントンは、沖縄で死んだ父親に深く哀悼の意を表して、胸に十字を切ってくれた。

このときには乾一も、さすがに冷たく清冽《せいれつ》な水のようなものが、じいんと体中にしみわたるような気がしたものだ。

翌日、スタントンは、初めて乾一に運転させて街へ出ると、東京都内に残した乾一の足跡を谷中の生家から伯母の家、〔平和交通〕の車庫に至るまで細々と歴訪させたのである。スタントンのカメラは、自動車の窓から何枚も何枚も乾一の小さな歴史の跡を写し撮った。本郷にある父母の墓にまで行って花を供えてくれたりした。

この、スタントンが乾一に示した並々ならぬ関心と好意は、映画や街頭で見聞きするアメリカ人のタイプとは、まるで違っているものを乾一に感じさせたのだ。と同時に、自分自身が、こんなにもスタントンの心をひきつけたのかと思うと、何だか嬉しくもあり愉快だった。

(お人善しのスタちゃん)

などと、蔭口《かげぐち》を言うほど軽蔑《けいべつ》的な感情が、何時も悠然《ゆうぜん》と、気前よく自分達のピンハネを許しているスタントンの人柄に魅せられてゆき、植甚みたいな男に食いつかれていることを全く知らないスタントンに同情してやりたくなってきたのだ。

この邸《やしき》へ来て一カ月余りだが、この間、スタントンが乾一に渡した経費は十五、六万になるだろう。

アメリカの航空会社で、どの位給料を貰っているのか知らないが、植甚達や自分のピンハネがなければ、七、八万でやっていけるところだと、乾一は思った。

四

朝夕の風が冷たくなった。

雨は依然として降らないが、夜おそくなると涼気が肌を冷たくした。

日中、芝生の手入れなどをやっていた植甚が、夕方帰ったかと思うと、夕飯後、また顔を出して、スタントンが居るというのに、冷蔵庫からパイナップルとソーセージの缶詰を持出し、これから一杯飲むのだなどと帰って行ったあと、乾一は厨房の卓に突伏して、しばらく、転寝《うたたね》をした。

気がつくと、居間でピアノが鳴っている。

シューマンの〔子供の情景〕だった。この組曲は、スタントンが大好きなもので、ことに最後の――詩人は語る――の一節を、繰り返し繰り返し弾くのである。静かな、暖い情感に満ちた曲で、乾一は食堂の扉《とびら》を細目に開けて聞き入りながら、コーヒーの仕度をはじめた。

スタントンは週に一度、ハワードの細君にピアノを教わるため田園調布へ出かける。ハワードとは永年の友達らしく、電話でも永い間、愉快そうに話していることもあるし、たまには、ハワード夫妻も遊びにくる。

何年も続けているらしく、スタントンのピアノは、かなりうまい——と乾一は思った。乾一も、株の仲買店に勤めていた父親と母親が、持て余すほどの愛情で甘やかしてくれた少年の頃、自宅の隣家の、ピアノ教授で、上海《シャンハイ》事変で良人《おっと》が戦死したという中年の未亡人に手ほどきして貰《もら》ったことがあるので、音譜は読めた。もっとも今では、ジャズやシャンソンの流行曲をおぼえて口ずさむのがやっとのことだ。

十時に、森閑とした厨房の空気をふるわせて眼覚し時計が鳴りはじめた。コーヒーを飲んでいた乾一は、ランニングの上に、スタントンから拝領した緑のアロハシャツを引っかけ、廊下へ出た。

大内トモ子は、もう帰宅してしまい、邸内はスタントンと二人きりだった。

扉を叩《たた》き、

「マスター。時間です」

と声をかけると、ピアノの音が止《や》んで、

「おお、そうですか」

スタントンの日本語が、

「コモリさん、おはいりなさい」

と言う。スタントンは、ウイスキーのびんを取り上げ、タンブラーに入れかけたところだった。

「コモリさん。いかがです?」

酒をすすめたのは初めてだった。

「いや、結構です」

「グッド」

と、何を勘違いしたのか、スタントンはカクテルを調合にかかる。

「いや、あの——私、飲みません」

乾一はキッパリと言う。酒を飲まないことは真面目《まじめ》な男だと評価される日本の規格を、要領よく表現したつもりだ。調子のいいことでは退《ひ》けをとらない。

「おう」

スタントンは肩をすくめた。

「コモリさん。まじめ、ですね」

と、緑色の深い眼のいろになってじいっと乾一を見守る。

「いや」

と、一寸《ちよつと》テレ気味に、少年みたいな、はにかみを見せて、首すじのあたりをボリボリと掻《か》く動作も純真そのもので、堂に入っている。

スタントンは、ピアノの蓋《ふた》をしめると、近寄って来て乾一の肩に両手を置いた。その掌《て》の温みから、柔らかな微笑が乾一の肩に伝わってくる。

「コモリさん。あなた、いいひとです。どうか、ここにいてください、いつまでーも——たのみますヨ」

スタントンの声には、何か切実な感動がこもっているように思われた。先刻からの親愛の雰囲気《ふんいき》に満ちあふれた応待ぶりだけに、乾一は、背中のあたりが、むずがゆくなると同時に、冷たいものが走った。

（僕は信頼されてる。マスターは植甚や大内よりも僕を信頼してるンだ）

そんな気がした。

「コモリさん。あなたに、おねがい、あります」

スタントンは、こう言って、一寸、腕時計を見てから、乾一を抱くようにしてソファにかけさせ、自分も並んで腰を下ろし、パイプに火をつけて語りはじめた。

その話というのは、この邸を囲んでいる木製ペンキ塗りの塀《へい》が、どうも気に入らないので、近々、石造りの塀に変えてみたい。ついては、信用の出来る技術のしっかりした建築業者を見つけて、設計と工事を頼みたい。すべてを乾一の選択に任せるから、なるべく早く見積りを出して貰いたいと言うのである。

乾一は感激した。

さし当って建築関係に知ったところはないのだけれど、植甚や大内ではなく、新参の自分に、スタントンの信頼が重く寄りかかってきたのが嬉《うれ》しかった。どんなことをしても、スタントトンの気に入るような工事をやってみせ、よろこんで貰おうと、乾一は心を決めた。どうやら植甚のあくどいやり方が、スタントンの気づくところとなったのかも知れない。そうなると、その片棒を担《かつ》いでいる乾一は、ふと、うしろめたい気もしたが、そんな反省よりも、いよいよこの家の〔経営〕の一切が自分の掌中に握られる、といった快感の方が激しかった。

きっとマスターの気に入るような塀を建てて見せますと、勢い込んで返事をすると、スタントンは満足そうに何度もうなずき、

「たのみますヨ、コモリさん」

もう一度、そう言って廊下へ出て行き、すぐに浴室へ入ったらしく、シャワーの音がしはじめたが、乾一は、しばらくの間、居間に立ちつくしたままだった。

一時間の後、制服のスタントンは、乾一のひき出したフォードに乗って手を振りながら羽田に出て行った。今週は香港へ飛ぶので、三日後の木曜日の夕方まで帰って来ないのだ。車は、その間、飛行場の車庫に入っている。

坂道を下って行く車の赤い尾燈を見送っていると、何処《どこ》からか虫の声が聞えてくる。あたりの住宅地の塀が生きもののように動き出しそうな静かさで、日中の暑さが嘘《うそ》のように、冷え冷えと風が渡った。

五

翌日はうすら寒い一日だった。

雲が風に押されて隙間《すきま》もなく空一面を覆《おお》ってくるかと思うと、強い雨が叩いてきて、すぐにまた陽《ひ》が射《さ》した。そしてまた雨になる。乾一は洗濯物《せんたくもの》を庭へ干すことを断念し、洗濯室に綱を張って干した。

スタントンは一日に二度も下着を替える。シーツは週に一度、枕《まくら》カバーは二度。カッターシャツのアイロンも乾一がかける。

洗濯と掃除が済むと、乾一は熱いシャワーを浴び、居間のソファに寝そべってコーヒーを飲んだ。それから三日間、この家の主人は彼だと言ってもよい。

はじめは馴《な》れなくて、ソワソワと落着かなかった、体の沈むようなベッドの寝心地にも洋式の便所の清潔さにも、電気とガスが、近代的な設備で我もの顔に幅をきかせている、この家の憎たらしさにも、乾一は、ようやく、ぜいたくな快適さを味わうようになってきている。と同時に、彼は運転手としてよりも、むしろボーイとして、下男としての仕事に対する劣等感にも馴れてしまったわけだった。

最近はハワード邸に出かける時などは乾一がハンドルを握ることもあったが、しかし、タクシーに乗っていた頃の激しい毎日に比べたら夢を見ているのと同じだ。遊んでいて、三食つき一万五千円を貰っていると言ってもいい。此頃は、谷中の伯母も、訪ねて行くと大歓迎だ。土産にする缶詰や菓子のアメリカ色に相好《そうごう》をくずして、お世辞の大安売りをする。

食事もマスターと同じものを食べる。平和交通に居た頃、一カ月に一度位、三百五十円もフンパツして、胸をドキドキさせながら食べたビーフステーキなど、もう食べ飽きてしまい、大内にあとを頼んで駅前へ出かけ、寿司をつまんだり、おでん屋で、そっと一杯飲んで来たりすることもある。

乾一が世の中へ出て来てから、かつて経験したことのない、高級で、ぜいたくな生活だと言えよう。

(一生、こんなことをして暮していけたら)

だが、この生活も、スタントンという外国人の日本に於ける生活があればこそで、彼が帰国するようなことにでもなれば、乾一にとって涙ぐみたくなるほど有難い現在の生活も、一っぺんに消し飛んでしまうわけだった。そう考えると心細く、情けなかった。

(もうタクシーの流しなんか、やる気にはなれないなア。どっちにしてもスタントンは、一生、日本に居るわけじゃないだろうし——ま、仕方がない。先のことを考えると厭《いや》になるけど、此処《ここ》に居る間だけでも、せいぜいうまいことをしとかなくちゃ——)

これは、植甚にしても、大内トモ子にしても同じだろうと思う。だから彼らは稼《かせ》いでいるのだ。どんな小さな出費の、どんな小さな額でも決して見逃すことはない。

しかし、今日の乾一は、一時間も二時間も、ソファに沈み込んだきり動こうともしなかった。

何時《いつ》もなら、すぐにピアノを叩くか、電蓄の前へ坐り込んで、ケースにあるレコードを片っぱしからかけたり、食堂の片隅《かたすみ》にある戸棚《とだな》から、ウイスキーやブランデーを持出してチビチビ盗み飲みをしたり、プールへ飛び込んで体が動けなくなるまで泳ぐか、呼出し電話で植甚に来て貰い、留守を頼んで街へ遊びに出かけるか——とにかく、スタントンの居ない三日間を、充分に、眼まぐるしく楽しむことで彼は夢中なのである。

それが、今日は、二十四歳の今まで、全く経験したことがない、得体の知れない時間が乾一の体を包み、通り過ぎて行くのだった。ソファから庭の一点を見詰めたきり動かない彼の眼は、老人のような孤独さと淋《さび》しさに弱々しくうるんでいる。ただ、何となく、ぼんやりと物思いにふけっているだけなのだが。

（植木屋のじじいに来て貰って、浅草へでも出かけよう）

と、腰を上げてみても、上げ切れないほど、自分一人きりの、何か充実した今の静かな時間の経過に身を任せていることに、ひきつけられた。

彼は自分で気がつかないのだった。

今まではものを考える時間などが、その隙間に割り込めないほど、あまりに忙しすぎ、一日の糧《かて》を得る為の仕事が、次から次へ彼を駈り立てていたのである。彼の若い肉体は、まだ、それを別に苦しいとも辛らいとも感じてはいなかったし、乗客を拾うために、舗道と信号燈と車道に電光のような視線を走らせているときでも、一人でも多く、しかも良い客を——というファイトを燃やし、給料日に他の同僚や、もう中年になって生活の疲れが給料袋へにじみ出している先輩達に、「小森のやつ、よく稼ぎやがるな」と、羨望《せんぼう》されるときの優越感も、一つの生甲斐《いきがい》だったのかもしれない。

好きな映画やジャズ、一杯飲むことに没頭するのも、この眼まぐるしい毎日の間隙《かんげき》を縫って行われるのだが、これも彼の若さが生理的に要求する楽しみだと言ってもよい。楽しんでいる時だけの楽しみで、後はただ、深い疲労に眠りこけて、伯母に叩き起され、また仕事に出かけて行くだけのことである。働くことも遊ぶことも、やたらにあわただしく、切ないほど忙しい。知らず知らずのうちに疲れることばかりなのだが、今のところ乾一の年齢と健康が、これを不感症にしているわけだった。

自分の稼ぎ方一つで収入も増えるタクシーの流しをやることは、前々からの目的だったし、その頃は事実、朝鮮動乱の恩恵に浴した活気が、東京の街のタクシーの上にもこぼれ落ちてきたものだった。

しかし、今はいけない。

不景気の波を必死で泳ぎ廻り、餌《えさ》を求めて狂奔する水鳥みたいなもので、息をつく間もないあわただしさに溶け込み、一年が、あッと言う間に過ぎてしまうのだった。

休憩と閑暇が、心ゆくまで身心を満たしてくれたことがないので、感情も思考力も一本調子になり、欲望や生活への恐怖すらも惰性的になっている。荒々しい生き方だった。

その荒々しさが、スタントン邸へ来てからの乾一にも飛行雲のように後をひいていて、彼は環境の変化に気づかず、陽気に調子を合せて今までの忙しい行動の跡を追い、片時も落ち着いてはいなかったのだ。スタントンが出張中の外へも出られない一日には、済ました用事のあとの、体の持って行き場のない時間の永さを、ウンウンと唸《うな》りながら持て余し、立ったり坐ったり、歩き廻ったりしている乾一の体の中には、まだ、ブレーキの止り切っていないタクシーの波動が滓《かす》のように残っていたのかもしれない。

だが、そのブレーキも止ったようだ。

乾一は煙草を吸うのも忘れて、ソファから動かない。

この十年間、物心ついてから、信頼することも、されることも忘れ切った、いや、それが当り前のことだと無意識に肯定していたものが、昨夜のスタントンとのやりとりで、信頼し合うことの快よさが彼の胸を、うっとりさせているのだった。

（昨夜のマスターの眼は、あれ、確か、死んだおふくろが僕を見ているときの眼と同じだった。僕はマスターに信頼されている。確かにそうだ。でなけりゃ、あんな眼をして、あんな声をして、あんなことを僕に頼みやしない）

――コモリさん、たのみますヨ。いつまでもいてください――。

スタントンの声の記憶が乾一を微笑させる。

（だが、マスターは、植甚や大内のことを何と思っているんだろう？　何も彼《か》も知っているなら、とっくにクビにしている筈《はず》だ。外国人ってのは、その点、ハッキリしていると、何時か関口も言っていたことがある。と、すると――マスターは、ほんとのお人善しなんだ。それをいいことにあいつら、寄ってたかって丸め込みやがって――）

丸め込んでいた仲間の一人に自分も居たと気づいて、乾一は、ハッと顔を赤らめた。

何処かで人の声がした。

「乾ちゃん。おーい、乾ちゃん。何処に居るんだよ」

植甚の声だ。廊下を近づいて来る。

気がつくと、雨はやんで、夕闇《ゆうやみ》が庭に立ちこめていた。

居間の扉が開いた。

「小森クン」

のぞき込んだ植甚は、

「何してるんだな、電気もつけねえで——さ、留守番しててやるよ。明日の夕方まで、俺ア居てやるから、のんびりやってこいよ」

六

一日中、絶え間のなかった驟雨《しゆうう》に、めっきりと秋めいて、商店街の雑踏も、しっとりと駅を中心に流れ動いている。

灰色のズボンに紺のポロシャツ。夏のジャンパーを羽織って、乾一は坂道を降りて来た。

前々からしている貯金の額を増やしても、此頃は小遣いが余る。今年新調した夏の衣裳は、色白の、キリキリしまった乾一の姿態をしっくりと抱きすくめている。

駅前の天ぷら屋で夕飯をとるつもりで、のれんに近づくと、

「オース」

眼の前を横切った人影が肩を叩いてきた。

見ると、植甚の息子の清である。乾一より三つ歳上で、渋谷のパチンコ屋に勤めているというのだが、何をしているのか知れたものではない。右の頰《ほお》に薄い傷あとがあり、それを見せびらかすように臆面もなく突出しては、渋谷界隈《かいわい》での顔の売れ方を自慢にしている男である。

「小森さん。お出かけ？」

と、これは清の女房の光子だった。

この女の自慢は、自分の美貌《びぼう》（本気で、そう確信しているらしい）と亭主の顔の売れ方らしい。ときどき腕や眼のふちにアザをつけて街を歩いている。

植甚に言わせると、

「夫婦喧嘩《けんか》も、あそこまでやると、プロレスのテレビを見てるよりも面白い」

とのことだ。

夫婦は、さっさと坂道を遠去かって行った。

乾一の留守中、彼等が、スタントン邸で何をするか、わかり切っていることだ。

植甚は酒を取り寄せ、へたばるほど飲みつづける。清夫婦は、バスルームで、ふざけちらしたり、プールで泳いだり、冷蔵庫の中のものや缶詰《かんづめ》を開けて食べ散らかし、スタントンの葉巻を搔っ払い、スタントンのベッドへ泊る。このときとばかり、アメリカの文化生活に酔っぱらいたいのだ。

落花狼藉《ろうぜき》、酒の香が生臭く漂う邸内を、スタントン好みの清潔さに整頓するためには半日以上もつぶさなくてはならない。後始末は帰って来た乾一に任せて、彼等は、フラフラと引上げて行くのだ。

今までは、苦笑を誘われるだけで、別に不愉快でもなかったのだが、今夜は吐気を催すほど厭だった。

スタントンの清潔さが、植甚父子の吐いた汚物で、ドロドロになるような気がして、乾一は、もう天ぷらを食べる気もなくなり、当てもなく駅へ向い、とにかく渋谷までの切符を買って改札口を入ると、着いたばかりの電車から、大内トモ子が降りて来るのが見えた。別人のようだった。

唇《くちびる》に紅をつけ、小麦色の、ムダのない量感にふくらんだ両腕を肩からむき出しにした、青いワンピースをまとっただけで、こんなにも違った女になるのはどうしたわけだろう。

スタントン邸で見る彼女は、一切、化粧をしていない。袖《そで》のある白いブラウスに紺のスカートが、一貫して変らない制服だった。

はじめは疑って見ていたスタントンとの関係も、これでは何でもないのが当り前だと思ったのだ。植甚も言った。

「あの女の、何処がいいよ、乾ちゃん」

大内も乾一を見つけた。

ハッとして、一瞬、ためらったようだがすぐにツカツカと近寄って来て、

「何処へお出かけ？」

と、何時もの切口上である。

「何処だっていいでしょ」

「マスターは出かけたんでしょう？」

「出かけましたよ」

「なら、困るじゃないですか」

「植甚が留守番してますよ」

「でも、留守番は、あなたの仕事じゃないですか。責任じゃないですか」

（じゃないですか――ふん。口をきくと男になりやがる）

「私、前から知ってたけど、黙ってたんです。これからは気をつけて頂かなきゃ――」

大内が、きめつけてくるのへ、乾一は、からかい半分で、本気が半分の、感に堪《た》えた調子で、

「大内さん。今日は美人だなア。僕、びっくりしちゃった」

ニヤリとしてみせた。

大内は可笑《おか》しいほど、あわてた。鋭く光っていた眼が、ウロウロして、とんでもない方向に視線を向けたり離したりしていたが、パッと身を返して改札口へ走り出していた。

乾一は見送っていた。

埼玉県の田舎で、母と弟妹に仕送りしている二十九歳のオールドミスで、おまけに、あん

な孟宗竹《もうそうちく》みたいな女じゃ、売れ口なんぞありゃしねえさ——などと、毒づいていた植甚の言葉も当てにならない。

大股《おおまた》で、さっさと改札口から遠去かって行く大内の後姿を見送っているうちに、

（何処かの男と会って来たんだな）

そんな気がした。

体中の血が、何となく湧《わ》きはじめ、怒りっぽい気分になってきて乾一は、長い階段を一気にプラットホームへ駈け上って行った。

七

今年の台風は進路が逸《そ》れることが多く、九州の一部に平年並の被害があっただけで、東京は、やや強い風と、むし暑い雨が断続して降る位のものだったが、カラリと澄み渡る秋の空が待遠しく、うっとうしい毎日が続いた。

乾一は、関口の紹介で、渋谷のB工務店に塀《へい》の設計と工事を依頼し、スタントンとも数回、打合せを済ませて、大谷石と鉄製の格子垣《トレリス》を配合したスタイルが決まり、雨のはれ間を縫って工事にとりかかったのは、九月の末になった。

この間、乾一は植甚に対して一言も言わず、植甚もまた、工務店の技師が来邸中には丁度、顔を出さないといったわけで、スタントンも一切を乾一に任せたきり、植甚と会っても話に

出さない様子である。

植甚は植甚で、台風に備えるのだと材料を買い込んでは頭をハネながら、ダリヤ、コスモス、秋海棠《しゅうかいどう》などの花や、白木蓮、桃などの庭木の風除《かぜよ》けの設備をほどこしたり、ダリヤの根《ね》際《ぎわ》を切り去って新芽を出させ、よい花をつけるための切替えをしたり、まめまめしく立働くさまを、充分にスタントンへ見せつけてはいたのだが——ここ一週間程、歯が痛むからと電話をかけたきり姿を見せず、工事が始まって、いよいよ植甚と対決しなくてはなるまいと腹を決めていた乾一も、一寸《ちょっと》、気抜けしたところへ、或夜、老人は血相を変えて乗り込んで来た。

しつっこく襲いかかって来る台風の第何号かが房総沖を通り抜けようというので、夕方から、ひどい風になっていた。

植甚は、この家の前を通りかかった清の女房の光子の報告で、塀の工事を知ったものらしい。コールテンのズボンの上に半纏《はんてん》を着て、歯痛で唐茄子《とうなす》みたいに脹《ふく》れ上り発熱でどす黒くなった顔を、ぬっと厨房に現わしたのである。

まるで化物《ばけもの》だった。顎《あご》から頬、鼻の周辺まで異常に腫《は》れ上り、その腫れで眼が圧迫されて、つぶれかかっている。後ろから、清が凄《すご》みをきかせ、くわえ煙草で付添っていた。

厨房で食器の整理をしていた大内トモ子は、植甚を見ると、乾一の方へ、何とも言えない一瞥《いちべつ》をくれて、さッと自室へ引込んでしまった。スタントンは、珍らしく朝からハワード夫妻と箱根へ出かけて留守である。

乾一は、努めて落ち着き払ったところを見せ、

「小父さん。だいぶ腫れてますね。骨膜炎じゃない？　手術しないと大変だよ」

と言った。

植甚は、ピクピクふるえていた。激しい怒りをぶっつけてきたらしいのだが、口を開くと歯痛が応《こた》えるらしく、

「き、貴様。しゃらくせえ真似《まね》、しやがって――それで済むつもりか。一言も、俺に通さず、よくも勝手な真似、しやがったな」

とか、

「てめえ、こっそりとマスターに、おべっか使やがって、キンタマを握ったな」

とか、愚にもつかない言葉を、もぐもぐと唇であやつりながら、殺気立って、醜く顔中をゆがめた。いや、ゆがめたくても、ゆがめられない程、風船玉のように脹れている顔が怒り狂っているさまは、一寸、見ものだった。

乾一は、吹き出したくなったが、我慢して、植甚が一息ついたところで、

「小父さん。僕はマスターに任せられたんだ。そいつを、いちいちあんたに伺い奉《たてまつ》ることはないと思うな」

と、きめつけてやった。醜悪な植甚の狼狽《ろうばい》ぶりが快よかった。

「何イ。てめえ、それじゃ、今まで、てめえがしてきたことを、マスターに言ってもいいんだな」

「その代り、あんたのことも、すっかり、ばれちまうよ」

　と、うそぶいて
「僕ア、小父さんに誘惑されたんだからな」

「何だと――」

「覚悟はしている。どうにでもしてくれ」

　と、乾一は見得を切った。実際、その覚悟だったし、体中の筋肉が、キューッと締めつけられるような緊張と刺戟《しげき》が、乾一を昂奮《こうふん》させてきた。

「畜生め」

　植甚は呻《うめ》いた。そして、清に、

「だから俺ア、こんな奴をドライバーにするのは厭だったんだ。だから俺ア、自分で見つけてくるからって、何度もマスターに言ったんだ」

　清は、うなずいて、表情たっぷりに煙草をはじき飛ばし、バンドを揺り上げ、ボキボキと指の骨を鳴らして見せた。

　植甚が、いきなり乾一を突き飛ばした。

「てめえ。よくも裏切りやがったなッ」

　老人とは思えない強い力で、乾一は椅子《いす》から落ちて尻餅《しりもち》をついたが、バネのように飛び起ると、いきなり、植甚の叩《たた》きでのある頰のあたりへ平手打ちをくわした。

「うッ、ううううう」

植甚は飛び上った。腫れた顔中が火になったかと思われ、どどどッと、ガスレンジのあたりへ体をぶつけ、呻きながら転げ廻った。

「この野郎ッ」

清の青く引きつった顔が迫って来て、乾一は撲《なぐ》りつけられた。卓上の灰皿やコップが音をたてて床に落ちる。

後はもう、メチャクチャになった。四坪もある厨房だが、撲り合うのには狭い。そこら中の器物が、二人の体に跳ね飛ばされて、泣きわめいた。

乾一にとっては、久しぶりでする喧嘩だった。

乾一は、棚の上の物を取るときに使う踏み台を振り廻して、けだものみたいに暴れ廻った。

清の鼻から血が吹き出した。

どれ位やったか――とにかく、血だらけになった清が、植甚と共に風の鳴る戸外の闇の中へ逃げて行ったのに気がついたときには、乾一も、床の上に、あぐらをかいたきり、起き上るのも面倒くさく、喉《のど》が乾いてヒリヒリするのに、水を飲む気力もなかった。

「あ――血が出ている」

と、大内の声がした。見ると、左の肩口から、クリーム色のポロシャツを透して血が流れている。床に、清のナイフが落ちていた。

大内は、すぐに薬と繃帯《ほうたい》を持ち運び、手当にかかった。大内は頬に血をのぼらせ、眼を光らせている。

「バカね。もしものことがあったら詰らないじゃないですか」

乾一は、喘《あえ》ぎながら言った。

「僕ア、もっともっと、クタクタになるまで、やりたかったよ」

「クタクタになってるじゃないですか。男って厭《いや》だわ」

「何故《なぜ》？」

「暴力をふるうのが好きなんだもの」

と、その声が、急に、やさしく、うるみを帯びてきたのに気づき、乾一が、不思議そうに大内を見やると、

「さ、立って。寝なさい。後片づけは私がするわ」

大内は、また何時《いつ》もの味気ない硬い声に戻って言い捨て、ぐいと乾一を引起した。

「歩けないの？」

「歩けない」

と、乾一は、わざと、彼女の肩にもたれかかってやった。

大内はキッとなって、乾一を突き離した。

「歩けるじゃないですか」

八

腕の傷は、それ程でもなかったが、体中の筋肉が、ミシミシと痛む。眼のふちが、茶色に腫れ上り、しばらくは眼も開かなかった。

スタントンが帰宅すると、大内トモ子は居間へ出て行って、何か話していたらしく、乾一の部屋へ入って来ると、

「小森さん。マスターには、昨夜、泥棒《どろぼう》が入って、あなたが格闘したんだって、そう言っといたわ。そのつもりで――」

〈カクトウ〉という言葉に、大内にしては珍らしい位、ユーモラスな匂《にお》いがあったので、

「ははは。格闘はよかったな」

「だって、カクトウじゃないですか。バカバカしい、あんなごろつきを相手にして――」

「それで、その泥棒は、どうしたのさ？」

「逃げられたことにしてあるわ」

「警察へ電話かけろって言わなかったかい？　マスターが――」

「私が、うまくやっとくから、黙ってらっしゃい」

スタントンは、すぐに見舞いに来た。

「コモリさん。あなた、ファイト、すばらしい。わたし、うれしいです」

感動をこめて、スタントンは乾一の手を握りしめ、昨夜の模様をくわしく聞きたがった。

「どろぼうは、どんな、きもの、きていましたか?」

とか、

「どんなかお、してました?」

などと、うるさい程、熱心だった。

植甚のことを言い出せないので、さすがの乾一も、しどろもどろに答えるのだったが、スタントンは、何度もうなずいては、微笑と感嘆の表情を織り交ぜて乾一の労をねぎらった。

しかし、何となく、その微笑の底に、スタントンの眼が鋭く自分を見詰めているような感じを受けて、乾一は、熱に浮かされたように嘘《うそ》をしゃべりながら、ハラハラした。

でも、医者が来たときなど、スタントンは乾一の傍《そば》に付き添い、心配でたまらぬといった風《ふ》情《ぜい》なので、やっと安心したのだった。

その夜、スタントンはマニラへ飛んだ。

何とか一人でやれるから帰ってくれと、大内に言うと、

「帰りたくなったら帰りますよ。痛む?」

「痛むのが良い気持だよ。変に刺戟的なんだ」

「怪我をしたから、自分で自分に甘えてるのね」

大内は、ふふんと鼻の先で笑って、厨房の方へ出て行ってしまった。

やがて雨になった。昨日の台風が海上へ抜けたかと思うと、また次の台風が、続けざまに

接近してきたらしい。何時の間にか、乾一は寝入ってしまった。

ふと、眼がさめて、熱っぽい喉の乾きに、枕元《まくらもと》の水を飲もうと、手を伸ばしかけたが、

「痛ッ……」

乾一は呻いた。

体中が、かあーッと燃えているように熱く、掛けていた毛布もはいで、寝巻もクチャクチャになっている。時計を見ると、三時間は眠っていたらしい。

しばらく、じっとしていたが、大内も帰ってしまったらしいし、何とか起きるより仕方がない。便所へも行きたかった。思い切って少しずつ手足を動かしかけたとき、扉《とびら》のノックが、ひそやかな音をたてた。

（おや？）

植甚か、清の奴か——さすがに、不安になった。扉が開いて、廊下から流れ込んだ淡い光の中に誰か入って来た。大内トモ子だ。

（まだ居たのかい）

と、声をかけようとして思い止ったのは、猫のように近寄って来る大内の姿に、異様な切迫したものが感じられたからだ。光線を背後にした彼女は影のようだったが、あきらかに、荒々しい呼吸を懸命に押えていることが、よくわかった。

大内は、眠ったふりをしている乾一の足元まで来て、そのまま立ちつくし、乾一を見下ろしている。闇に馴れた眼で見ると、彼女は両掌を堅く握り合せ、かすかに、ふるえている。

（どうしたんだ？　何だっていうんだろう？）

乾一は、また声をかけようとした。その時、大内は、あッという間に乾一の胸元にかがみ込んで来て、はだけた、乾一の首と肩の中間のあたりへ唇を押しつけてきたのである。

驚いたが、声はたてなかった。

大内の髪と、汗ばんでいる体の匂い――こんな女らしい匂いを、大内に感じたのは、乾一にとって、はじめてのことだった。胸がドキドキしてきて、こっちの眼覚めているのを彼女にさとられはしまいかと、乾一は、あわてた。わざと、口をムニャムニャさせて、低く唸ってやると、大内は、音もたてずに、パッと元の立って居た位置へ戻り、こっちを注視している。乾一は寝返りを一つして、また眠ったふりをして動かなかった。

やがて、大内は、出て行った。帰ったのだろうか――。

（あいつ、僕に惚《ほ》れてるんだ）

乾一はニヤニヤした。何時か見たフランス映画の中に、こんな場面があったのを、彼は思い出して、悪い気はしなかった。

（へへえ。こいつはオドロキだ。大内が僕に――）

もう、どうしても小用に起きなくてはならなかった。ベッドから壁を伝って廊下へよろめき出た。厨房の灯は消え、大内も帰ったらしい。

便所へ入ると、アメリカ式に浴室と洗面所兼用の、その洗面用具の戸棚《とだな》の上の棚に新聞が置いてあるのが眼に止った。

スタントンは、ぬるい湯につかりながら新聞を読む癖があるけれど、几帳面《きちょうめん》な彼が物忘れするのは珍らしい。片づけるつもりで、その新聞を取って見ると、何時ものニューヨーク・タイムスである。何気なく見て、乾一はハッとした。読みさしの、ややシワになって畳まれた、英語の活字の中に、小さく、スタントンの写真が載っているのだ。

(ほほう、こいつは何だろう?)

記事を読み切る力は乾一にはない。ただ〔空〕とか、〔日本〕とか〔東京〕とか——そんな単語が切れ切れに読まれただけだ。

(中学で少しやった英語なんか、何にもならないな)

と、苦笑しているうちに、また眠くなってしまった。

二日後、スタントンが帰って来たので、新聞を見せて、

(ここに、マスターがいます)

と、言ってやると、スタントンは、眼を丸くして、

「おーう。おーう」

と、その新聞を眺《なが》め、顔を真ッ赤にして、しばらく黙っていたが、

「ちょっとね。わたしの、かいしゃのこと、ニュース・ペーパー、しんぶんに、でましたのです」

と言った。

「どんな事が出ているのですか?」

と聞くと、スタントンは、一寸あわてて、詰らないことだ、何でもないことだと言葉を濁して、新聞をポケットに入れ、笑いながら出て行ってしまった。

何か良い事に違いない。人命救助でもして表彰されたのかな——そんなことも考えられた。とにかくスタントンの写真が新聞に出ていることは乾一をよろこばせた。多くを語らないことも奥床しく、スタントンが何だか急に偉い男に見えてきた。

九

一週間すると、乾一の体は元通りになった。

十月に入ってからも、天気は相変らずで、厚い雲の壁の割目から陽《ひ》の光りが弱々しく笑いかけてくるかと思うと、すぐにまた雨だった。塀の工事は、その雨の中でも進められていた。工務店の方でも相手が外人だけに、工事が終れば、すぐ金になるという見込みがあるのだろう。

大内は、あの乾一のベッドへ忍び込んで来た夜の翌朝、乾一が「お早う」と、笑いかけると、

「何故、笑うの？　何が可笑しいの？」

ムキになって怒った。

「どうして笑っちゃいけないのかな。僕は、ただ……」

「よして。今までだって、あなた、私に笑いかけたことなんか、なかったわ」

「そうだったかな」

「私の顔を見ると、苦虫を嚙《か》みつぶしてたわ」

「そうだったかな」

と、いきなり、乾一は大内を抱きしめて接吻《せっぷん》した。

どうせ処女でもないのだろうし、とふざけ半分だったのだが、大内は腕をふるって、乾一の首のあたりを突き放した。たくましい力だった。

乾一は、ベッドの中へ仰向けに倒れ込んで、痛みをこらえながら、

「何だい、君だって、昨夜、僕のここんところに……」

大内の狼狽ぶりは、無惨《むざん》なものだった。彼女は、充血した顔、体で、眼のやり場に困り、ウロウロした。結局、部屋を出て行ったのだが、あわて切った彼女は、開けた扉へしたたか頭を打ちつけたのが、滑稽《こっけい》でもあり、哀れでもあって、乾一は、彼女の本体をさらけ出したこの情景に、ふッと胸をうたれた。

それっきり、大内は、今までよりも乾一に対して無口になってしまった。ただ、行動が違ってきたのだ。食事のときでも、工事に来ている職人の世話や家の中の掃除にまで、かつての大内には全く見られなかった協力を示してくれるのである。

洗濯をしようと思い、汚れた衣類を入れて置く籠《かご》を見ると、一緒に突込んであった乾一の下着類まで庭に干してあるのだった。何かの拍子に眼と眼が合うと、大内は、すぐに顔をそ

らせてしまう、かと思うと、スタントンの食事も済み、乾一が厨房の椅子で一息入れているときなど、ガスレンジで二人の食事の準備をしている大内が情感をたたえた瞳《ひとみ》で、乾一の横顔を盗み見ているのに気づく。チラリと見てやると、大内の、そのあわて方といったらないのである。

（惚れてる。確かに、僕が好きなんだゾ）

楽しい優越感が、乾一をくすぐる。

夜は夜で、前は、用事が済むとさっさと引上げたものだが、此頃《このごろ》は、厨房や自室の間を出たり入ったりして、十一時近くまで残っているのだ。次第に、口をきき合わないでも、二人の間は、今までに感じることのなかった親密感が生れ出した。大内が手伝ってくれれば、乾一も、彼女が洗う皿を傍で拭《ふ》いてやる。口をきき合わないだけに、一寸《ちよつと》した動作の一つ一つが微妙に反射し、反応し合うのだった。

それに、大内は化粧をするようになったのだ。厚い唇も紅がひかれると、生き生きして適度に肉感的であり、油やローションの匂いが髪から立ちのぼっている。

これには、スタントンも、びっくりしたらしい。

「おお。おお」と、しきりに感嘆し、「トモ子さん。きれい。きれいです」を連発したものだ。

大内トモ子の変化は、それだけではなかった。彼女は、此頃、よく用事の手を止めては、ぼんやりと考え込むことがある。何か、苦悩に耐え、いらいらと胸にくすぶっているものを発散し切れないといったような、割切れない様子を示すことがあった。乾一は、別に気にも止めなかったのだが——。

植甚は、あれから十五日目に出て来たが、スタントンに何か言いつける気配もなく、めっきりと老い込んだ感じで、ショボショボと夏の間、放っておいた庭木の刈込みや剪定《せんてい》をやっていた。二、三日は、乾一とも無言の行だったが、或日、乾一が厨房へ呼んで、給料の入った封筒を渡した時に、植甚は沈んだ声で言った。

「乾ちゃん。お前、マスターに何か言ったんじゃないだろうな？」

「何も言わないよ」

「泥棒が入ったんだってね」

「そうだよ」

「これから、前々通りに、俺と付合ってくれるかい？」

「付合うよ。けど、ピンハネは御免だ。僕は、これから一切、その方の仲間には入らない。無駄な経費は、決して許さないつもりなんだ。僕達は給料を貰《もら》ってるんだからね」

「ふーん」

と、植甚は冷笑を浮かべた。手術をしたとかで、元通りの顔つきになっている。

「バカに偉くなったもんだねえ。だが、毎月の出費が違ってくるとマスターに怪しまれるぜ」

「いいさ。何時でも覚悟はしている」

植甚は、納得いかない風でジロジロと乾一を眺め廻していたが、

「お前さん、一人で、うまいことしようてのは、そりゃ、ひどいよ」

と、言う。

「だから、言ってるじゃないか。僕は、ピンハネをやめたって――」

「そいつが、わからねえんだよ」

「何も知らない外人に、あくどいことして、ダニみたいにくっついてるのは卑怯《ひきょう》だからな」

「ふーん。そうかい。じゃ、もう何も言わねえよ。だがね、清の奴は、お前に、たっぷりお礼をするそうだぜ。あいつの仲間には、凄《すご》いのがいるからな」

「だから、どうしたんだ」

「お前さえ、元通りになってくれりゃ、俺が、うまく話をつけるってことさ」

「おどかしてるつもりかい」

植甚は睨《にら》んでいた眼を伏せた。

「俺も、この歳《とし》になって、他に稼《かせ》げるところはねえ。出来るだけ、此処《ここ》に居たいんだ。清の奴だって、俺が稼いでるうちは、傍に居てくれるだろうが、働けなくなりゃ、寄りつきもしねえ奴だ。ねえ、乾ちゃん、此処のマスターだってお前、戦勝国の特権でよ、ぜいたく三昧《ざんまい》していやがるんだぜ。俺達が、少し位のことをしたって、構やしねえじゃねえか。そうだろ？――え、そうだろ」

植甚は懸命に訴えた。思い返して、また元の二人に戻ってくれと言うのだ。だが、一人の

外国人の家庭の残飯を漁《あさ》ってみて、その恩恵が、何時まで続くというのだろう。スタントンが、本国のアメリカに持っていて、現在は管理人に任せてあるという大きな農園に帰ってしまえば、それ切りのことではないか。しかし、貰った給料は丸残りになるほどの衣食の補充と、無償で味わうアメリカ文化の恩恵を、この家の厨房から引き出すという、うまい話は何処《どこ》にでも転がっているわけではないのだ。乾一自身も、有頂天になって、その恩恵をむさぼり食べていたことを考えると、植甚の苦悩にも同感出来ないことはなかった。

「わかったよ、小父さんの気持は——けど、僕は、もう、スタちゃんを裏切ることは出来なくなっちゃったんだよ」

「じゃ、どうしてもか？」

「うん」

「これ程、頼んでもか？」

「うん」

「そうか。じゃ仕方がねえ」

植甚は、何か心を決めたらしく、何度もうなずいては、白い眼を乾一に射かけながら、

「まア、好きなようにやってみるさ」

と、背を丸めて、うっそりと帰って行った。

大内トモ子は、植甚と乾一の話が始まると、すぐに自室へ入ったきり、出て来ない。

蛍光灯《けいこうとう》に青白く浮び上った厨房の椅子にかけて煙草を吸っていると、乾一は、無性に淋し

くなってきた。食堂の扉を開けて、スタントンのウイスキーを飲もうとして、戸棚に手を伸しかけ、彼は舌打ちをした。無意識に、習慣的に手をつけようとしたのだが、この家の生活そのものが、あらゆる形で彼を誘惑しているのに気づいたのである。一点の曇りもない使用人としての純潔を、主人の居ない数日間に守り通すことの困難さを今になって思い知らされた。

厨房へ戻り、水を一杯飲んでから、自室のベッドに引っくり返った。

大内は何をしているのだろう。

虫の声が、ひっそりした邸内を包んで、降るように鳴いている。乾一は、わけもなく感傷に嚙みつかれて胸が一杯になってきた。

そして、

（俺も、何時かは死ななくちゃならないんだな）

と、そんな、今まで考えてみたこともないことが頭に浮かび上り、ぎょっとなった。

生きて来た二十四年間と、これから生きて行く、未知数の年月の、ふわふわした頼りない空間に漂よったまま、何を目的に、何を生甲斐《いきがい》にして自分は生きているのだろうか――乾一は哀しくなってきた。得体の知れない不安が、彼を押し包んできた。

たまらなくなり、乾一は叫んだ。

「大内さん。大内さーん」

大内が入って来た。

「どうしたのよ？　小森さん。電気もつけないで、どうしたのよ？」

二人は、暗い顔を見詰め合った。

乾一は飛び起きると、大内をベッドに押し倒した。自分でも思ってもみなかったことなのだが、猛々《たけだけ》しい、けだもののような血が騒ぎ出して、もう夢中だった。

大内は唸《うな》りながら抵抗してきたが、急に、それが止《や》むと、今度は乾一へ、のしかかるように腕を巻きつけてきた。

十

植甚が解雇されたのは、塀の工事も終り、朝夕の冷気がきびしいものになって、高く澄んだ秋の空が、ようやく落着きを見せてきはじめた頃だった。

植甚が辞めさせられたことを乾一はスタントンから聞いたのである。その晩の出張に、スタントンは制服の上へコートを羽織り、白いマフラーを首に巻いて車庫へ出て来ると、

「キムラさんは、やめていただきました。かわりのひと、さがしてきてください」

と、こう言い出したのだ。

そういえばその日の午後、帰りがけに厨房へ寄って、

「おい。よくもやりやがったな。おぼえてろよ」

と、不気味な捨台詞《すてぜりふ》を残して帰ったのが思い起された。丁度、大内と二人で車を引出し、

NA航空会社の売店へ買物に行き、帰って来たばかりだったので、何が起きたのか、よく呑《の》み込めなかったのである。

スタントンに、そう言われて、乾一は、一切をぶちまけようと決心した。が、その暇もなく、スタントンは車の扉をしめ、手を振って笑いながら門を出て行ってしまったのだ。

厭な気持だった。割切れない何物かが、よどんで後に残っている。厨房へ戻ってからも浮かない顔をして考え込んでいると、大内が入って来た。

「植甚さん、辞めたんですって？」

「うむ。クビになったんだよ。僕のことを何て言ったのかな、マスターに——。クビになるときには、思い切ってぶちまけたに違いないんだ。それなのに、マスターは、代りの植木屋を僕に探せと言ってる。何だか、変な気持なんだよ」

大内が、後ろから乾一を抱き、顔を肩に埋めてきた。

「何だか、厭な気持なんだ。マスターは、何も彼も知ってるんだろうか？　それだとしたら……」

「知ってるわ。知ってるのよ」

と、大内は声をふるわせた。

「え？」

振向くと、大内の眼が涙で一杯になっているのだった。

「どうしたんだい？」

「許して――御免なさい。私のことを許して頂戴《ちょうだい》」

大内が泣きべそをかいて、乾一にかじりついてきた。

わけを聞くと、大内は唇元に決意を見せて、乾一の手をとり、スタントンの寝室へ連れて行き、ベッドの横手にある戸棚を合鍵《あいかぎ》で開けた。

この戸棚の中は、乾一ものぞいたことがなく、鍵はスタントン一人が持っている筈《はず》のものだっただけに、意外だった。

大内は、中に詰まった大きな書類封筒の束の下の段から、録音機のテープを、三つ四つ取り出すと、これも戸棚の中段にある戸を開けて、中に仕掛けてある録音機に取りつけ、電気を入れた。彼女は青ざめ、動かしている手が、細かく、ふるえている。

乾一も、見当のつかない不安に黙り込んだまま、彼女の後姿と戸棚の中味とを見比べていたのだが、テープが鳴り出すのを聞いた時には、事の意外さに、ポカンとしてしまったのだ。

テープからは植甚の声が流れてきた。

「てめえ、それで済むと思ってるのか。俺を見損うな、俺を――」

と、その弾んだ呼吸まで、ちゃんと入っているのだ。

「小父さん、僕は、マスターに任せられたんだ。そいつをいちいち……」

今度は乾一の声だった。これは、まぎれもなく、厨房で乱闘が行われた、あの夜の会話なのである。

「君ッ。こ、これア、何だ？　どうしたんだッ」

乾一は大内の肩を摑《つか》み、気狂いのように、わめいた。

大内は黙って戸棚から数冊のアメリカの雑誌と、青空にかかった虹《にじ》の橋の下を旅客機が飛んでいる画が描かれている、カバーをつけた本を取り出し、乾一の前に置いた。その本のカバーの左上に、パイプをくわえ制服をつけたスタントンの写真が、くっきりと印刷されてあるのだ。

「何だッ？　何だい、これア……」

「これは、スタントンが書いた本なんです。スタントンは小説家なのよ」

「えッ」

乾一は、びっくりして眼を見張り、唾《つば》を呑み込んだ。何時か便所で見た新聞のことが、ハッと思い出された。

スタントンは、自分の使用人達や、邸《やしき》へ出入りする者の一切の言動を知っていたのだ。

「私が、そのスパイをしてたのよ」

と、大内はうなだれた。

彼女は、植甚や乾一の日々の会話と行動を、くわしくスタントンへ報告するばかりでなく、彼女の自室からは巧妙な仕掛けで録音機のマイクが厨房に突き出されるようになっていたのだ。そういえば厨房の小卓の下の壁に、一寸《ちよつと》出っ張ったステンレスの囲いがあったのを乾一は知っている。この囲いは、大内の部屋の中から開くことが出来るのだという。この穴からマイクが首を出して、厨房の情景を写し取って、スタントンの耳を楽しませていたわけなのだ。

「スタントンは、NA航空の機長の仕事は、一年も前に辞めているのよ。出張するのは鎌倉の別宅へ出張するんだわ。其処《そこ》に、女のひとが待ってるのよ。日本人よ」

大内は、どうにか落着きを取戻して、ボソボソと語り続けた。スタントンも彼女には心を許していたらしく、大内の話から或る程度の経歴も、およそ浮び上ってきた。

それによると、スタントンは、戦争中に、空軍から対日宣伝の教育を受け、日本の上空にも飛来して来た程で、巧みな日本語は軍隊の教育で習得したものらしい。終戦後もNA航空に入って空を飛び続けていたのは、精密で巨大な、飛行機という文明の象徴が、日毎《ひごと》に驚嘆すべき機能と速力とで地球を征服して行く魅力に、ひきよせられたからだという。彼が戦争中に得た体験から書き上げた短篇が、「ホリデイ」という雑誌に掲載されたのは三年前のことらしく、戦争中に同僚だった男が、その雑誌社の編輯部《へんしゅうぶ》に居たのだそうだ。引続いて、彼は二篇の小説を書き、そのうちの一篇は、ことに高く評価されたので、スタントンは、いよいよ作家として世に出ることを決意し、その後、二年がかりで書き上げた長篇は、ニューヨークで出版され、メトロ・ゴールドウィンが映画化権を買ったということである。

「スタントンは、今、二つの小説にとりかかってるの。一つは香港を舞台にしたものらしいわ。もう一つは、つまり、……」

「つまり、僕や植甚のことを書くっていうのか？」

と、乾一は怒鳴った。

「怒らないで——そんなに怒らないで——」

と、大内は弱々しく、眼を伏せたが、

「あなた達ばかりじゃないわ、そもそも、この家を建てた時から、この家へ出入りした全部の人達が材料になるんですって——」

植甚が、出入りの商人や職人達と、ピンハネの相談をして、インチキの領収書を書かせている情景なども、きっと、その小説に出てくることだろう。勿論《もちろん》、乾一も重要な役を勤める筈だ。スタントンが、乾一の経歴を聞き、自動車を駆って、くわしく、乾一の過去の生活が存在した場所をカメラで撮り廻ったことも、今になってみると、うなずけないことはないのだ。おそらく、故郷へ帰って養子になったとかいう前の運転手《ドライバー》も、その手を喰ったに違いないと、乾一は口惜《くや》しさで体がふるえてきた。鎌倉の別宅にも、また別の植甚や乾一が居て、スタントンに材料を提供しているのかも知れない。

その小説の題名は「厨房の日本人」と、いうのだそうだ。まだ執筆にとりかかってはいないが、今書いている小説が済んでから、ゆっくりと材料を整理して書き始めるのだそうである。

スタントンが、どういう眼で、この邸へ出入りする日本人達を見て、どういうところを小説に書こうとしているのか、それはわからない。

とにかく、彼はハワード邸から出て、この邸を建て、邸に出入する日本人達に餌《えさ》を撒《ま》いて手《て》なずけ、その餌を食い漁《あさ》る鳥どもの生態を観察していたのだった。この仕事は、大内トモ子が来るようになってから、非常に効果をあげるようになった。

大内が戦災を受けて疎開した埼玉県に、老母と高校生の弟と妹を抱えて苦闘していることを聞いたスタントンは、一万五千円の給料の他に、三万円の手当を出して、スパイの役を演じさせたのだ。

「私、厭《いや》だったの。死ぬ程、辛《つ》らかったわ。でも、その三万円には勝てなかったの。ことに、あなたが来てから——あなたと、ああなってから、私、気狂いになりそうだった」

と、大内は頭を抱えた。

「お人善しのスタちゃん」が、ゆるめ放題の財布から撒いた金は、一篇の小説となり、出版された本からは莫大《ばくだい》な報酬となって、彼の懐《ふとこ》ろへ戻ってくるかも知れない。植甚のクビを切ったのも、乾一に新しい植木屋を世話させようとするのも、材料が新しい発展を見せることに期待しているのだそうだ。乾一も実験材料としての価値がなくなれば、その結果は眼に見えていると言ってもよい。

乾一は、一糸もまとわぬ自分の裸体が、銀座の人混みの中に曝《さら》されているような恥かしさで居たたまれなくなってきた。驚きと怒りと、情けなさと恥かしさに頭はしびれ、混乱して、何故《なぜ》か、しきりに涙が出てくるのだった。

十一

刺すような頭の痛みを耐えてベッドに起き上り、枕元《まくらもと》の水差しから水を飲むと、乾一は、廊下へよろめき出た。

明るい秋の陽射《ひざ》しが、窓のガラスから、しずかに家の中へ入ってきている。

時計を見ると午後一時だった。

ひっそりした邸内に大内トモ子が居る気配はなかった。

あれからのことは何も覚えていない。昂奮《こうふん》と怒りに任せて、食堂から持ち出したウイスキーを、どれ位飲んだものか、そして、わめき散らし、厨房や食堂の器物を投げつけたりしたことも、かすかに覚えていたが、その痕跡《こんせき》は何処《どこ》にも跡をとどめていない。清潔で、深い森の中のような、何時《いつ》もの邸内である。大内が、すっかり始末をしてくれたのだろう。

バスルームで頭から水を浴びると、物倦《ものう》くコーヒーを沸かして飲み、乾一は、またベッドへもぐり込んでしまったが、夕方になって大内トモ子が姿を見せたときには、厨房の椅子で手紙を書きはじめているところだった。

大内は憔悴《しょうすい》し、一晩のうちにやつれて、老《ふ》けて見えた。乾一は顔をそむけた。

「私の顔なんか、もう見たくないのね」

と、大内は言った。

乾一は、またペンを動かした。

「スタちゃんは日本語が読めるんだろうな?」

「ええ。少しは——」

「君も報告書を書いたんだろう？　日本語で——」

「ええ。でも、それは誰かに翻訳して貰《もら》うんだって言ってたわ。ね、何を書いてるの？」

「別れの挨拶《あいさつ》だ」

「ああ——やっぱり、あなたは此処を出て行ってしまうのね」

「スタちゃんの材料になってやるのもいいだろう。こっちも知らないふりをして三食つき一万五千円を貰うのも悪くはないさ。けど、今の僕は、とても、そんな気持になれないんだ。どうしてだか、わかるかい？」

大内の瞳《ひとみ》がうるんだ。

「あなた、スタントンに裏切られたんですものね。あなたが苦しくて辛らいこと、よくわかるわ」

「僕ア、はじめはスタちゃんをバカにしきっていた。もっとも、そいつは反対に僕が間抜け野郎だったんだけどさ——でもね、最近の僕は、スタちゃんの信頼に応《こた》えて、僕の、何ていうのかな、つまり誠意ってやつさ。まごころってやつ——この気持で、スタちゃんに尽してやりたい、給料の値打ちだけのことは全力をあげて努めてみたい、そう考えてたんだ」

「それはスタントンもわかっていたのよ。あなたをアメリカへ連れて行くかも知れないって、何時か私に、そう言ってたわ。あなたが好きだって——」

するとあの乾一に投げかけたスタントンの微笑の暖さには、いくぶんの真実が交《ま》じっていたのだろうか。それにしても人間というものが、実生活にする演技の巧みさは底の知れないものがある。

「僕は嫌《きら》いだ。あいつに厭気がさしちまった。それはね、僕がスタちゃんを信じたからだ。これっぽっちの嘘もなく、あいつの言葉や人格を尊敬していたんだ。だからこそ、僕は、もう、この家に居たくないのさ」

初めから今まで、スタントンを軽蔑《けいべつ》し、甘く見て、ピンハネの生活をつづけていたなら、いっそ覚悟をきめて、材料になってやり、もっと図太く餌を要求し、食い漁ってやってもいいのだ。

「でも、僕は、せっかく、僕がこの手で摑みかけた、人間同士が信用し合うっていう、その、いい気持に背《そむ》きたくはないんだ」

大内は、ガスレンジに寄りかかって、低く泣きはじめた。乾一が立って行き、彼女の髪に唇を押しつけてやると、

「あなた。怒ってるわね。私のこと、怒ってるわね」

「昨夜はね。でも今は違う。君が決心して、全部、打明けてくれたのは嬉《うれ》しかった。君だけが嘘つきじゃなかったんだからね。君だってスタちゃんから貰う金は大切なんだ。でも僕には……」

と言いかけて、乾一は激情に駆られ、大内を抱き締めた。

「一緒に出て行こう。ね、君も僕と一緒に——」

二人は床の上に倒れた。

「行きたいわ。私、行きたい」

「よし。二人で働けば、何とかなるよ」

「待って——。でも、行けないの。行けないのよ、私——」

大内は両腕で乾一の頭を抱き、悲痛な声で叫んだ。

「何故だ？　どうしてだよ？」

「私、前に結婚したことがある」

「いいよ、そんなこと——何でもないじゃないか」

処女ではないこと位、知っている。

「そしてその男に捨てられたんだわ、私——ねえ、小森さん。私、あなたが好きだわ。ほんとよ、これは——でも、私、あなたより五つ歳上で、それに母や、弟や妹を抱えてるのよ」

「いいじゃないか、大丈夫だよ」

「駄目よ」

大内はキッパリと言った。

「私だって、小森さんだって、お互いに結婚の相手として愛し合ったわけじゃないわ。体が先に愛し合ってしまったんだもの」

「僕は違う。僕は、君が好きなんだ」

「私だって、あなたが好きよ。でも、結婚して、何時までも、二人で暮せるなんて、思ってやしない」

絶望に打ちひしがれた、大内の声だった。

「君は、僕達二人のことを信じないのかい？」

「ええ。私、信じない。信じられない」

「貧乏が怖いのか？」

「ええ、怖いの」

「何時、消えてしまうか知れないスタ公にくっついて貰う三万円がそんなに惜しいのか」

「ええ、惜しいの。私、母や弟や妹が、あなたよりも可愛《かわい》いの。私と一緒に暮すなんて、小森さん、駄目よ。そんなの一時の情熱に過ぎやしないんだわ。お互いが苦しむことは、眼に見えてるわ」

十二

夜になって、月が出た。

乾一と大内トモ子は、二人切りで最後の夕飯をした。犢《こうし》のカツレツに、ピース・スープ。車えびを冷やしてサラダソースをかけたものに、スタントン愛用のフランス製のメドックという赤ぶどう酒を一杯ずつ飲んだ。

「これが最後のピンハネか」

と、乾一は、ほろ苦く、大内に笑って見せた。

「さっきの手紙には、何て書いたの？」

「マスターの小説が成功するように祈りますって皮肉を言ってやったんだが、もう破いちまったよ。後に残る君の裏切りが知れたら、君の為によくないからね」

乾一の言葉が皮肉ではなく、素直な思いやりから出たものだと、大内は知ってくれたらしい。

「有難う。私、乾ちゃんのこと、一生、忘れないわ」

「僕も——」

じっと見交した眼を、ふと閉じると、激しい情熱で乾一を圧倒してきた大内の姿態が、乾一の瞼《まぶた》の裏に、まだハッキリと焼きついていた。やがて、トランクを提げた乾一を駅まで見送るからと、大内は、ボストンバッグを持ってくれて、二人はスタントン邸を出た。

振返ると、青い月の光りを浴びて、新しい大谷石の門と塀が、白い帯となって、忘れることの出来ない、乾一の人生の、小さな歴史を包み込んでいた。

「あれ、植甚の声じゃないかしら？」

やや離れていた大内が近寄って来て囁《ささや》いた。

坂道を数人の足音が上って来る。その黒い人影を、前の空地の草むらにしゃがんで、やり過しながら眼をこらすと、先頭に立っているのは、まさに植甚だった。鉢巻《はちまき》をしめ、手に棍《こん》棒《ぼう》を握っているのには苦笑させられた。清もいる。清の仲間らしい愚連隊が四、五人後につき、清の女房の光子までが肩をいからせている。

一同は殺気立って、スタントン邸の門の中へ消えて行ったが、すぐに厨房の扉でも蹴破《けやぶ》ったらしい物音が聞え、ガラスの破《わ》れる音もした。植甚と清が血走った眼で、乾一を探し求めているのだろう。

乾一は大内トモ子と顔を見合せて、立上った。

「僕のあとに、どんな運転手《ドライバー》がやってくるかな?」

「さ、行きましょう」

乾一は、大内の冷たく沈んだ声に、ぎょっとした。大内は坂道へ歩き出しながら、また言った。

「あなたが電車に乗ったらもう私とは他人よ。何処で会っても口なんかきかないわ」

（「大衆文芸」昭和三十一年一月号）

娘《むすめ》のくれた太陽《たいよう》

一

永井長太郎《ながいちょうたろう》は今年《こんねん》五十八歳。明治三十一年生れで、東京都の税務事務所の徴収員をしている。

青黒くむくんだ顔は過去の出たら目な生活の結果を物語っていて、毎日の晴雨にかかわらず外を回って歩き、滞納した税金をさいそくに回る仕事に、小柄《こがら》な、痩《や》せた肉体は悲鳴をあげている。けれども働かなくてはならない。一人ぽっちだからだ。兄弟もなく妻も子もなく、もちろん親もない。財産はこれといって何もないが、——三万円の貯金がある。これは自分が死んだときの後始末をしてくれる人にやるつもりだ。

長太郎には女の子が一人いた。もと妻だった女も、まだ生きているかもしれない。たぶん生きているだろう、丈夫な気の強い女だったから——。しかし、それらの人々は、もう長太郎とは何の関係もないといってよい。長太郎もまた、再び彼等に会おうとも思ってはいない。

日本橋室町《むろまち》の大きな菓子舗《かしみせ》の一人息子として生れ、何不自由なく甘やかされて育った自分が、父親のあとをついで店の主人になり、放蕩《ほうとう》の限りをつくした上に、何度も詐欺《さぎ》に引っかけられ店をつぶし、妻にも子にも愛想をつかされ、世の中の、どんな片隅《かたすみ》からも閉め出されて、大阪、福岡と逃げまわり、福岡の或る請負師の事務所の事務員となって満州へ渡ったのは、昭和十六年の春だ。

終戦――引揚げて来た東京は、まだ焼土の匂《にお》いがなまなましく、頼る人もところもなかったが、当局のあっせんで東京都へ就職できたのも、当時復員して来る男達が少なく、復興を目指して多忙になった都庁では、かなり容易な条件で人を入れたからである。今ならとてもこうはいかない。ぱりっとした大学出の連中でも難かしい試験を通らなくてはならないのだ。

「永井クンなんか、いいときに入ったなア。幸運だったな、感謝しなきゃいかんぜ」

一年ほど前、まだ山ノ手の或る地区に勤務していたとき、課長が皮肉まじりにそんなことを長太郎にいったものだ。

「はあ……」

と、うなずいて見せたが腹の中では、

(何いってやがる。厭《いや》なら何時《いつ》でもクビにしてくれてもいいんだよ。覚悟は出来てるんだから――)

と、長太郎は淋《さび》しくせせら笑った。課長にではない、自分を嘲笑《ちょうしょう》したのだ。

希望もなく、生甲斐《いきがい》もなく、灰色の月日が過ぎて行くのを、ぼんやりと見守っているだけだから、何事にも身が入らない。

税務事務所で扱う税金は、家屋や土地の税、事業、自動車、遊興飲食、不動産所得などの各税があり、徴収員は、滞《たま》った税金をさいそくして集めて来るのだから、電気やガスの集金係と違い、税法をタテにした強権もあるし、いざとなれば差押えもする。威張って堂々とやれる仕事だけれども、役人に対して世論もうるさいし、クソ威張りに強制することも出来ず、あんまり良い仕事ではない。何かと言えば役人と役所に鋭く眼を光らせている世の中だから、むしろ辛《つ》らい仕事だといえる。

「おれは、良い仕事だとも辛らい仕事だとも思っちゃいないよ」

と、長太郎は同僚にいうのだ。そりゃそうだろう、と同僚はいいたくなる。

「永井のおっさんはな、仕事なんかしてやしないんだからナ。あれだけサボれば文句ないよ」

「課長や係長が注意しても皮肉をいっても、ぼやっとして、何処《どこ》に風が吹いてるか、って顔だ。一寸《ちよつと》まねが出来ないね」

「毎日、ぶらぶらっと一時間ばかり回って、あとは映画見てるんだ」

「しかしな、ときどき凄《すご》く差押えをして来るときがあるじゃないか」

「変ってるナ、とにかく――」

同僚は口々にそんなことを言うが、評判は必ずしも悪くない。長太郎が気前がいいからだ。外勤の手当をふくめて二万円余の月収を全部使ってしまう。若い連中を引っ張って飲み屋に行く。そのくせ、つまらなそうに盃《さかずき》をなめている長太郎だ。

何をしても面白いことなんかない。映画館へ入るのも暇をつぶすだけのことだ。ときどき、気が狂ったように片っぱしから差押えをやって赤紙をベタベタ貼《は》りつけ、滞納者と大喧嘩《おおげんか》をやるのは、淋しさに耐え切れなくなって男のヒステリーを起すときなのである。

ヤケになって酒を飲もうにも女を買おうにも、もう体がきかない。腎臓も肝臓も悪い。痔《じ》も痛む。

五十をすぎてから長太郎も、しみじみと別れた娘に会いたいと思うことがある。とても見込みがないと考えつくや、さっぱりと自分から逃げだしてしまった妻の光江のことは、あまり懐《なつか》しくないが、二十年前、五つの可愛《かわい》いさかりに手離した娘のたま子の顔は、この頃、よく夢に見る。

二

長太郎が、この下町の税務事務所に転勤したのは三カ月ほど前のことだ。

転勤の時期が来ると、彼は必ず転勤させられる。何処の役所でも成績が悪く愛嬌笑《あいきょうわら》い一つ見せない老人を敬遠するのは無理もない。クビ切りが始まれば真っ先にちょん切られるだろうことは、長太郎も覚悟している。

その日——長太郎は朝から眼が血走っていた。

昨夜、蒲団《ふとん》にもぐってから、例のヒステリーが起きて、一晩中まんじりとも出来なかったのだ。

駒込千駄木町《こまごめせんだぎちょう》の、大正十二年の大震災にも、今度の戦争にも焼け残った町の一郭——二階借りの四畳半。古ぼけたちゃぶ台と、蜜柑箱《みかんばこ》を重ねた物入れだけが、寒ざむとした世帯《しょたい》道具だ。食事は三食とも外でとるから、部屋の中はガランとしている。昨夜、垢臭《あかくさ》い蒲団をかぶって、めっきり冬めいた風がカラカラと窓ガラスに鳴るのを聞きながら、二合びんの冷や酒を飲んでいると、もう居ても立ってもいられないほど淋しくて淋しくて、情けなくて、たまらなくなった。階下の、子が三人もいて夫婦の仲もよいサラリーマン一家の、にぎやかな団欒《だんらん》の声が二階にも聞えてきて、うらやましくて泣きたくなった。

（チクショウメ。年をとってくると、こんなにだらしがなくなるもんかな）

と、長太郎は、体がきいて快楽が肉体そのものの本能で味わえた、十年前までの自分が思ってもみなかった苦痛に身をもがいた。

こういう反動が翌朝の仕事に現われる。

「ごめん下さい。税務事務所の者ですが、滞納した税金を頂きにまいりました」

と入っていくときから鬼みたいな顔になっている。

「もう少し待ってくれ」とか、「今は払えない」とかいわれると、

「そうですか、じゃ差押えをさせて貰《もら》います」

と、いきなり赤紙を鞄《かばん》から引っ張りだす。

相手が怒ろうが、食ってかかろうが平気である。たとえ一枚の滞納票でも容赦しないのだ。しぶしぶ払う者もあるが、五枚も六枚も滞《たま》っている者は急に払えるわけがない。

「役人面《づら》しやがって——」

と喧嘩になる。

長太郎は自分のヒステリーを、この喧嘩にぶっつける。あくまで法律をタテにとっての喧嘩だから税金を払わない者が負けになる。しかし、いまの政治には無理が多い、それに民主主義の時代なんだから、苦情が事務所の課長に持ちこまれる。

「われわれだって、好きで税金ためてるんじゃないですぞ。あんな横暴な徴収員を何故《なぜ》クビにしないのですかッ」

と怒鳴りこまれると係長や課長は一言もない。平謝まりに謝まって、長太郎を呼びつけ叱《しか》りつける。

（ふン。今日もやられるかな）

長太郎は午前中に七件も差押えして、国電の駅前のそば屋で昼食をしながら、そう思った。昼飯は天丼《てんどん》の上《じょう》だ。

いくら淋しくっても哀《かな》しくっても一人ぽっちでも、食べ物だけは素直に腹へ入ってくれる。うまいものはうまいし、まずいものはまずい。外勤で一日中足を使っているのだから、否応《いやおう》なしに腹が空くのだ。

いまの長太郎にとって、この自分の最後に残された欲望に金を使うより使う途《みち》はないのである。

午後は駅付近の飲食店が並ぶ、ごみごみした小路を回ることにして、長太郎はそば屋を出た。まだ、ヒステリーはさめてはいない。

空は曇っていて、歳末も近い木枯しが、紺サージの制服を吹き抜けて、長太郎のかわいた肌《はだ》に沁《し》み通ってくる。

国電の響音と一緒にガードをくぐり、滞納票の束の中から七、八枚重ねてピンでとめてあるのを抜きとり、長太郎は、ガードを出た道を右へ曲り、マーケット風の、小さな店が並ぶ一軒へ入って行った。

〔酒場ローランサン〕という看板がぶら下っている。ガラス戸には鍵《かぎ》がかかり、緑色のカーテンが下りているが、味も素っけもない店だ。

(こんな店で酒が飲めるか。こんなに税金をためるくらいなら廃業しちまえばいいんだ)

と思いながら、長太郎はガラスを叩《たた》きつづけた。

ガンガンと、鍵《かぎ》をあけるまで叩きつづける。まわりの店の人々が出てきて、不審そうに見守る者もあり、早くも服装で税金屋だと気づいて逃げこむ者もある。

転勤して間もない長太郎は、この地区を回るのは初めてである。

「ごめん下さい。ごめん、ごめん――」

叩きつづけるガラス戸の向うのカーテンがサッとめくられて、男が着るような紅《あか》いポロシャツを素肌に着た若い女が半身を出した。固く盛り上った乳房《ちぶさ》が、ポロシャツを跳ねのけて飛びだしてきそうだ。

色は浅黒いが、眼の大きい、唇《くちびる》の引き締った良い女だった。

女は、黙ってガラス戸をあけた。

「税務事務所の者ですがね」

と、長太郎が、女の体を押しのけるようにグイと店の中へ入ると、むーっと健康な女の匂いがたちこめている。

三坪ばかりの店に、三畳の部屋がくっついているだけだ。カウンター式の飲み台にも埃《ほこり》が積っているし、棚《たな》には、ウイスキーやビールが十本ほど並んでいるきりで、何ともお寒い店なのである。

薄汚れた壁に、大きな油絵がかかっている。黄色い牛が女の子供を背中に乗せて草を食べている絵だ。女の子は紅い小さな花を手に持っている。

三畳の部屋には蒲団が一杯にしかれ、そこにもゴテゴテと油絵が並べられたり、積み重ねられてある。

長太郎が職業的な眼で差押えするような品物がないかとあたりを見回している間、女は、口一つきかずに店の椅子《いす》にかけ、煙草《たばこ》をふかしはじめた。

「どうです？　これだけ滞《たま》ってるんだが――」

長太郎が滞納票をピラピラさせて振向くと、女は、

「何が滞ってるの？」

「何がっ、税金ですよ、税金――」

「ほほう」

と、女は煙草の煙りの中から眼を細めて、長太郎を見上げた。

（何が「ほほう」だ。こいつおれをバカにしてやがる）

長太郎のヒステリーに火がついた。

「払ってくれるんですか、くれないんですか」

「おじさん、税金屋さんを何年やってるの？」

「何だって」

長太郎は眼をむいた。

「何年やってるのよ」

「十年やってる」

「なら、わかるでしょ。払えるか、払えないか」

「じゃ払わないつもりなんだねッ？」

女は、デニムの洗いざらしたズボンを一寸《ちよつと》つまみながら、男の子みたいに刈り上げた首をすくめ、にやりと長太郎を見上げて、

「おじさん、怒りっぽいんだナ」

と言った。

三

長太郎は憤然として差押えの手続きにかかった。

差押え調書という三枚続きの用紙にカーボンをはさみ、差押えの物件と見積り価格を書き、

その一枚を滞納者に渡し、印形を捺《お》させるのである。

事業税が二枚、遊興飲食税が八枚で、延滞利子をふくめると全部で二万円近くになる。客が来そうもない、こんな薄汚れた酒場で、一年間に、これだけの税金がかかるのは、この店の主人が納税申告を怠っているに違いない。

店の主人の名前は佐々木富子《とみこ》となっている。

滞納票を見ながら用紙に鉛筆を走らせ、長太郎は、

「いままで、役所から誰も来なかったんですかね」

「五、六度見えたわ」

女は、平気で、微笑をふくんだ眼で、長太郎の顔と鉛筆の動きを見守っている。それがまた長太郎をいらいらさせた。

「よくもまあ、これだけ滞めたもんだ。この前、来た人は何ともいいませんでしたか？」

「この前までは私も商売やってくつもりでいたから、せいぜいお世辞つかって、あやまって、それでどうにか待って貰《もら》ったんだわ」

税金をさいそくする際に、若い美女が応対に出たときには、決して顔を見ないほうがいい。ことに相手が愛嬌のよい女ならば、ついデレデレしてしまい、とれるものもとれなくなる――ということは、よく徴収員達の間に交される言葉だ。

（フン。このおれはそうはいかんぞ）

長太郎は、しかし、二万円近い税金に当てはめる品物が、ほとんどないのに舌打ちした。

　生活に必要なものは押えるわけにはいかないから、蒲団や食器類は駄目だ。やっと、この店には不釣合《ふつりあい》なほど大きい中古の冷蔵庫と、二組のテーブル、椅子などに赤紙を貼りつけ、長太郎は壁の三尺四方ほどの油絵に眼をとめた。

「あ、これは駄目よ」

　女が、苦笑していうのへ、

「誰が描《か》いたんですかね、この絵は——」

　名の知れた画家の作品なら差押えの価値がある。

「駄目よ、私が描いたんだもの、一文にもなりゃしないわ」

　見ると、ローマ字でＴＡ《タ》ＭＡ《マ》と署名してある。長太郎も旧制中学は出ているのでそれくらいは読めた。

「タマ——するとあんたは佐々木富子さんじゃないんだね？」

「富子さんは私の友達——」

「じゃ、あんたは？」

「富子さんが結婚して仙台の方へ行ったあと、この店を私が貰っちゃったの」

「何時《いつ》？」

「半年ほど前かナ」

「じゃ、あんた、すぐ名義を書き替えなきゃ駄目じゃありませんか。このままにしとくと、仙台の佐々木さんの方へ全部税金がいくんですぜ」

「あら、困った。そうなの」

「だらしがないね、あんたも——」

「つい、めんどうくさいもんだから——」

「あんた、絵描きさんですか？」

「まあね——」

と、女は、煙草の箱に指を入れてみて、

「ないわ。おじさん、一本下さんないかナ」

長太郎はプリプリして、

「とにかく、じゃ、これだけ差押えしときますよ。立会人として、あんたの名前を聞かせて下さい。何てんですか？」

「私？——淵井《ふちい》たま子って申します」

「淵井——タマコ？」

「ハイ、そう」

ローマ字でタマという名を読んだときは、うっかりしていたが、ここで長太郎はギクリとなった。娘と同じ名前ではないか。

「タマコって、どんな字？」

「ひら仮名のたま子——」

淵井という姓は知らない、別れた妻の実家が村瀬だ。もしかすると人違いかも知れない。

しかし、このたま子がおれの娘ではないと言い切れないことは、たしかだ。

長太郎がポカンと口をあけて、心臓をドキドキさせながら、頭にのぼって来た血を持てあまし、キョロキョロしていると、たま子が、

「どうしたの？　差押えしないの。道具だけですむんならしてってもいいけど、富子さんに迷惑がかかるんなら困るナ。だって私、このお店もタダで富子さんから貰っちゃったんだし――」

長太郎は居ても立ってもいられなくなり、そそくさと差押え用紙を鞄に突っこみ、表へ飛びだした。

四

その日は、何をして、何を食べて、何時下宿へ帰ったのか、長太郎は覚えていない。気がつくと、夜更《よふ》けの蒲団の中で、じいっと天井《てんじょう》の闇《やみ》を見上げ、彼は、幼い頃のたま子の映像と、今日の、娘の映像とが、ぴったりと確信をもって重なり、一つのものにならないか――と、それぱかり考えていた。

若い頃は、別れていった妻や子に怒りと口惜しさで一杯になりながらも、やがては無軌道な一人暮しに馴《な》れて忘れてしまうこともあったし、福岡で一度、芸妓上《げいしゃあが》りの女と世帯を持ったこともあり、この女は一年ほどして盲腸炎が手遅れになり死んでしまったが、とにかく第

二の家庭生活を経てきていたから、昔のたま子の写真なども何時しか手離してしまっている。若い頃の妻のおもかげや自分の顔にどこか似てはいないかと、妻の顔を思い起してみたり自分の顔を鏡にうつしてみたりしたが、似ているようでもあり似ていないようでもある。そのうちに今日のあの娘の顔の記憶さえも何だか怪しくなってきた。

翌日――長太郎は、仕事をするのも上《うわ》の空《そら》でガード下の酒場へ行ってみた。午前も午後もガラス戸は閉まっている。思い切って手をかけてみたが開《あ》かない。マーケットの店の人々が、じろじろと見るので、戸を叩いてみることもせず、長太郎は役所へ帰り、夕方、退庁のベルが鳴ると同時に役所を飛びだし、またガード下へ行った。店は閉まっていた。

すっかり夜になり、下町の盛り場に灯《ひ》が入っても〔ローランサン〕の店は、ひっそりと暗かった。次の日も、また次の夜もである。

四日間も、仕事が手につかず、ガードの周りをうろついているだけなので、徴収成績も上らない。一件も整理できなかった日が二日続いたので、長太郎は係長に呼びつけられた。

「あんたも、まだこっちへ転勤して三カ月、地理に馴れないこともあるんだろうけど、しかし、あんたのことは前のM区の税務事務所の係長にも、いろいろ聞いてます」

係長は艶《つや》のよい肥《ふと》った顔の、細い眼に温厚な微笑をふくませ、ゆっくりと、

「あんたもねえ、一人っきりで暮しておられるそうで、ま、いろいろと事情もあるんだろうけど、ま、出来るだけですね、勤めを永く続けて、あとあとのことを考えなくちゃいけないんじゃないの。ね、だから、仕事だけは、ある程度、ちゃんとして貰《もら》わないと、役所のため

にも、あんたのためにもいけないいんじゃないかな」

係長が、おだやかにいってくれたからばかりではなく、長太郎にしても不思議と素直な気持になり、何時もの、ふてくされた態度が出てこなかった。

「はあ、はあ――ハイ。気をつけます」

神妙にペコペコ頭を下げて席へ戻って行った長太郎を見送って、係長は「あの永井ってジ、ジイは箸《はし》にも棒にもかからん奴《やつ》だからネ」という評判を聞かされていただけに、一寸《ちょっと》気抜けた形だったらしい。

全く、長太郎がいままでクビにならずに済んだのは、労働基準法というものが昭和二十二年に制定されているからである。

持て余し者になっていながら彼は欠勤ということをしない。

何故《なぜ》なら、一人で下宿にポツンとしていることくらい、やり切れないことはないからだ。

それから三日たって――長太郎は、駅前の映画館で西部劇の勇ましいピストルの撃ち合いを、ボヤーッと見物してから、またガード下へ、ふらりと出かけて行った。

〔ローランサン〕には灯が入っていた。カーテンもかかっていないのである。

ガラス戸から、そっとのぞくと、一応掃除も行届いた店内の立飲み台の向うに、あの娘《こ》が坐って雑誌を読んでいた。棚にもビールが増えているし、火鉢《ひばち》にも炭がおこっている。営業しているのだ。思い切って戸をあけて首を入れると、

「あら――」

娘が――たま子が腰を浮かした。今夜はグレーのセーターに紅いネッカチーフを巻きつけている。美しかった。

「冷蔵庫には赤い紙が貼《は》ってあるから使ってないわヨ。テーブルと椅子だけはカンベンしてね」

長太郎は真ッ赤になり、何かぶつぶつ言いながら、冷蔵庫に近寄り、赤紙をはがそうとしたが、なかなかとれない。

「あら、どうしたのよ」

「いいよ。あとでとっちまいなさい、この紙――」

「差押えは」

「いいよ。解除します」

「あら――」

「一杯飲ませて貰おうかね」

長太郎は立飲み台の前に腰をおろした。

「サービスしろってわけね？」

「いや、いや。金は払うよ」

あわてて長太郎が叫ぶと、たま子は、

「失礼。ごめんなさい」

と悪びれない。

ピーナッツと塩豆と、豆ばかりのお通し物で、長太郎は酒を飲んだ。

「何にもなくてごめんなさいね。どうも商売に身が入らないもんだから——お客も来ないしね」

「あんた、絵描きさんだったね」

「うん。富子さんもそうよ。だけど彼女、もう絵をやめてお嫁さんになったの」

「それで、この店を——」

「私にくれたのよ。でも駄目《だめ》だ、私には——こんな商売は向かないんだわね」

前にもアルサロの女給や酒場につとめてアルバイトしながら絵を描いてたが、その方が気楽だと、たま子はいった。絵を描きはじめると店をあけるのも面倒臭くなるし、その日その日の気分次第で休業したり、ことに食べるものなどを仕入れたり料理したりするのがわずらわしい。はじめは女の子を雇ってもみたが、売り上げをゴマ化されて逃げられるのがオチで、そのうちに客も寄りつかなくなったし、マーケットの事務所からも追立てを食っているので、もうやめようかと思っていると、彼女はいった。

「絵は売れないのかね」

「まあ売れるのをたのしみにやってるわけだわね、何時のことか知らないけど、自分の芸術がお金になるって夢は捨て切れないわ。私達若い絵描きは、みんな、この夢一つに全身をかけてるんだわ」

たま子の眼がキラキラと輝きはじめた。

長太郎は振返って壁の絵を、まじまじと眺《なが》めた。黄色い牛は大まかな筆でグイグイと描かれ、牛の背に乗った少女も、紅《あか》い花も、単純で明確なタッチで表現されている。ただ薄鼠色《うすねずみいろ》のバックに黄色い牛と少女と花との色彩の組み合せ方が、長太郎が見ても美しく暖い。そして力強い感じを盛り上げているのだ。

「油絵ってのは、お金がかかるんでやりきれないわ」

たま子が長太郎の後でいった。

「そうかね、この絵は絵具代がどれ位かかってるんだね!?」

「そうね、一万円位かな」

「へーえ、それで売れないんじゃ目も当てられないねえ」

「同感!!」

と、たま子は叫んだ。

長太郎は向き直り、思わず眼が光ってくるのを相手にさとられまいと、顔を伏せて盃《さかずき》をながめながら、思い切って、

「あんた、御両親は?」

「死んじゃったわ」

やっぱり違うらしい。

お燗《かん》をしているたま子の横顔に視線をやった長太郎は、

(やっぱり似てないような気がするなア)

と、ガッカリした。

長太郎は十時すぎまで〔ローランサン〕で飲んだ。

たま子は長野市で育ったという。父親は旅館を経営していて、父の死後、母はまとまった金と引換えに、その旅館を父の親戚《しんせき》にとられ、戦前ならばたま子が成人するまでは充分に保《も》ちこたえられたはずのその金も、戦後にはガラリと金の価値が変ったので、終戦当時のインフレ時代に、またたく間に使い果してしまい、たま子が十九歳になった春、母親は胆石病で亡《な》くなったのだという。

「それから、ずっと一人かねえ？」

「ええ、そう」

「じゃ、大変だったろうな」

「でも絵を描いてればね、そんなに苦しくはないのよ。いろんなことしたけれどね」

「絵が、そんなに好きなのかい」

「女学校時代から好きだったわ。長野の研究所で勉強してたてね。母が亡くなってから東京へ出てきたの」

「じゃ美術学校は出てないのかい。それじゃいかんのだろ？　やっぱり——やっぱり学校出てなけりゃ——」

「まあね——けど、私、自分には自信持ってるつもりよ。自信って、うぬぼれじゃないのよ、いまに良い絵が描けるっていう自信よ」

「そうかね——」

たま子は、いま、有名な女の絵描きのW女史について勉強しているのだそうだ。W女史にしても生活して行くのがやっとだというくらい、洋画家の生活はめぐまれないのだという。

「世渡りのうまい絵描きさんは別だけれどね」

たま子は、急に、

「ああお腹が空いた。たまらない。ねえ、おじさん。今日のお勘定、払ってくれる？」

「払うさ」

「じゃ、チャーシューメン言って来よう。昨夜から何も食べてないんだ、私——」

「へーえ。ひどいもんだね。よし、おれがオゴるよ。おれも食う、二つそういってこいよ」

自分の娘ではないとあきらめたが、しかし長太郎は久しぶりで身内から突き上げてくるようなたのしさを味わった。人と人とが語り合うことのたのしさを味わったのは何年ぶりのことだろう。酒もうまく、チャーシューメンもうまかった。

長太郎はこの夜から一日おきくらいに〔ローランサン〕に通いはじめた。〔ローランサン〕という店名が、フランスで有名な女流画家の名前からとったものだということも、たま子から聞かされた。

年の暮も近づき、ボーナス景気で街は活気づいて来たが、〔ローランサン〕の客は、通りがかりの者が思い出したようにパラパラと入って来るだけだ、相変らず暇だった。

役所の若い連中には転勤したばかりでまだ馴染《なじ》めなかったが、長太郎は、そのうちに二、三人連れて来てやろうなどと思ってみたり、たま子の店に客が増えて、自分と二人切りの会話が邪魔されることも怖かった。老いらくの――何とかではない。何となくたま子と話しているのが、たのしかったのだ。

「おじさんなら、いくらチャーシューメンをオゴってもらっても安心だわ」

「何故――?」

「ヘンな眼つきしないから――」

「あはは。この歳《とし》ンなっちゃ色気はないよ」

「おじさん、奥さんや子供さんは?」

「死んじゃった。あんたと同じさ」

「あら――可哀想《かわいそう》ねえ」

それっきり身の上話もしなかった。

ただ、たま子によって長太郎は絵を見ることが好きになった。

ピレネー山脈のスペイン側にあるアルタミラという洞穴《ほらあな》の中に、一万五千年以上も前の原始人が描いたという野牛や馴鹿《トナカイ》の絵の話や、エジプトやギリシアの絵や彫刻、イタリアのルネッサンスの話なども、たま子は面白く話してきかせてくれた。

壁にかかった、たま子の牛の絵についても、たま子がどういう気持で、この絵を描き、絵具を塗っていったかを説明されると、長太郎にもひとしお、この絵が興味ぶかく眺められるのだ。

「牛って動物、私ね、昔から好きなのよ。黙々としててさ、大きくて、暖ったかーい感じがするでしょ。人間に飼われて使われてるンだけど、ちっともそんな感じがしない。悠々《ゆうゆう》として自分の勤めを果して、毎日働きつづける。落ちついてて頼母《たのも》しいわね。いまのせせこましい世の中に生きていて、私が牛に魅力を感じる気持、おじさんだってわかるでしょ」

そういわれると成程な――と長太郎も思う。

長太郎は、次第に仕事にも身を入れはじめ、役所内での人当りもおだやかになって行った。彼の瞳《ひとみ》には明るい光りが宿りはじめてきた。

役所の年末闘争も終り、ボーナスが出た或夜、長太郎は五日ぶりで〔ローランサン〕を訪問した。

この五日間、年末で役所も忙しく、それに年末闘争のデモ行進などもあって、昨日の日曜日も一日中寝てくらしたほど疲れていたのだ。

たま子にも少し金をやって餅《もち》でも買わせてやりたいなどと考えながらガード下へ来ると、〔ローランサン〕の灯が消えていて、戸が閉っていた。

二、三度声をかけ、戸を叩《たた》いていると、隣りのマーケットのラジオ屋のおかみさんが、

「永井さんですか？」

と声をかけてきた。

「はあ――」

「淵井さんが、これを――」

おかみさんは手紙と、ハトロン紙に包まれた四角い品物を長太郎に渡した。近くの喫茶店に入って、長太郎はもどかしく封を切ってみた。

五

——姫路から絵の友達が上京して来てぜひ一緒に姫路へ来い、といってくれますので、思い切って東京を離れることにしました。お客もおじさんぐらいなものだし、それに、マーケットの家賃も税金以上にたまってしまったので、毎日毎日、出てゆけ出てゆけと事務所からいわれます。おじさんに、あいさつしようと思って、お役所へたずねて行ったら、今日は日曜でお休みでした。いずれ落ちついたら、お役所あてにお手紙します。いろいろ有難う、おじさん。この一カ月あまり、ほんとにたのしかったですよ、あたくし——。

今朝、役所へ出たときも、昨日の当直員は何も長太郎に告げなかったし、思いがけないことで、たま子の手紙を持った指が震えだしてきた。正月になってからも、餅や、正月料理の缶詰《かんづめ》などを〔ローランサン〕に運び、たま子を相手に世間話でもしながら、春の休暇をたのしむつもりだっただけに、長太郎は落胆に青ざめた。運ばれてきたコーヒーには眼もくれず、長太郎は手紙を読みつづけた。

——友達の家《うち》は姫路から乗換えて二つ目の、〔のざと〕という駅から一里ほど山へ入ったところにある大きなお寺なんです。当分、居候《いそうろう》させてくれるそうです。女の友達ですから御安心のほど——でも、あたくしも出来るだけ早く東京へ帰って来るつもりです。

おじさんにはいわなかったけれど、あたくしは五ツになるまで東京で育ったんです。何でも日本橋辺《あたり》のお菓子屋の娘として生れたんだそうです。母は、あたくしの本当の父と離婚してから、親類の世話で、長野の父のところへ再婚したんです。

長太郎は低く、何か叫んだ。夢中で読む。

——長野の父は、そのときは四十をこしていましたが、母やあたくしを可愛《かわい》がってくれました。だから、あたくし、本当の父が何処《どこ》にいて何をしているか、なんて思い出したことはありません。母もくわしいことを決していわなかったので、本当の父の名前も知らないんです。でも、やっぱり何ていうのかしら、あたくしって東京が好きです。一度住んだら、このゴミゴミした騒がしい東京が、たまらなく好きになりました。ですから、また、おじさんと会うチャンスもあるんじゃないか、と思っています。

では、これで——何もお礼が出来ないので、私の作品をお贈りします。壁にかけてくれたら、うれしいと思います。

淵井たま子

永井のおじさんへ——。

やっぱり、おれの娘だったんだ。

長太郎は、わくわくと腰を浮かせ、

「たま子だ。やっぱり、おれのたま子だったんだ」

と声をあげた。

音楽が静かに流れている薄暗い照明の中で、長太郎の周囲の席にいた人達が、不審そうに、こっちを見ている。

長太郎は、このまま、東京駅へ駈《か》けつけて汽車に飛び乗り、姫路へ、たま子の後を追っかけて行きたくなった。

六

正月が来て、やがて、わりに暖かった冬が去って行き、東京の街の騒音に揺れながら、並木の葉も緑に芽吹きはじめた。

長太郎は壁にかけた、たま子の贈り物の絵を眺めては日を送った。新聞紙半頁《はんページ》大ほどの白い額縁に、牛飼いの少年が角笛を吹いている素描《デッサン》が、淡く水絵具で彩《いろ》どられている。

長太郎は、お坊っちゃん育ちの、虚栄と見栄《みえ》と、絶望と自暴自棄にあやつられて、何の目的も希望もなく人生の波に揺られて、うつらうつらと漂って来ただけの、五十余年を、今更ながら恥かしそうに振り返ってみた。

(今更、父親でございますと、顔を突き出せるものじゃない。おれは男としての、良人《おっと》とし

ての、父親としての苦しみもたのしみも、何一つ記憶に残っていないような男なんだものな)

自分に愛想をつかして、きっぱりと別れて行った妻の光江も、あの当時は恨んだものだが、今になってよく考えてみると、女として、妻として、母親として、力強く生きて行くためには、どうしてもとらなければならなかった行動なのだろう。一緒に暮しているときには、よく長太郎を諫《いさ》めもしたし、家業に精を出してくれた女だ。

(あいつも再婚して、また御亭主に死なれ、自分も早死したらしいが、けど、幸福だったらしいな)

たま子は懐《なつか》しかったが、こうなってみると会うのが怖いような気もしてくる。

だが、長太郎の毎日は少しずつ変って行った。仕事にも黙々と精を出したし、ヒステリーも起さない。じいっと、たま子や別れた妻や、自分の過去に考えふけっていることが、不思議な充実感を彼に与えてくれるのである。

役所の同僚もおどろいたし、係長は、自分の忠告が利《き》き目を現わしたと思って大いによろこんでくれている。

四月も終りに近い或る日――千代田税務事務所で新しく制定された税法の講習会があり、仕事は午前中で切上げ、丁度給料日だったので給料を貰《もら》ってから、同僚と共にそれへ出席した帰り途《みち》、長太郎は、九段から須田町《すだちょう》まで歩くつもりで、同僚と別れ、ぶらぶらと本屋街を抜け、駿河台《するがだい》までやって来ると、もう初夏のモードの売り出しにウインドーの色も明るく美しい婦人洋装店の隣りの、洋画材料店の陳列室で小さな展覧会がひらかれているのを発見した。

まだ外は明るかったし、この頃の長太郎は、デパートの絵の展覧会などにもよく出かけるようになっている。

陳列室の入口には〝虹《にじ》の会展〟というポスターが貼《は》りつけてあり、十坪ほどの会場に、さまざまな絵が掛けてあった。新人の展覧会なので、見物もいない。受付の机にジャンパー姿の若い青年が眠ったように煙草《たばこ》をふかしている。

絵は抽象的なものが多く、長太郎が見ては馴染めない絵具の色や形が、雑然と強烈に塗られ、描かれている。

ぐるりと会場を見まわして、

（いまは、こういう絵が流行してるんだな。この展覧会はおれには向かないな）

そう思いながら、長太郎は、

「あッ」

と、眼を釘《くぎ》づけにした。

入口に近い壁面に牛の絵があったのだ。ツカツカ近寄って見ると、たま子の名が絵の下のカードに書かれてあった。

絵は〔ローランサン〕の牛の絵よりも小さく、新聞紙を一杯にひろげたほどの大きさで、牛が首をもたげて立っている、その上に真赤な太陽が描《か》かれてある。牛の画法も、かなり表現的なものだが、太陽の光りを浴びて、牛も赤く体を光らせ、そのほかには何も描いてない。ただ太陽の燃えるような赤い炎が牛を包み、画面に溢《あふ》れているのだった。

題名は〝太陽と牛の唄〟とつけられている。

「うーむ。こりゃスゴい」

と、長太郎は唸《うな》った。

受付の青年が、びっくりして立上った。長太郎は酔ったように絵に見入っている。何時《いつ》の間にか仲間の若い画家達が三、四人、事務所から出て来て長太郎を見ては囁《ささや》きはじめた。

やがて、長太郎が振向いて言った。

「この絵は売ってくれるんでしょうね？」

「は――」

どれも貧しそうな若い画家達は、キョトンとしている。

「売ってもらいたいんですが。いけませんか？」

「いえ――どうぞ。どうぞ」

年上らしいベレーをかぶったのが出て来て、

「有難うございます」

キチンと一礼した。

「これを描いたひとは、いま何処にいるんです」

「姫路です。東京にいた頃、僕等の仲間だったもんで、今度の展覧会に絵を送って来たんです」

「そうですか——で、おいくら？　いくらでもいいですよ」

　青年達は額を集めて相談しはじめたが、やがて、ベレー帽が進み出て、

「二万円、頂けたらと思いますが——」

「その金は全部、この、たま子、——あの、この作者に渡るんでしょうね？」

「勿論《もちろん》です。その画家は、まだ若い女のひとでして、一生懸命勉強しております。きっと、よろこぶことでしょう」

「たま子、嬉《うれ》しがるだろうなア」

「われわれの絵を、見も知らない見物の人が買ってくれたんだものな。これア大変なことだぜ」

　若い画家達は自分のことのように興奮し、よろこび合っているのが、長太郎が見ても快よかった。

　前期後期と分けてくれる給料の、八千円余りを渡し、絵を、どうしてもすぐに持って帰りたいから、残りの金を取りに誰か一緒に来て貰いたいのだが、と長太郎が希望をのべると、画家達は、会期はまだ二、三日あるのだけれど、特別に計らいますと言ってくれた。住所氏名を、長太郎はベレーの画家が出したノートに記した。

　絵の包みを抱え、受付にいた青年を連れて夕暮れの舗道に出ると、夕陽《ゆうひ》が、まだ明るく街を包み、体がけだるくなるような春の気配が、ひしひしと感じられた。長太郎は、たとえ、

このまま、たま子に会えなくても、この牛と太陽の絵があれば、死ぬまで堂々と生きて行けるような気がしてきた。

一町ほども行ってから、長太郎は、急に何か思いついたらしく、身をひるがえして展覧会場へ戻ってきて、まだ興奮さめやらぬ面持《おももち》で、しきりに語り合っている若くて貧しい画家達に、いくらかの紙幣を出して、こう言った。

「みなさんで、チャーシューメンでも食べて下さいよ」

（「面白倶楽部」昭和三十二年三月号）

あの男だ！

一

初夏の或夜《あるよ》――神田駅のガード付近の盛り場の、杉原玉吉が経営している酒場〔風船玉〕で、無銭飲食をした客があった。

閉店間際《まぎわ》のことで、奥の茶の間で夜食を食べていた主人の玉吉が店へ出てみると、その男は、店の若い者や女中達に囲まれ、青黒くむくんだ顔を、立飲台の上に、ふらふらと揺り動かし何か呟《つぶや》いていた。

薄汚れた暑苦しい冬の背広を重く着こんだ首筋のあたりに、びっしょりと冷たく汗をかいている。

眼は閉じていたが、太々《ふてぶて》しい態度で、こんなことなら唄《うた》をうたうよりも平気だし、また何度もやってきたことが誰にも見てとれる。

男は三十五、六歳に見えた。

勿論《もちろん》、無銭飲食など、それほど珍らしいことではない。玉吉は店の者に、

「大野。どれくらい、飲んだんだい？」

「六合ばかしですよ、マスター。それに鍋《なべ》だの刺身《さしみ》だの、たらふく食いやがって――」

大野は、いまいましげに、店の名を染め抜いた手拭《てぬぐい》の鉢巻《はちまき》をかなぐり取ると、男の首のあ

たりを引叩《ひっぱた》いた。

「ま、いいや。外へ出してやんなさい」

四十二歳の玉吉は、此頃《このごろ》、首や腹に、でっぷりと肉のついてきた体中へ愛嬌《あいきょう》を浮び上らせ、まだ四人ほど残っていた客に、

「まずいものをお目にかけちゃいまして——口直しに私から——」

と調理場へ酒を命じた。

馴《な》染《じ》みの客達は歓声をあげた。

玉吉は、一応交番へと憤慨する大野を制し、外へ連れ出せと眼配せした。

「さ、立てよ。おい立てったら——」

舌打ちして大野が引立てにかかる男を、玉吉は寛容な微笑で初めて、とっくりと見やったとき、

（あッ‼　あの男だ——）

いきなり、強く胃袋のあたりを殴りつけられたような気がした。

七年という歳月が、少しずつ薄めてくれ、此頃は、その記憶に突刺される苦しみを、ほとんど忘れ捨ててしまった玉吉だけに、この強烈な衝撃をかわす術《すべ》がなかった。

この男が自分の顔を覚えているはずはないし、あのことを知って自分の店に現われたのではあるまいと気づいて、玉吉は、やっと足を踏みしめることが出来た。

その間の、玉吉にとっては恐ろしい動揺が誰にも気づかれなかったのは、客も店の者達も、

大野に引きずられて立上った男と玉吉から注意を逸《そ》らせて、それぞれの空気の中へ帰ったところだったし、玉吉もまた胸の中を形に出すような男ではなくなっていたからだろう。

男は、二、三歩よろめいて行くと、そこで激しく吐いた。

また店の中が、ざわめいた。

「馬鹿野郎ッ」

たまりかねた大野が一つ殴りつけると、男は、きょろりとした眼で玉吉を見て、ニヤッと笑ってみせた。

（あッ。知ってやがる。こいつ、あのことを知ってやがったんだ）

玉吉の胃が、ギクンとまた痛んだ。

二

杉原玉吉が、その男を知ったのは、八年前の昭和二十四年——あのインフレが絶頂に達し、ドッジ・ライン指令により政府が耐乏生活を国民に要望して経済の危機を切抜けようとした年でもあり、下山《しもやま》、三鷹《みたか》、松川《まつかわ》の三事件が相次いで起った年でもある。

当時、三十五歳だった玉吉は、その二年前に南方の島から復員して以来、ずっと浮浪者の群に入り、都内の盛り場や闇市《やみいち》の片隅《かたすみ》を移動して暮していた。

浅草の空襲で、両親と妹が焼死していたし、数少ない親類も、自分達のことで手一杯の有様だったから、玉吉をかまってくれるどころではなかった。

住む家がないということが、彼を転落させた。

あの頃は住む家がないと、配給の食糧も、働く手段も——人間が生活するすべての基盤を諦《あきら》めなくてはならなかったのである。

あの凄《すさ》まじいインフレの波濤《はとう》を泳ぎきる術もキッカケも見出《みいだ》すことが出来ないうちに、玉吉は、三日やったら止《や》められない浮浪者根性に、はまりこんでしまっていた。

玉吉も仲間達と同様に、その生活のほとんどを、窃盗《せっとう》することによってたてていた。

決して働かない。食べる物がなくなると盗みに出かける。

乏しいはずの物資の切れッぱしが、混乱した世相の道端《みちばた》にこぼれ落ちてくるのが不思議だった。

垢《あか》と襤褸《ぼろ》の底から光る眼を配り、盛り場や闇市の混雑を縫って、のろりのろりと歩いて行くと、その日その日の糧《かて》は、どうやら摑《つか》むことが出来る。

盗んだ現場を摑まえられて警察へ連れて行かれても平気だ。警察では三度の飯を黙っていても出してくれる。が、警察の方でも三日と玉吉達を置いてはくれない。犯罪者が激増する一方の世相だから留置場はいつも満員だった。

しかし、獲物《えもの》が、どうしても手に入らず、冷たい駅のガード下で炭俵《すみだわら》にくるまり、丸二日も絶食していたこともある。

玉吉は、そうして東京中のあらゆる街を歩き、山ノ手の住宅地から洗濯物《せんたくもの》を盗んで一個のパンと替えたこともあるし、上野公園の森で、仲間と一緒に通行人を襲ったことも何度かある。

玉吉の手足の皮膚は豚の皮みたいに厚くなり、泥《どろ》と垢《あか》に練り固められた。野宿の苦しみに馴《な》れて嗅覚《きゆうかく》や視覚が鋭くなった。けだものの生活であった。

ただそこには、誰にも干渉されることのない浮浪の自由があった。眠りたいだけ眠り、しびれきった肉体を、食欲に抵抗しきれなくなったときにだけ動かせばよいのだ。

何とかしてと、もがき喘《あえ》いで、住む家に取りつこうとする苦しみも努力も、たちまちに麻《ま》痺《ひ》してしまった。

旧知の人に路傍《ろぼう》で出会ったときでさえ、物倦《ものう》げな瞳《ひとみ》を向けて恥も外聞もなく相手を見返すことが出来るようになった。また相手も、すぐに眼をそむけ、逃げるように玉吉の前から姿を消して行ったものだ。

「みんな、手前《てめえ》のことで精一杯なんだ。他人のことにかまっていられる世の中じゃねえんだ」

そう呟やいて、玉吉は恨みもしなかったものだ。

玉吉が、その男を知ったのは、その年の冬だった。

三

その年は、終戦後はじめての豊作だということだったが、寒さが厳しくなると、玉吉も、一冬を過す寝床を見つけなくてはならなかった。

玉吉は国電と地下鉄を結ぶ地下道で、都内の各所から集まった仲間達と共に冬を越すつもりだったが——或夜、ふと通りかかった、下町に焼け残った街の一角にある寺院の縁の下で、気まぐれの一夜を過したことがある。

塀《へい》の向うに、小さなビルディングが見えた。

玉吉は何か獲物はないかと、夜更《よふ》けてから塀伝いに忍びこんだ。塀から鉄筋コンクリートの壁に井守《いもり》みたいに取りつき、窓から窓、雨樋《あまどい》から廂《ひさし》へ移り、屋上へ昇ると、階段口の扉《とびら》が、ポカンと口を開けていた。

忍びこんで判《わか》ったことだが——この三階建のビルの二階と三階は貸事務所で、階下はミシン会社の事務室になっている。

事務室などには金目の物はあまりない。鍵《かぎ》を用意の針金で外して、三階の四部屋ほどある事務室の机の中などを引っかきまわしているうちに、

（人気はないようだし、コンクリートの壁は厚いし、ガラス窓も、ぴっちり閉まってやがる。隙間《すきま》風《かぜ》ひとつ入って来やしねえな。バカに暖かいじゃねえか）

そう思った。

玉吉は盗んだ品物を机の中に返し、その翌日から、この建物へ忍びこむことにした。彼は三階から屋上への階段口にある小さな倉庫に潜りこんで冬を越すことにした。

三日目の夜、――玉吉は階下に人の話し声を聞いた。

全身を緊張させ、そっと階段を一階まで降りると、ミシン会社の事務室に灯《ひ》が入っている。階段口のガラス扉《ど》からうかがうと、若い男が電話をかけているのだった。玉吉は耳をすました。

「――ねえ、敏子《としこ》。とにかくさ、一日も早く、どこでもいいから部屋を借りようよ。うン、そうなんだ。田舎の親類なんか冷たいもんだからね――うン、うン。だからさ、君といよいよ結婚するから、家庭用品を買うくらいの金を少し借りて来ようと思ったんだけど駄目《だめ》さ、三日も我慢して頼んでみたんだけど邪魔物扱いだよ、全く――」

男は低く笑った。

「会社も今は暇なんだけど、そうそうは休んでもいられないしね。今、帰って来たとこなんだ。ねえ、君。とにかく、あれだけあれば何とかなるよ。少し遠くたっていいから――うン汚い部屋だっていいからさ、何とか探してみようよ――うン、そうさ。とにかく君と僕の貯金を合せて二万円一寸《ちよつと》だろ。だから、それだけの権利金ですむ家を探すんだ。君も探してくれよ――いや、あるよ。郊外へ行けばあるって友達が言ってたよ――とにかくねえ。僕もさ、君と離れていつまでもこんな会社のだね、勤め先のだね、机の上で毛布をかぶって寝るのはたまらないんだよ。つくづく淋《さび》しくなっちゃってね――そうなんだ。思いきってやろうよ。部屋さえ手に入れれば、あとはもう何も要らないことにしようよ――うン、何とかやっていけるよ。今の僕達が結婚するのには、それだけで充分だよ。――フム、フム。――よし。じゃ決まったね。頼むよ、いいね。――うン。明日《あす》はいつもの処《ところ》で待ってる。うン。じゃ、お休み――」

男が張りきった声で、電話の恋人と話しているのがよく判った。玉吉も、そのときは格別なんの感動も起さず、この男が階下の事務室で寝泊りしていても、階上の倉庫に泊って、早朝、陽《ひ》も昇らないうちに街に出ていくだけの、冬ごもりに支障のないことがハッキリ確められたので安心した。

駅の地下道で仲間と一緒に寝てもよいのだが、ときどき駅員が出てきて追い払われるし、警察の狩込みも厭《いや》だった。

狩込まれて国家が施設した収容所で、コッペパンと雑炊《ぞうすい》を当てがわれていれば苦労もないはずだが――しかし、そこには規則があり労働がある。浮浪者の自由が失われるのが何よりも厭だった。事実、収容された仲間の大半は逃げ戻って来るのである。

日毎《ひごと》に寒気が加わり、早朝に倉庫を抜けだし屋上へ出ると、街の屋根に霜が降りるようになった。

玉吉は、この塒《ねぐら》が、すっかり気にいった。

何よりも静かだ。狭い倉庫の中に埃《ほこり》だらけの書類の束やミカン箱を重ねて寝床をつくった。

復員してからも、手離さなかった二枚の軍隊毛布にくるまって暖かく安眠した。それに、昼間漁《あさ》った獲物を仲間に盗《ぬす》まれる心配もないのである。

やがて、隣りの寺院の大銀杏《おおいちょう》の葉も散り尽し、本格的な冬がやって来た。

階下に泊っている男は、ミシン会社の事務員で、玉吉同様に、家も、暖かい肉親の情も持ち合せてはいず、昼間、事務をとっている自分の机の上に毛布をひろげ、着のみ着のまま眠っているらしい。

この建物は、戦前、ミシン会社のものだったらしいが、今は、生産もあまり出来ず経営も縮小しているので、二階、三階を貸事務所にしていることも薄々わかってきた。

玉吉は夜更けに階下に忍んで行っては、若い男の電話を盗み聞いたりするのが面白くなった。男は毎夜、必ず恋人に電話をかけた。

（ふふん。あいつも俺と同なじ宿無しか）

と、一時は苦笑してもみたが、しかし階下の男への羨望《せんぼう》には、どうしても打克《うちか》つことが出来なくなった。男には職業があり、近いうちに恋人と暮す部屋を手に入れる貯金があったからだ。

荒《すさ》みきって、けだものに成り下った玉吉が、この冬ごもりの塒から、ひそかに階下へ忍んで行って、訪ねて来た女と語り合う男の元気な声や、つつましい接吻《せっぷん》の気配を盗み聞くとき、我にもなく、人間らしい生活に激しい羨望を覚えたのである。

女は隣接の町の外食券食堂に住込んで働いているらしく、夜、訪ねて来るときには、必ず店の残り物の魚や飯を男に持って来る。顔や姿は、チラリと見ただけだが、しっかりと落着いた調子で男と話し、楽しそうに笑うのだ。

玉吉は、女が来る夜は、必ず階下へ忍び降りた。

そして男と女の顔を、ハッキリと盗み見るだけの図太さになってきていた。

その年も押し詰った或日――板橋辺に、どうやら部屋を見つけて、明日《あす》は権利金を払うのだからと、女が貯金をおろして来て男に渡し、帰って行ったその夜更けに、玉吉は階下の事務室へ忍びこんだ。

金を入れた封筒は、机の上に眠っている男がくるまっている毛布と毛布の間の上着のポケットに入っていた。それを引抜いたとき、男が眼をさました。

「誰だッ、君は?!」

素早く逃げかける玉吉に、男はハッとなり、組みついて来た。

「ああッ――泥棒ッ」

男は叫んだ。玉吉は顔を伏せるように振り向くと、飛びかかった。そして男の喉《のど》をしめつけては殴り、しめつけては殴りつけた。男が気を失うと、玉吉は何のためらいもなく現金二万円を奪って逃走した。

この夜、東京の街には初雪が降った。

二万円というまとまった金は、けだものの玉吉を人間への郷愁に駆り立てた。

玉吉は、やがて新宿駅付近に出ていた支那そばの屋台店を譲り受けた。浮浪者時代に、このそば屋の老人と知り合っていたし、息子が戦死した老人は体も利《き》かなくなったので、故郷の新潟の親類へ引取られることになり、屋台を売り払いたいというところへ行き合わせたのである。

商売は、うまくいった。

支那そばだけに止《とど》まらず、玉吉は、雑多な、ありとあらゆる金儲《かねもう》けの元手に、屋台を買受けた残りの一万余円を、有効に働かせた。

そうなると三十五歳の玉吉の体は火のついたようになり、翌年の秋には、神田の土地を手に入れた。マッカーサーが罷免《ひめん》になって米国へ帰り、朝鮮の休戦会談が始まった二十六年には、バラックのささやかな店を張ることも出来、二十七年には、サダエと結婚した。

サダエは不幸な女だった。秋田から東京へ出て小石川《こいしかわ》の印刷所へ女中に出され、戦災を受けてからも故郷へ帰ろうとしなかったのは、実父にも継母にも、よくよく愛想《あいそ》をつかしていたものらしく、闇市や酒場で働いたりして東京を離れなかった。

玉吉は、はじめ、サダエを女中に雇ったのだが、客あしらいが上手ばかりでなく、店の金を任せておいても決して間違いを起す女でないのを知った。

サダエにとって、玉吉が初めての男では勿論《もちろん》なかったが、身持ちは固い女で、料理がうまく、いくら働いてもムッチリと肥《ふと》った色白の手首や指が荒れない女だった。

サダエと結婚してからは、玉吉の店〔風船玉〕は、一年毎にふくらんでいき、ふくらむにつれ、——あの男と女の、ただ一つの夢を奪いとった良心の痛みは薄れていき、三年前に、現在の店を新築した頃になると、一年のうちに何度か、チクリと蚊に刺されたほどの刺激を受けるだけになってしまった。

（なあに、あの男だって、どうにかやってるさ。二万円ばかりのことで駄目になるようなら、男じゃないからなア）

などと、勝手に自分を慰めて、玉吉は、その微《かす》かな胸の痛みを忘れることにしたのである。

だが、八年経《た》った今、繁昌《はんじょう》している〔風船玉〕へあの男が、玉吉が強盗したあの男が現われて、無銭飲食をやったのだ。

四

玉吉が店の者に引きずり出されかけた、その男を呼び止め、茶の間へ連れ去ったのを見て、大野は舌打ちした。

サダエは閉店間際《まぎわ》の手空《てす》きを利用し、銭湯へ行っていて留守だった。

客の一人が、

「マスターは一体どうするつもりなんかね、あの男をさ」

「ここのマスターは親切な人だから、身の上話でも聞いてやるんだろう」

と、もう一人の客が答える。

しかし、女中達も顔を見合せて、玉吉の心を計りかねている風だった。

大野は、調理場へ戻り、酒の燗《かん》をしている朋輩《ほうばい》の田島に言った。

「マスターもいい歳《とし》をしてさ、あんなろくでなしに関《かか》わり合ってよ、人情深いところを見せつけるなんてキザだよ」

「いや、もしかすると大野さん、客に良いところを見せて、店の評判を良くしようっていうつもりじゃないんですかね」

「フム——そうだとしたら、こいつ、マスターも隅《すみ》に置けないってわけだが……」

玉吉は、それどころではなかった。

茶の間の柱に、ぐったりと寄りかかっている男に茶をいれてやりながらも、鋭い視線を走らせ、男の気持を探りとろうと懸命だった。

この店は、厚板の卓《テーブル》が、ひろびろと楕円形に調理場を囲み、五人ほど雇っている娘達も色気抜きの快活なサービスをするし、サダエが包丁をとってつくる家庭的な料理も、彼女の暖かい気持が溢《あふ》れていて客によろこばれた。

何よりも安直で、気が置けなく、玉吉も客から見て人柄《ひとがら》の善いマスターということになっているし、使用人の面倒をよく見るサダエの性格が、そのまま、給仕女や調理場で働く二人の青年にも反映していて、たとえ二級酒一本の客でも、おろそかにしないサービスと、明るい雰囲気《ふんいき》で、相当な繁昌をしている。

（俺《おれ》には、可愛《かわい》い子供も女房もいる。繁昌しているこの店があるんだ）

何としても、今の幸福を持続させなくてはならない。今更、昔のことを――と、玉吉は図太い気持をかき立てて茶をいれ、男の前に黙って出した。

男は、薄眼をあけて無表情に、茶碗《ちゃわん》を出す玉吉の手を見ている。それが玉吉には、たまらなく気味悪かった。

（一体、こいつ、俺の顔を知ってやがるのか――いや、そんなはずはない。あのときの事務所の中はまっ暗だった。とすると、こいつ、誰かに俺のことを聞いて――いや、そんなことはねえ。あのことは誰も知らないはずだ）

玉吉は、店へ出て、

「女房が帰って来ても茶の間へ来ないように言ってくれ」

と大野に告げ、奥の居間に眠っている一人っ子の、今年四歳になる照子の寝顔を見てから茶の間に戻った。

男は、煙草《たばこ》を吸っていたが、玉吉を見ると、ニヤッと笑った。その笑いは、玉吉を恐ろしい不安に陥《おとし》いれた。

（やっぱりそうだ。知ってやがるんだ）

そう思うと、あの一瞬に、この男が自分の顔を脳裡《のうり》にハッキリとやきつけていたのだと言えないことはない。

玉吉は覚悟をきめ、男を見た。男は眼ばたきもせず怖れ気もなく、こっちを見返している。

時計が十一時を打った。店の方で帰る客を送りだす、店の女達の声が賑《にぎ》やかに聞えた。

（俺は七人も、店の者の面倒を見ているんだ。あの連中の生活を背負っているんだ）

と無理にも、今の幸福を破らせたくないための理由を考えつつ、玉吉は、

（絶対に負けるもんか。この男にも、俺のしてきたことにも負けやしないぞ）

玉吉は、気持を励まし、浮浪者時代の無感覚な図太さの中に自分を投げこんでいった。

「あんた、いくら欲しいんだね」

ややあって玉吉は口を切った。

男は、きょろッと玉吉を見返したが声は出さない。玉吉は、ぴったりと眼を男に据《す》えつけ、重く言った。

「言ってみてくれ。相談しようじゃないか」

「…………」

「そっちから切りだしてくれないかね」

「…………」

玉吉は焦《あせ》ってきた。金の交渉で、こっちからその額を言いだすのは不利だ。また金次第で、あの痛烈な恨みを忘れてくれる相手かどうか——。

「言ってみてくれませんか、とにかく、あんたの希望を……」

腰を浮かした玉吉の握りしめた掌《てのひら》が、脂汗でぬるぬるしている。

男は、また笑った。前歯が一本欠けている。男は寝そべるようにしていた体を起し、

「百万円」

と言った。

（やっぱり知ってやがった）

と、玉吉は、

「そ、そりゃ無理だ」

「ふふん――」

鼻を鳴らして煙草《たばこ》を抜き取った男にマッチをすってやる自分の気持を、玉吉は哀れだとも、惨《みじ》めだとも感じて、たまらなくなった。

サダエが銭湯から帰って来て、大野に言われたらしく、帳場との仕切りになっている小窓から、顎《あご》のくくれた、光るような血色のよい顔を見せたが、玉吉を一眼見て、ハッと不安になったらしい。眼顔《めがお》で入って来るなと示すと、唇《くちびる》をこわばらせて店へ消えた。

店の後片づけの物音が聞えはじめた。

玉吉は、ふるえる手で自分も煙草をつけ、男に聞いた。

「あんた、どこにお住いです」

「どこにでも――」

「どこにでも？」

「つまり、宿無し――」

「それア……」

申訳ありませんと、口まで出かかったが、弱味を見せては尚更《なおさら》不利になると、とっさに考え、

「百万円は、一寸《ちょっと》無理ですね」

「無理は判《わか》ってますよ」

「え――?」

「一体全体、あんたは何故《なぜ》、僕に金をくれるって言うんです」

男は初めて声をたてて笑いだした。と、急に笑うのを止《や》め、

「僕をからかってるのかッ」

と白い眼になった。

「どうして?」

「見ず知らずの人間に金をくれるなんて、そんな馬鹿げたことがあるもんか。本気に出来るか」

男は脱いでいた上着をとり、立ち上った。

「交番行きは勘弁してくれるらしいね、旦那《だんな》。じゃ、これで失礼しますよ。どうも、大変、御馳走《ごちそう》さんでした」

靴《くつ》をはきかける男の背中を見つめ、全身を汗で濡《ぬ》らした玉吉は、自分の骨も肉も粉々になり、空気の中へ散ってしまったかと思った。

(やっぱり――覚えていない。よかった。全く助かった)

男は、ばさッと伸び切った髪の毛をたらし、一礼して、

「じゃ、どうも――さよなら」

玉吉は、わけのわからない感動に胸が熱くなり、あっさりと出て行きかける男に、思わず、ほとばしるように声を投げていた。

「ま、待ちなさいよ。あ、あんた――ここに、ここに居たけりゃ、居てもいいよ。しばらく、うちで暮してみないかね」

声をかけてから、

（失敗《しま》った。つまらねえことを言わなきゃよかった）

と後悔したが、もう遅かった。

男は不審そうに振向いたが、すぐに、

「じゃ、そうさせて貰《もら》いますか。僕の名前ね、坪井《つぼい》周二《しゅうじ》ってんです」

と、肩へ羽織りかけた上着を畳へ置いたのである。

五

「あんた――私ねえ、こんなことをお聞きするのはどうかと思ったんですけど……」

サダエは、よく冷えたビールの栓《せん》を抜いたとたんに、玉吉へ口を切った。

よくよく思い惑った果てらしく、むしろキッパリした調子だった。閉店後の入浴もすみ、

通いの娘達は帰ったし、大野と田島も、それに、あの男――坪井周二も二階に眠っている。午前一時すぎだ。

「わかってるよ」

と、玉吉は、

「坪井のことだろう？　ええ――」

「ええ――あんたがなさってることだから、何か考えての上のことだとは思いますけど――でもね、あんた――」

「わかってる。他の雇い人達に示しがつかないって言うんだろう？」

「ええ」

サダエはビールを玉吉に注ぎ、一寸黙っていたが、

「もう、あの人がうちへ来てから三カ月になるけど、その間に、五万円も――」

「わかってるッ、言われなくても――」

急に玉吉はサダエを押えるように、いらいらして叫んだが、いきなりビールをあおると、

「もう少し、黙っていてくれ」

「そりゃ、あんたのなさることだから……」

サダエはチラッと上眼で見たが、

「ねえ――あの人とあんたとは、何か関係があるんじゃないの。もし、私にも言えないことだったら――いいえ、言って頂戴《ちょうだい》。どんなこと聞いたって私、おどろきゃしないから……」

「何にもないよ」

「だって、……」

「うるさいな。黙ってろといったら黙ってりゃいいんだッ」

玉吉は、昂《たか》ぶる気持を押えきれなくなり、コップを茶の間から土間へ叩《たた》きつけた。この一カ月ほど前から数回くり返したことで、サダエも心中穏やかでない。

いきなり飛びこんで来た見も知らない無銭飲食の坪井を、掃除一つさせずに居候《いそうろう》させた上に、坪井が小遣いをくれと言えば二つ返事で出してやる良人《おっと》を見ていれば、妻として不安と疑惑に悩まないわけにはいかない。サダエもムッとして居間へ入ると、もう口もきこうともせず、照子に添寝してしまった。

国電の終電車も途絶えて、昼間のうだるような熱気も忘れたように、八月も末の夜気が冷えびえと、茶の間の小窓から流れこんでいる。玉吉は、いつまでも動かなかった。

坪井周二は、いつも無表情だった。この家に住むことになって以来、彼の言うことも決まっている。ときどき、いや、ときには頻繁《ひんぱん》に、玉吉へ、

「小遣い、くれませんか」

という言葉だけである。

食事もサダエが運んでいくと、黙って箸《はし》をとる。おじぎ一つしない。

はじめは一寸落ちつかない様子も見えたが、次第に太々《ふてぶて》しくなり、此頃《このごろ》は、玉吉に金をね

だるときなど、店の者や、サダエに聞えるように、わざと大声を張り上げるのだ。

そういうところをみると、玉吉は、

（やっぱり知ってやがるのだ。そして俺の、この店の身上《しんしょう》を根こそぎ潰《つぶ》してしまい、俺をひどい目にあわせようとしてやがるんだ）

そう考えざるを得ない。

しかし、玉吉は決して狼狽《ろうばい》した様子を顔や形には表わさなかった。脂汗を流しながら内心の不安と動揺に耐えて、太っ腹な態度で、坪井の言う通りに金を与え、衣食を与えた。

サダエばかりではなく、店の若い者、ことに血気盛んな大野なども、何度か玉吉に食ってかかった。

「マスターの気持がわからんですネ。あんなグウタラ野郎の言うままに贅沢三昧《ぜいたくざんまい》させてさ。一体どういうわけなんです。マスターもおかみさんも汗流して働いているのに、あいつときたら箒《ほうき》一本持とうとはしないんですぜ――ねえ、マスター。僕達も女の子達も不愉快なんです。あいつが転がりこんでから、店の中が不愉快でたまらないんですよ」

「お前の知ったことじゃないよ。黙ってろ」

叱《しか》りつけてはみたものの、確かにそうだった。店中をあげて元気に働き、（よく働いてくれる。――よく面倒みてくれる）という主人と雇い人の快よい感情の交流が、無頼な居候のために乱されてきている。それぞれの胸にわだかまった不快さが店の雰囲気《ふんいき》にもたちこめてきて、それはまた敏感に客へも伝わっていった。

客足も悪くなってきたのである。

一度、たまりかねた大野が、坪井を殴りつけたことがあった。殴られて倒れても手向い一つせず、坪井はニタニタしているだけだった。玉吉は、それを見ていて、その不貞腐《ふてくさ》れた笑いに、ふッと八年前の浮浪者だったときの自分を見出《みいだ》し、そのときは、声をあげて泣きたくなったものだ。

何も語らないし、また玉吉にしても問いただすのが怖い。坪井周二の、あれからの人生がどうであったのかは知らないが――しかし、自分が強盗した二万円、あの恋人と二人で、ささやかな新居を営むはずだった金――若い二人の命がこもっていた二万円を失ったのが原因で、坪井が転落したことは確かなのである。

二万円ばかりの金で、身を落してしまったということが男らしくないという見方は、――あの金と、あの貧乏で、しかもつつましい愛情に燃えていた二人のことと、当時の社会の状態とを考えてみて、しかも浮浪者の経験を持つ玉吉にはどうしても出来ないことだった。強《し》いて、そう思いこみ、鬼《おに》になって坪井を追い払ってしまうことも考えないではなかったが……。

（この男から強盗した金で、俺は今の俺になれたんだ。どうともしろ、この店の洗いざらい、坪井に持っていかれるまで俺は黙っていよう）

玉吉は諦《あきら》めた。

けれども白状は出来ない。女房子供の前で、ことに一人ッ子の照子に、こんなことが知れるくらいなら、自殺でもした方がマシだと思った。

三カ月の間に、玉吉は、げっそりと痩《や》せた。強引にサダエや雇い人達を押えて、黙念と、悠然《ゆうぜん》と粧《よそ》おってはいるものの、いっそのこと、何もかも捨てて昔の浮浪生活に戻りたいと思うことさえある。しかし、サダエや照子のことを考えると、一日でも一時間でも、現在の生活を続けていきたいと、激しく、玉吉は願うのだ。

そして坪井が（知っている）かも知れないという不安が、玉吉の苦悩を一層複雑なものにしていた。

坪井は、家に居る間は、二階でゴロゴロしているが、小遣いを貰うと二日も三日も帰って来ないこともある。

家を明けて戻って来るときの彼は、玉吉以外の店にいる人々の憎悪の視線を、むしろ撥《は》ね返すような闘志に溢《あふ》れているかのようだった。

背中を屈《かが》めて、ひたと眼を一点に据《す》え、ズカズカと踏みこんで来る坪井に圧倒され、此頃では大野も、

「手前《てめえ》、よく帰って来られるな」

などと、鋭く浴びせかけることもしなくなった。

坪井が、三度ほど、照子を連れて居なくなったことがある。

サダエは、警察だ交番だと、青くなったが、何事もなく陽《ひ》が落ちる前に帰って来た。

「小父ちゃんと動物園へ行ったの」

「豊島園でボートへ乗ったのヨ」

「デパートでね、お猿さん見てきた」

そう照子は、玉吉とサダエに告げた。

何も知らない照子は、坪井になついているようだった。

六

秋になると、大野と田島が店を辞めた。給仕の娘も五人のうち三人まで、暇をとって行った。

坪井への怒りよりも、主人の玉吉に愛想《あいそ》をつかしたのだといってもよい。

〔風船玉〕の馴染客《なじみきやく》は、ほとんど遠退き、フリの客も二度とは来ない、そういう陰気な店になっていた。

二日ほど降りつづいた雨が止《や》み、冬の前ぶれのような冷え冷えとした或る朝――数日、姿を見せなかった坪井が、ふらりと帰って来た。坪井は遠慮会釈《えしやく》もなく、まだ閉まっている店の戸を叩きつづけた。

玉吉が起きだして戸を開けてやると、坪井は、じろりと一瞥《いちべつ》をくれ、店の土間へ入り、玉吉に、

「小遣いをくれませんかね」

「いくら欲しいんだね？」

玉吉は、乾いて諦めきった声で聞いた。

「四、五千円でいいですよ」

「うむ――」

うなずいて奥へ戻りかける玉吉を突き飛ばすようにして、いつの間に起きたのか、青白く憔悴《しょうすい》したサダエが、眼を光らせ、嚙《か》みつくように叫んだ。こんなことは、はじめてのことだ。

「坪井さんッ。いいかげんにしてくれませんか。あんた一体、どういうつもりで、私達をいじめるんです。言って下さい。うちの主人とはどんな関《かか》わり合いがあるんです」

「おい、よせ」

と、止める玉吉に、

「もう我慢できません、私は――今まで、あんたがなさることだから堪《こら》えに堪えてきたんです。さ、坪井さん。言って下さい、ハッキリ言って下さいッ」

「何を、ですか？」

「主人との関係をです、秘密をですよッ」

「ヒミツ？」

と坪井は苦笑して、ゆっくりと首を振ってみせた。

玉吉は、あわててサダエを押しやり、

「バカ。この人とは何の関わり合いなんか、俺はありゃしない、いいからあっちへ行ってなさい」

「いやです。私達のお店は、この人のために潰されちまう。それでいいの？　あんたは――私達だけならいい。けど子供の、照子のことを考えてみて下さい。このまま、この男に私達の何もかもメチャクチャにされちまったら――私は、私は……」

サダエは、わっと泣きだした。前々から、玉吉のすることを信じて従順だった温和《おとな》しい女だけに、坪井への怒りと、玉吉への不信が爆発すると、もう気狂いのように喚《わめ》きだした。叱ったりなだめたりする玉吉の手を振り払い、彼女は、その辺の灰皿や皿小鉢《さらこばち》を坪井と玉吉に放りつけ、泣き、叫び、息が切れて、土間にへたばるまで荒れまわった。

男二人が手も出ないほどの凄《すさ》まじさである。

調理場のコップや食器が店中に散乱し、

「こんな奴に潰されるくらいなら、私がブチ壊してやるッ」

「サダエ。止めろッ。よせったら――」

飛びついた玉吉に、ビール瓶《びん》を投げつけたサダエは、

「畜生ッ」

と、坪井に武者振りつこうとして、横倒しになっていた椅子《いす》につまずき、もろに引っくり返った。それっきり、彼女は、ゼイゼイと息を切らせ、動かなくなってしまった。

そのとき、居間から飛びだして来た照子の恐怖の叫びと泣き声が起った。紅《あか》いネルの寝巻を着た照子は、オカッパ頭を激しく震わせて号泣している。

玉吉は呆然《ぼうぜん》と立ちつくしたままだ。坪井が照子に駈《か》けより抱きしめて何か囁《ささや》き、奥へ連れていった。

荒々しいサダエの呼吸だけが聞えている。

坪井が店へ戻ってきた。玉吉がふっと見やると、彼は真青な顔を涙だらけにしているのだった。

玉吉は凝然となった。

「負けた——あんたにア負けました」

と、坪井は、うるんだ声で、

「これほどまでに、見ず知らずの僕を更生させようとしてくれるとは思ってなかったんだ。骨までしみこんだ浮浪者根性をいいことにして、僕ア、今まで——まア放り出されるまで、いや、あんたが、どこまで偽善者面《づら》を張り通せるか、なんてせせら笑ってたんです」

「偽善者面……？」

「だって、紙屑《かみくず》よりも犬の糞《くそ》よりも下劣な僕のことを——物好きか道楽か、——そうとしか思えませんでした」

坪井は、うなだれて唇《くちびる》を嚙《か》んだ。

玉吉は上ずった声で、

「君は——君は、どうしてさ——どうして、こんな身の上になったんだい」

「あんたは一度も聞かなかった、そのことを——」

「…………」

「言いましょう。思いきって――七年か八年前になるけど、大切な、僕にとっちゃ、命よりも大切な位の、金を盗《と》られて、その穴埋めに――実は、女と世帯を持つとこだったんです、その金で――だもんだから焦って、僕ア勤めてた会社の金を使いこんで、そいつがバレちまって――それからの僕は、もう人間じゃない。一歩一歩とけだものになっちまったんです」

「もういい。もういいよッ」

玉吉は必死にさえぎった。

「聞かなくってもいい。そんなことは聞きたくないよ」

「え――じゃ、もういいません。そのかわり、僕ア、今日ッから働かせてもらいます。この店で働かせてもらって、自分の罪を償います」

玉吉と坪井は、穴のあくほど互いの眼を見つめ合った。

サダエが、やっと体を起し、虚脱したように二人を見比べている。

「マスター――」

と坪井は叫んだ。

「僕ア――僕ア、やっぱり生きていてよかったと思います。この店がまた繁昌するまで、僕を働かせてくれますか？　くれますか」

生き生きと血をのぼらせ、坪井は土間に坐って手をつくと、

「お願いします。お願いしますッ」

何度も頭を下げた。

玉吉の両眼《りょうがん》に、ドッと涙が湧《わ》き上ってきた。

この場に至って、すべてを白状できない自分の卑怯《ひきょう》さもどこかへ忘れてしまい、玉吉は、ただもう、この男に、坪井周二に血肉を分け合ったほどの愛情を感じた。

彼は、たまらなくなって駈けよると、坪井の腕を力一杯につかみ、泣き泣き言った。

「よ、よかったなア。よかったなア……」

（「面白倶楽部」昭和三十二年八月号）

母ふたり

一

「犬や猫《ねこ》の子じゃあるまいし——たった一人の女親を盲目にした上、勝手にみだらなことをしといて、そのあげく——そのあげくにですよ、よござんすか」

と、大崎《おおさき》りんは、我にもなく昂奮《こうふん》に震える指先で、ラッキー・ストライクを抜きとり、口にくわえながら憎々しげに、相手の男と、その母親を睨《にら》みつけながら、

「着のみ着のままでいいから嫁に来てくれ、お金が無いから結納《ゆいのう》も交さず式も挙げずにアパートとやらで世帯《しょたい》を持つ、なんて切りだされたって、こっちも可愛《かわい》い娘でございますからね」

りんは煙草《たばこ》に火をつけ、その煙りをむしろ相手二人に吐きつけるように、

「とにかくこの話はきっぱりお断わり申し上げるより仕方がございませんねえ。いくら話し合ってもキリがありませんし、私《わたし》もそろそろ忙しくなりますから、これで……」

帰ってくれと言わんばかりに極《き》めつけたつもりなのだが、相手の母親は微笑さえ浮べて、

「お気持は、よくわかっておりますのですけれど、息子も、そちらさまのお嬢さんも、どうしても一緒になりたいと、こう申すもので——あたしとしましても……」

——執拗《しつよう》に、しかも穏やかな口調に少しの乱れもみせず、同じことをくり返すのである。

紺サージにスポーツシャツという、さっぱりしてはいるが余り見栄《みば》えのしない服装の相手の男、永井淳吉《ながいじゆんきち》は二十七歳だそうだが、先刻《さつき》から余り口を出さず、母親の言葉に一人うなずいては同意を求めるようにりんの顔をじいっと見つめるだけだ。

体もがっしりしているし、厚い唇《くちびる》をギュッと引き結んだ淳吉を見て、

(歳《とし》に似合わない図太いやつだ)

と、りんは思った。

図太いと言えば淳吉の母親のすみの方も、猛《たけ》り立つりんの鋭い口調さえ何処《どこ》を吹く風だとばかり、

「お嬢さんを息子の嫁に、どうしても頂きたい」

の一点張りなのだ。

ランチタイムの時間もとっくに過ぎて、りんの店は夕方からの客を迎え入れる準備に没頭している。

階下の調理場から食器類や調理道具の触れあう音が忙しそうに聞えてきはじめたし、スープや肉汁《にくじる》の匂《にお》いが、この部屋にも、ゆったりと階段をのぼって匂っていた。

開け放した窓の向うは、初夏の夕暮れも近い銀座の屋根である。

そして日曜日の銀座の街の音が、モダンな感覚もとり入れた数寄屋《すきや》風のこの部屋へ、窓から流れこんでくるのだった。

広告代理業として有名なD会社のビルディングで雑役婦を勤めているという永井すみは、

今年五十四歳になるりんよりも三つか四つ歳下だろうか――。

邦子《くにこ》から話を聞いて、

「何だ、ビルの便所掃除じゃないか」

と言い放ったりんなのだが、眼の前にはじめて見るすみは、細かい久留《く る》米絣《めがすり》に小肥《こぶと》りの体を包んでいるのが言い様もなくよく似合い、それが、また一層憎らしかった。わざと派手な黄色に染めさせた高価な紬《つむぎ》が自慢で、着こなしているつもりのりんだけれど、高価な衣服の趣味や、銀座でも有名な料理店の女主人だという自負も、この母子《おやこ》の清潔な貧乏らしさには通じそうもない。

「では、どうしても御承知下さらないので――」

すみが近眼らしい眼鏡のフチを一寸《ちよつと》押えながら、にこやかに訊《き》くのへ、

「くどいじゃございませんかね、あなたも――母親として私、邦子に我儘《わがまま》はいたさせませんよ」

りんは立ち上った。

(お客様がお帰りだよ)

と、床の間にある電話で階下の女中へ言うつもりだったのだが、そのとき、先刻《さつき》話の途中で席《ざ》を立っていた邦子が部屋に戻ってきて、

「もう無駄ですわ、おかあさん」

と、声をかけた。

おかあさんと呼びかけたのはりんにではない。相手の男の母親にだ。

（何て娘《こ》だろう）

りんは血走った眼を邦子に向けた。

（母さんが一生懸命、お前のためを思って考えていたことも踏みにじって、こんな貧乏人と世帯《しょたい》を持つなんて気が知れやしない。男なんて、みんなお前をおもちゃにするだけだ、永続きなんかするもんか。それはお前だって――お前だって充分にわかってるはずじゃないか）

りんの口惜《くや》しげな、訴えるような凄《すさ》まじい視線が、邦子のグリーンのセーターの袖口《そでぐち》からのぞいている左手首に止ったとき、りんは、わけもなく自分の眼が熱くうるんでくるのを感じた。

邦子の左手は義手だ。

それも装飾用義手ではない。つまり実用的な鉤《かぎ》の手だった。

二

邦子は、りんの次女である。

長女の昌江《まさえ》は、料理人《コツク》として良い腕を持ち、永くりんの店に働いていた池田清《いけだきよし》という男と結婚させて、自分が死んだら店を継がせるつもりのりんだった。

邦子が十一歳のときに病死したりんの良人《おっと》も、料理人《コツク》で養子である。

明治以来、洋食の元祖として東京では名前の通っているりんの店《みせ》〔明治亭〕にとっては、代々客の舌に馴染《なじ》んでいる〔明治亭〕独特の味覚を存続させるためのコックの良い悪い一つで、店の盛衰が決まるようなものだ。

りんの父親が、厳しく仕込んだコックを、娘に与えたように、りんもまた長女の昌江にはコックの池田清を与えた。温順な昌江もまた少女の頃からりんにそう仕向けられ、その結婚が自分の決められた人生だと思いこんでいたかのように清と結婚して、今は夫婦揃《そろ》って厳しいりんの監督のもとに店を守っている。

夫婦の間には、八歳になる幸子《ゆきこ》と、六歳になる秀夫《ひでお》の二児があり、りんにとっては、この孫達も可愛《かわい》いのだが、それにもまして、不憫《ふびん》でもあり可愛くもあり心配で仕方がないのは、次女の邦子のことである。

邦子が左腕のヒジから先を失ったのは、あの東京空襲のときだ。

当時、りんの一家は銀座の店とは別に、日本橋茅場町《かやばちょう》に自宅があったのだが——その夜の空襲では警報が遅れて、あッと言う間に敵機の爆音が襲いかかってきた。近くの公園に逃げのびようと、りんが声を励まして娘達や女中を連れ、体が焦《こ》げつくような火勢と、絶え間ない爆裂音の中を通りへ出たときだ。

あの、風を潜《くぐ》って近寄ってくる魔物のような爆弾の落下音がした。

「危いッ。伏せて伏せて」

同じ町内の誰かが叫び、避難の人々が悲鳴をあげて打ち伏す間もなく、が、があーん……

凄《すさ》まじい爆裂だった。

と、その次には嘘《うそ》のような沈黙がきて、怖る怖る、ゴソゴソと立ち上る人々の頭上に、B29の爆音が不気味に鳴っている。

りんもフラフラと腰をあげ、

「邦ちゃん。邦子ッ」

とまず呼んだのも次女の名である。

そのときだった。

「母さんッ。邦ちゃんが——」

防空頭巾《ずきん》とモンペの昌江がどこからか飛びだしてきて、りんにすがりついた。

「どうしたのよッ。だ、大丈夫かい？」

「く、邦ちゃんが……」

と、昌江が何ともいえない引きつれた声で向うを指さした。

見ると——火が窓という窓から吹きだしているH新聞社のビルディングの物蔭《ものかげ》から、これも防空服の邦子が、すたすたと近づいてくる。

（なんだ、無事だったんじゃないか）

りんは両手をひろげて駈《か》け寄り、

「大丈夫かい、邦子」

叫んで邦子の体を抱こうとして、ぎょっとなった。

体中の血が、すーっと空へ吸いこまれていくようで、まっ青になったりんが口をもぐもぐさせながら茫然《ぼうぜん》自失していると、そのとき十四歳だった邦子が、血だらけの左腕を突きだすようにして、

「腕がブランブランしてるの、母さん――」

ハッキリとそう言ったものだ。

言ったかと思うと、邦子は、ストンと地面へ引っくり返ってしまった。

爆弾に嚙《か》みつかれた左腕は切断された。


銀座の店も自宅も全焼し、田舎には親類もないりんだけに、それから終戦後の混乱期にかけての苦労は並大抵のことではなかった。

瓦礫《がれき》に埋もれた銀座の街が、再び繁華な姿を取り戻すまでには、りんも必死に危い橋を何度も渡った。ヤミの取引きもヤミの料理もやった。

祖父の代から自分に受け継がれた〔明治亭〕が昔の繁栄を取り戻すまでは、死んでも死にきれないりんの気持だ。

戦前からMホテルのグリルで仕上げた池田清を招いて、りん自身が眼と舌で覚えている〔明治亭〕の味覚を再現しようと、りんは夢中だった。

池田も、この商売には珍らしく実直な男で、りんと二人、夜更《よふ》けの調理場で夜が明けるま

で料理の研究を重ねて倦《う》まない。

丁度九年前の昭和二十四年の秋——りんは池田の人柄《ひとがら》を頼むに足りると決意して、昌江と一緒にさせた。二人とも実直で温和だし、何事もりんの命令を守ってせっせと働き、りんの期待を裏切らない。

りんも利巧《りこう》な女だから、結婚と同時に築地へ小さな家を建ててやり、

「私が店をお前達に譲るまでは別居の方がいいだろう」

と言って、清には高給を与え、銀座の店の二階の住居《すまい》には、邦子と二人で住み、見習いのコックや女中達は階下の部屋に住込んでいる。

東京の町が復興していく速度と、りんの店が戦前の繁昌《はんじょう》を取り戻す速度は、見事に呼吸が合っていた。

その頃、邦子は十九歳になっていて、

「大学へでも行くかい」

と眼を細めて言うりんに、

「働いてみるわ」

さっさと、りんの妹の良人《おっと》で著名なミシン会社の専務をしている〔遠藤の叔父さん〕に頼み、その会社へ勤めはじめた。

「今更、お前が働かなくても——明治亭の娘が腰弁さげてたんじゃ見っともないよ」

りんは叱《しか》るように止めたが、邦子は聞かなかった。

「こんな体で、とてもお嫁には行けないし、何とか自分のことだけは出来るようにしとかなくちゃ駄目《だめ》よ、母さん――」

事もなげに言う邦子だったが、突きつめた壁に追いこまれた自分の女としての運命を、もう、むしろ冷やかに見つめているのである。

義手をつけるときも、人間の手の形をしている巧妙な装飾用のそれを懸命にすすめるりんに、

「そんなものつけてたら、いつまでたっても片腕しか使えないわ。一日も一時間も早く、私は両腕が使えるようにならなくちゃ――」

「じゃ、どうしても鉤《かぎ》の手をつけるって言うの?」

「そうよ」

(人に厭《いや》な感じを与えるじゃないか)

と喉《のど》まで出かかった言葉を呑《の》みこんで、りんは涙ぐんだ。

男のように気の強い彼女に涙というものの味を知らせたのは、ひとえに邦子の左腕によるものだと言ってもよかった。

「見た目にはよくないけど、その方が役にたつわ」

邦子がりんの言葉にかわってそう言ったのだ。

邦子の災難は、だが、それだけでは済まなかった。

むしろ、手を失ったときの悲しみよりも大きく、激しく、邦子にもりんにとっても、それ

は苛酷《かこく》なものだった。

その災難があってから、りんは邦子へ一つの夢をかけ、その夢を育てはじめたのだ。

三

邦子は幼ない頃から母親の溺《おぼ》れるような愛情を受けて育っただけに、我儘《わがまま》なところもあり、一度言いだしたら、なかなかあとへは引かない強情なところもあったが、片腕を失うまでは伸び伸びと暮し育っただけに、小柄で色白の、ふっくりと温和《おとな》しい姉の昌江と違って、体格もすっくりと、見事だった。

義手をつけて女学校へ通学しているときも、負けずぎらいの性格を押し通して、バレーボールでも卓球でも、及ばずながら何でもやってのけた。級友達の、自分の左腕に注がれる眼や囁《ささや》きや、同情や侮蔑《ぶべつ》にも一切関心を見せないといった風であったが――その胸の底に絶えず流れていた彼女の哀《かな》しみは、りんも昌江もよく知っている。

女学校五年の春に、邦子は一度、服毒自殺を計ったことがある。

発見が早くて、近くの医者の手当によって蘇生《そせい》したが、りんは相当な謝礼を出して医者の口を止め、内聞に済ますことが出来た。

「もうこんなことは、二度と――二度としないでおくれ。お前のことは母さんが命にかけたって、きっと――きっと幸せにしてみせるから……」

りんは邦子と二人きりになったとき、そういってかきくどいた。

邦子は、そのとき、

「生き返ったら、もう死ぬことなんか忘れちゃったわ。生きることだけを考えてゆくわ」

と、落ちついた微笑で応《こた》えた。

その事件以来、邦子の性格は少しずつ変ってきたようである。

身に受けた不幸を、強気一つにはね返そうとして、何事にも激しい感情と行動で当っていた邦子は、店の女中達にも厭がられていた位なのだが、服毒事件が済むと、次第に落着きが出てきて、当りも柔らかくなり、今までは乱暴に無視していたかのような姉の昌江にも妹としての従順さをもつようになり、すべてに姉を立てるようになった。

「そんなに気を使ってくれなくてもいいのに――」

とかえって昌江が恐縮するほどだったし、そういう邦子の変貌《へんぼう》が、また、りんの胸のうちを不憫《ふびん》さで一杯にするのだった。

そうした変貌は、邦子の顔にもあらわれ、どことなくギラギラと光っていた大きな瞳《ひとみ》にも柔らかな影が漂ってきたし、ギュッと引締った唇《くちびる》にも、女の匂《にお》いが温かくふくらんできたのだ。

ミシン会社へ勤めて二年ほどすると、その美しさにも深味が加わってきて、鉤《かぎ》の左手を持つ邦子の存在は、会社内でも評判になり、庶務課というポストにいただけに、人当りのよい落着いた仕事ぶりに、男の社員などは、

「えらいもんだね。ああいう体をしていて仕事もパキパキやるし、親切だし――君達も少しは見習えよ」

と賞《ほ》めちぎるので、

「お気の毒さま。とても大崎さんの真似《まね》は出来ませんよだ」

などと、女の社員達には、いくらか邦子への羨望《せんぼう》、嫉妬《しっと》もあったようだ。

そのくせ、どこからも結婚の話はないのである。

義手を持つ女の結婚――ということになると、世の中は冷たかったといってよい。馬鹿馬鹿しいことなのだが――。

だが、平穏に月日は過ぎていった。

邦子は入社のときに〔遠藤の叔父さん〕に頼んで、遠藤専務と親類だということを社内では一切秘密にしておいて貰《もら》った。叔父が専務だけに、社員達から特別な眼で見られることが厭だったからである。

銀座〔明治亭〕の娘だということも秘密にしておいたし、一年ほどしてから、りんに頼み、

「しばらく一人で暮してみたいから――でも、大丈夫よ。毎日一度は母さんの顔を見に来るつもりだし、晩の御飯はお店で食べるわ。ね、いいでしょ、そうさせて――」

と、淋《さみ》しがって、しきりと止めるりんにせがみ、青山高樹町《たかぎちょう》のアパートへ移った。

そのために、りんは、邦子が受けた第二の災難には、初めのうちは、全く気がつかなかったのだ。

かった。

関根は、始めから邦子を騙《だま》して遊ぶつもりだったに過ぎない。これはあとでハッキリとわかった。

前の年の秋頃に入社して宣伝部に勤めはじめた関根隆《せきねたかし》という男がそれだった。

二十二歳の春——邦子に恋人が出来たのである。

美校の商業美術科を出たという関根は、会社のポスターやパンフレットの図案、デザインなどの仕事をしていたが、腕は良いらしく、宣伝部長も、

「あいつは掘出しもんだよ。他《よそ》の社へ引っこ抜かれないようにしたいな」

と洩《も》らしていたこともあった。

色が白くて、清潔な淡いブルーのワイシャツが実によく似合い、骨張った長身の体の動きに愛嬌《あいきょう》があって、女の社員達は大騒ぎをはじめだした。

冬でも上着を脱いで、シャツを腕まくりし、製図器具をあやつりながら机に向っている若若しい姿に、邦子も何となくひかれたのは事実だ。その上、騙そうとして近づいてくる関根の一挙一動、邦子へ向ける視線の、じいっと動かない、キラキラと光る情熱的なそれは、少しずつ、邦子の胸に火を灯《とも》していったのである。

あとでわかったことだが、関根は、藤間《ふじま》なんとかと言う、かなり著名な女流舞踊家の一人息子で、学生時代から女出入りでは、うるさいことが度び度びあったらしい。

父親は本宅と本妻がある実業家だそうで、関根は、だから庶子だった。

知り合って半年ほどたった初夏の或日に、アパートへ遊びにきた関根に、邦子は体を許し

た。

他の女の社員達には眼もくれぬ、といった関根の巧妙な駆引きや、辛抱強く、果実が樹から落ちるのを待っているような、彼の計算された欲望の前に、邦子は自制しきれないまでに燃え上っていたのだった。

関根にしてみれば、他に関係のある酒場の女や母の弟子などを相手に遊んでいる、その通りすがりに一寸《ちよつと》異色ある色彩と匂いを漂わせて実っている果実の一つを、ちょいと、もぎ取ってみたにすぎない。

邦子が体を許し、それをたちまちに貪《むさ》ぼってしまうと――あとは、見るみるうちに冷却していった。その冷却の度合いがひどくなるにつれて、邦子の苦悩も激しくなった。こうなったとき男と女の争いは決まっている。

隠そうとしても隠しきれない二人の噂《うわさ》で、社内は持ちきりになった。

その年の夏が過ぎようという頃だったが――退社間際《まぎわ》にトイレに行った邦子は、男の洗面所で話しあっている関根の声を、壁越しにハッキリと聞いてしまったのだ。関根の話し相手は中年の外交員の一人である。

「関根さん、罪なことをしちゃいけませんよ」

と言う外交員に、

「とんでもない。向うからモーションを……」

などと関根は答え、二人で可笑《おか》しそうに、囁きあってはクックッと笑いだしている。

体中が熱くなり、その血が全部頭へのぼってきて、邦子が今にも飛びだそうとしたとき、関根の声が、

「彼女がね、こういう風にさ、もう息をはずませて僕を抱きしめてくるんですがね、そうするとね、ホラ、あの左の、あの手で僕の背中をがりがりと引っかくんだ。彼女、もう夢中なんだけどさ。いやもう、てんでひでえもンですよ」

二人は声をたてて笑いあい、廊下へ出ていった。

邦子は、もうカーッとなって、廊下へ飛びだすと、そこにかかっていた消火ポンプを右手だけで摑《つか》みとり、背中を見せて歩いてゆく関根へ追いすがり、その頭めがけていきなりポンプを叩《たた》きつけたものである。

どこに当ったものか「うーッ」と、関根は廊下へ見事に転倒した。

あとのことはよく覚えていない。

外へ飛びだし、どこを歩きまわったものか――気がつくと、母の店の前に、邦子は立っていた。

もう銀座の空が白みはじめていたことを今もなお、邦子は覚えている。

四

この事件を聞くと、〔遠藤の叔父さん〕はカンカンになって怒り、関根を辞めさせた。

勿論《もちろん》その前に、「結婚」ということを前提にして、遠藤氏は関根と邦子とりん、、の間を何度も往来《ゆきき》したのだが、邦子は、断じて、

「あの人が私を捨てるんじゃないんです、叔父さん。私があの人を捨てたの。だからもう何も心配なさらないで——」

と言いきるだけだった。

邦子も、ミシン会社を辞めた。

りんは、このとき以来、いろいろ考えた末、邦子にも独立した仕事をさせ、銀座の店を昌江と清に譲り渡したあと、自分は老後を邦子の傍《そば》で送りたいと考え、計画をすすめる気になったのである。

りんが胸に描くこの夢は次第にふくらみ、どんな商売がいいかな、あれがいいか、これがいいか——と思い惑うことも、むしろ楽しいことになった。

(そうすれば死ぬまで、私は邦子の後楯《うしろだて》になってやれる)

邦子は、その頃もまだ高樹町のアパートに住み、現在は、渋谷のM会館内にある洋品店の主任を勤めていた。

この洋品店は銀座の老舗《しにせ》の出店であり、会館の二、三階を占めている名店街と呼ばれる店々の一つであった。

あれだけの打撃を受けながら、なおも人の中へまじり働きたいという意志を、邦子は捨てなかった。もっともそれは、ミシン会社へ入ったときのような建設的なものとは言えなかっ

たかも知れない。

左手を失ったとき以来の意地っ張りがそうさせたとも言えるし、もともと健康に生れついた肉体は、りんのすすめるような「家にいてのんびり暮しなさい」という言葉を受けつけなかったのかも知れない。

ただ、彼女は、持前の意地っ張りを前のように発散させるのではなく、今度は内にこめて、どちらかと言えば陰気になったようである。

一日の勤めが終るとアパートに帰り、ひっそりと読書をするか、音楽会へでもたまに出かけるか——少女時代は水泳が大好きで、これだけは片手を無くして以来、ピッタリとやめている邦子を知るだけに、そんなもの静かになった彼女を見ることは、りんにとって哀しく辛《つ》らいことなのだ。

また年月《としつき》が、あわただしくりんや邦子の前を通り過ぎていった。

そのうちに、湯河原《ゆがわら》で旅館を経営している、りんの幼な友達が、大阪で手びろく繊維関係の仕事をしている息子の処《ところ》へ移って孫の相手でもしたいから旅館を手離したいという話を聞き、一も二もなく、りんは「じゃ、私が買うわよ」と引受けた。

湯河原も奥の、山の上にある小さな旅館だけに、小説家、画家、学者などという固定した客があって、派手ではないが、邦子が女主人に納まるのには結構ではないか、と、即座に、りんの心は決まったのだ。

前々から、そうしたりんの気持は邦子にも通じてあったし、勿論否《いな》やはないと思いこんで

いたのだが――顔中を笑み崩しながら、

「だからさ、そうなれば、母さんもお前と一緒に死ぬまで暮せる。湯河原はお湯もいいし、暖かいし涼しいし、こうなると母さんも楽しみが増えたよ」

と、その旅館を買いとったら、銀座の店の室内装飾やデザインをしてもらっている商業美術家の高森《たかもり》に頼んで、新しい衣裳《いしよう》をその旅館に着せ、品よく落着いた宿にしよう、床の間にかけるものや浴衣《ゆかた》の柄《がら》までも、ああでもない、こうでもないと、夜も眠れずに考えて胸をはずませていただけに、りんは、

「一寸《ちよつと》母さん――その話、待って頂戴《ちようだい》」

と、邦子に言われたときはドキリとした。

（また何か、あったんじゃないか……）

邦子は微笑した。久しぶりにりんは彼女の暖かい、愛情に満ちた笑いを見た。この微笑の嬉《うれ》しさを、邦子は注意深く母親にも誰にも隠して知らせなかったのだ。

前の失敗があるだけに、という邦子の慎重さがそうさせたのだろうか。

「実はねえ――今まで黙ってたんだけど、私、結婚したいと思うんです。丁度今の話を聞いて私もハッキリと気持が決ったの」

と邦子に切り出されたときには、りんも体中を震わせ、

「またお前は、母さんを抜き討ちにしたんだねッ」

真っ赤になって怒った。

その相手の男が、永井淳吉なのである。

M会館ビルのボイラーマンといえば体裁がいいが、りんに言わせれば、

「何だ。ただの罐焚《かまた》きじゃアないか」

と、いうことになる。

だが、淳吉はMビルの汽罐室《きかんしつ》に勤める立派なサラリーマンだと、邦子は笑いながらりんに言いきかせた。

とにかく、今度は、りんも鬼になったつもりで、必死にこの話を打ちこわしにかかった。

「でも、母さん、一度、邦ちゃんの相手の人に会ってみた上でのことにしたら――」

と、昌江も取りなしたが、

「あの手を見てごらん。どいつもこいつも邦子をなぶりものにするつもりさ。男なんてそんなものだ。断じて――断じてだよ。私ア承知しない。みすみす邦子が不幸になるってことは、わかりきってる話なんだからね」

と、りんは怒った。

それもたしかに反対の理由の一つだが、それよりもりんを激しく怒らせたのは、邦子と二人で旅館を経営しようという老後の新鮮な意欲が一度に崩れかかってきたからである。

邦子が辛抱づよくすすめても男には会おうとはせず、

「いけない。どうしてもいけない」

と首を振るばかりのりんだった。

昔の邦子なら、

「それならいいわ。私、勝手にするから――」

と、男のところへ飛びだしてしまうのだろうが、今度は、あくまでも穏やかに母親の許しを得てから――という気持を捨てない。

それがまた姉の昌江の胸に響いて、

「ねえ、あんた。邦ちゃんも変ったわねえ。今度は、何とかしてやりたいわ」

「そうだな。邦ちゃんも二十八になるんだし、結婚できて、うまくいくなら、それにこしたことはない。旅館の女主人で一生終ってもさ、大したことはないよ」

「そうよ。女は、結婚して子供を生んで――ね――」

「そうだそうだ」

昌江も清も邦子の味方だが、りんの前へ出るとあまり積極的な口は利《き》けなくなる。

「お前達は黙っといで」

の一言で引き下るだけだ。

りんは、強引に邦子を高樹町のアパートから銀座の店の二階へ引っぱってきてしまった。

邦子も、別に逆らわなかったが、意志は固く変らないらしいと、昌江と清は話し合った。

それが、ふた月ばかり前のことだったのだが、今朝《けさ》になって、邦子から、

「永井さんと、永井さんのお母さんが、ここへ来て下さるの。とにかく会って頂戴」

と言われたとき、りんは、

(よし。会って今日という今日は、キッパリとカタをつけてしまおう)

と決意したのだった。

五

永井すみと淳吉の母子《おやこ》は、その日の午後、連れ立って〔明治亭〕を訪れた。

りんが階下から上っていくと、二階の居間で、母子は邦子と何か楽しげに語りあっている。りんは顔に出る怒《いか》りを隠そうともせずに、二人の前へ坐った。やがて、すみが口を切って
――突然伺ってまことに失礼なのだが、自分もDビルの雑役婦をして働いているので、日曜以外は休みがとれず、また息子一人だけを参上させては、かえって失礼にあたると思い、延び延びになっていたが、どうか邦子さんを、息子の嫁に頂けないか――と正式に申込んだのである。

「私方《わたしがた》の御返事は、前もって邦子からお聞き及びのことと思いますけど――」

と、りんは切口上《きりこうじょう》だった。

「はあ。あなたさまはどこまでも御反対だそうで――」

「だから、折角お見えになって頂いても、改まって話の仕様がありませんねえ」

「その理由をお聞かせ下さいませんか」

「理由だなんて――」

りんは、フンと鼻で笑ってみせ、

「とにかく母親の私が厭《いや》なんです。不承知なんです」

「私共が、お宅様と釣《つ》り合わないとでも」

「そう思って頂いても結構でござんすわ」

娘の手のことには一言も触れたくない。いや触れないとりんは決心している。

「それは、私共は――いえ、この淳吉も父親に早く死別れましたし、何分女の私ひとりの手で育てましたので、学校の方も――今はB大学の夜学へ通っておりますけど、戦後は何しろ食べるのに精一杯で、小さいときから苦労をさせました。それで今は、ビルディングのボイラーの方を……」

「罐焚きだそうで――」

と、すかさずりんは切込んでみたが、劣等感から少しはたじろぐかと思いのほか、すみは平然と、

「お金持ちではないというだけで、まア、しゃんとしたサラリーマンですから――」

と、別に強がる風でもなく、

「ただ、東京で三度も戦災を受けた上に、今申し上げた通り、これと言った財産もございません。やっと去年、金融公庫ってんでございますか、政府のお金を借りて、二階が二間、下が二間の小さな家を、板橋の方へ建てることが出来ましたばかりで――」

「へえ――じゃあ、そこで、あなたも息子さんと一緒にお暮しなさるつもりで――」

「はい。でも私は御心配になるような姑《しゅうとめ》ではございませんですよ。永い間、外で働いてきましたんで、自分一人のことくらいは自分で何とかやれますし、息子や邦子さんには何の口出しもいたさないつもりでおりますわ」

「まあ、おえらいことねえ」

りんは、チラッと侮蔑《ぶべつ》の眼を投げた。娘をやるまいとする怒りが、どうしてもそうさせるのだ。

「けれど、私としましてはね。娘はお姑さんと一緒のところへ嫁入らせたくないんでございましてね」

良い理由が出来たな、とりんは北叟笑《ほくそえ》んだのだが、すみは、

「では私、早速に何処《どこ》かのアパートへでも移ってよございますけど……」

このとき、今まで黙っていた邦子が、突如、口をはさんだ。昂奮《こうふん》はしていないが、しっかりとした、もう動かしようのない決意を強固に現わした口調で、彼女は、

「母さん。もうこれ以上、いくら永井さんのおかあさんが言って下すってもムダね、でも私は永井さんのところへ行くつもり……」

「うるさいッ。お前は黙っといで」

りんの怒声について、すみが、

「まあまあ、邦子さん。お母さんだって、大切なあなたのことだから心配していらっしゃるんだし――」

「わざわざおいでになって頂いて、やっぱりこんなことになっちゃって申しわけありませんわ」

「とんでもないこと――さて、困りましたねえ」

（何を言ってやがる。邦子も邦子だ。私をないがしろにしておいて、相手の母親に謝まることはないじゃないか）

と、りんは頰《ほお》をふくらませて、やたらに煙草《たばこ》を吸いつづけた。

淳吉は先刻《さつき》から何も言わない。腕を組んで、じいっと二人の母親の顔を見比べているだけだ。

（なんて奴《やつ》なんだろう、変ってるよ、全く――）

りんは、こんな変人のところへ金輪際《こんりんざい》、娘をやるものか、と唇《くちびる》を嚙《か》んだ。

ただ、嫁に行きたいと言うだけで、邦子も一体、この男と、どうして、どんな理由から結婚をする気になったんだろう。いくら鉤《かぎ》の手をはめていたって、何もここまで考え方を下落させなくても、立派に旅館の女主人として立っていける身ではないか――と、りんは思った。

代々養子の大崎家に生れたりんは、亡夫《おつと》に対しても、ただ家を、店を守るという意味の結婚観念しか持ってはいず、結婚後も良人は調理場に閉じこめておいて、店の一切は自分の采《さい》配《はい》で切りまわしてきただけに、彼女は恋愛も、激しい情熱も、男というものに対して経験したことのない女だった。

不幸だとも言えるし、また当のりんにしてみれば、その代りに強烈な事業欲に生きてきたのだから、ちっとも不幸じゃない、と言うかも知れない。

とにかく、邦子と淳吉の交渉は、こんなことから始まったのである。

それは一年ばかり前の、やはり初夏の季節が、都会の濁った空にも一片の爽快《そうかい》さを浮べはじめた頃のことだ。

週日《ウイークデイ》の午後の、客足の閑散な時刻に、もうじっとりと汗ばむほどの暖かさに喉《のど》がかわき、邦子は店員に店をまかせて、会館の地下室にある喫茶室へ、冷たいレモンスカッシュを飲みに行った。

前の晩はアパートの自室でレコードを聞いていて、夜が更《ふ》けてから床《とこ》へ入ってもなかなか眠れず、文庫本を読んだりして暁《あ》け方《がた》まで寝つかれなかったためか、そのときの邦子は肩から首にかけて重く熱っぽい感じで、頭も少し痛かった。

丁度ビルの一部の階段を修理中で、職人が、その床《ゆか》を剝《は》がしている最中だった。邪魔にならないようにと階段の片側を、爪先立《つまさきだ》って降りて行くとたん、邦子はツルリと足をすべらして、あと五、六段というところを転がり落ちた。

「痛ッ……」

右手をついて起き上がろうとしたが、しばらくは腰の痛みが頭へズーンとひびいてきて、邦子は呻《うめ》いた。

「大丈夫、大丈夫」

そのとき、男の掌《て》が、いきなり彼女の左の義手をつかんで引きずるように起してくれた。

義手をつかまれたとき、邦子はドキッとしたが、作業服を着た永井淳吉の眼は、まるで何事もないように微笑し、しかも義手をつかんだ掌は、みじんも躊躇《ためら》うことなく邦子を引き起した。

この瞬間が、邦子の胸に言葉では言いつくせない何ものかを、ピーンと感じさせたのだ。つまり、不具者を不具者として、いささかも意識していない男の瞳《ひとみ》であり行動なのである。

その理由はあとで、成程と、邦子にもわかったのだが――。

「すみません」

「いや――送りましょうか。二階のA堂でしたね」

「あら――」

「二、三度、あそこを通ってお見かけしたもんだから――僕は、このビルのボイラーの方で……」

「あら、そうでしたの」

「それともお茶を飲みに行きますか?」

「ええ。そうしますわ」

「じゃ――」

と、淳吉は手を貸してくれた。

喫茶室で、二人はレモンスカッシュを飲んだ。

何のことはなく、スムースに語りあえることが、邦子には不思議だった。

あれだけの痛手を受けて「二度と男なんか――」と決心していた自分が、こだわりもなく自然に淳吉と話しあっていることが、楽しかった。

（ああ、そうだ。私、あんなことが一度あったくらいで、男の人と話しもしたがらない女になりかけていたんだわ）

と、邦子は、そのとき、落ちかけていた穴の中から跳ね上るように、青空の下《もと》へ躍り出たのである。

これは彼女の、持って生れた弾力のある性格にもよることだろうが、一番大きな原因は、義手をつかみつかまれたときの、二人の微妙な感情の交流にあったのだ。

これは、しばらくして、二人の友情が暖かく育ち、B大学の工科に学んでいる淳吉の、建築家として独立したいという夢の健康さが、邦子に新しい生甲斐《いきがい》を感じさせ、彼女が板橋の淳吉の家へ訪れて、母親のすみに初めて会った日に、

（そうだわ。あのときの淳吉さんのすべてが、私に希望を持たせてくれたんだわ）

と、邦子には感得できたのだった。

しかし、そのことはりんへも姉夫婦にも邦子は黙っていた。

それは、やはり女らしい気持から、自然にわかるまでは、淳吉の母親のそのことを自分から口に出して言うべきではないと思ったからである。

六

「お前。よくもそんなことが出来るのねッ」

りんは眥《まなじり》をつり上げて、もう外聞もなく喚《わめ》いた。

邦子は手回りの品を揃《そろ》えて、淳吉達と一緒に、この家を出ていくと言いだしたのだ。

先刻《さつき》、一寸《ちよつと》中座して荷物もまとめたらしく、旅行鞄《かばん》や風呂《ふろ》敷《しき》包みも廊下に出ているらしい。

「でも、仕方がない。今まで辛抱したけど、どうしても許して下さらないんだもの」

「当り前だ。金がないから体一つで転がりこめ、なんて、そ、そんな見っともないことが出来るものか」

「今更そんな――私だって、前に失敗してるんですもの」

「え――お前、そんなことを……」

「みんな話しました。ずいぶん迷ったけど話しちゃったの。ね、淳吉さん」

「うむ。そんなことアどうでもいいよ。じゃア出かけようか」

淳吉が、挨拶《あいさつ》してからの沈黙を、このとき破って、

「僕だって前にはグレた奴だったんですからね」

と、りんへ向って、

「おかげで二十八にもなって、やっと大学の夜学の一年生なんです」

りんは口もきけず、三人を睨《にら》みまわすばかりだ。

「じゃ、母さん。いずれ落着いたら、お詫《わ》びに……」

「いいよ。もういいよッ」

「じゃ、ごめんなさい」

「出ていけ。出ていっちまえ」

邦子は、一寸、哀《かな》しげな、そして母親に対する愛情の溢《あふ》れた眼《まな》ざしでりんを見てから、廊下へ姿を消した。

許さないと言っても、今の法律は親の権限が子供の結婚に強く響いては来ないように出来ているし、どうしても出ていくというものを引き止める術《すべ》はない。

「失礼します」

と、一礼して邦子の後へつづく永井淳吉の姿も、いまいましく見送るほかはないのである。

窓の外の空は、桔梗色《ききょういろ》に暮れかかって、階下では客の出入りが繁《はげ》しくなり、昌江も清も、レジスターの前や、調理場の野菜や肉の香《こう》ばしい匂《にお》いの中で、それぞれに立働きながら、二階の様子を気づかっているに違いない。

りんは、よろめくように飾り棚《だな》の前の座椅子《ざいす》に坐りこみ、わなわなと唇を震わせつつ、畳の上を哀しげな眼で見入っていたが——ふっと気がつくと、廊下へ出る障子際《ぎわ》に、立て膝《ひざ》の格好で、永井すみが自分を見守っているのを知った。

「ま、まだ、いたんですか……」

りんは、空《うつ》ろな声で言った。

「はい」

「お帰り下さい。あんたとあんたの息子さんは、私の夢を盗んでいってしまったんだ」

「申しわけございません」

「お帰り下さい」

「はい——でも、一寸……」

すみが、するすると近寄ってきた。

女中達もいない。二人きりの部屋である。

白い眼を上げてすみを迎えるりんに、すみは、誰の胸にも沁《し》み透《とお》らずにはおかないような美しい微笑を見せて、立ち上った。

「ごらん下さいまし」

すみは、そう言って、部屋の中を歩きはじめた。

「あッ——」

りんは、思わず低く叫んで半身を浮かした。

すみは、かなりひどいビッコを引きながら畳の上を歩きまわって見せた。

「あ、あんたは……」

「はい。連れ合いが酒乱でございましてね。それがもとで、淳吉が十四のときに亡《な》くなりましたが、そのときはもう、私の足はこんなでございました」

「一体、それは……」

「はい。連れ合いに階段の上から突き飛ばされましたので――」

と、すみはまた笑って、

「でも悪い人じゃございませんでしたよ。ただ、下町の大きな店の末ッ子に育って甘やかされ放題に大きくなったんで、私と結婚しましてから勤め先がうまくいかなくなり、そうなると、もう苦い御飯の味を一度も知らない人だけに、酒に溺《おぼ》れて――だんだんに……」

りんは眼を白黒させて、もう声も出なかった。

すみは、また障子際へ坐って、

「この、私の足をごらんになったら、いくらか、邦子さんのことも安心して、私共にまかせて下さるお気持になれるンじゃないかと、今ふっと、そう思いましたので……」

「…………」

「では、これで――いずれ改めまして……」

静かに一礼して、永井すみの久留米絣《くるめがすり》に包まれた小肥《こぶと》りの体は、障子の外へ出ていった。

彼女の姿を吸いこんでしまったかのような障子の白さは、もう紫色の夕暮れの中に、ひっそりと沈み、その白さを追うかのように、障子へ凝らしているりんの眼は、もう涙で一杯になっていた。


（「面白倶楽部」昭和三十三年七月号）

踏切は知っている

一

木蔭《こかげ》の闇《やみ》の中から音もなく走り寄ってきた小さな黒い影が、薄いウールのジャケットの下で、こんもりと汗ばんでいる淳子の乳房を、いきなり摑《つか》んだ。

「何すんのよッ」

淳子は、だいぶくたびれかけている白革のハンドバッグをふるって、力一杯、相手の顔を叩《たた》きつけてやった。

「エヘ、おっぱい……エヘヘ、おっぱい、おっぱい……」

撲《なぐ》られてひるむような相手ではない。

素早く飛び退《すさ》って淳子の胸のあたりを指さしながら、奇声をあげていて逃げようともしないのだ。

子供用の白い開襟《かいきん》シャツに、よれよれのズボンをつけた四尺そこそこの痩《や》せた小さな体に、坊主頭の童顔が、ニタニタと笑っている。

ちょこんとあぐらをかいている鼻がピクピク動いているのが、淳子には見なくてもわかるのだ。

かなり離れた街灯の光の中に浮かんでいるその姿は、見たところ十三、四歳の少年にしか見えないが、彼の童顔が大人びた濃いヒゲに埋れていることも、ズボンからにょろりと突出している二本の足が毛むくじゃらなことも、今の淳子は知っている。

彼に乳房を摑まれたのは、これで五度目だ。もう我慢は出来ないと淳子は思った。

「モンキー。おいでッ。交番へ一緒にいらっしゃいッ」

思い切って、ハンドバッグを振りかざしながら突進むと、彼は一歩も退《ひ》かず、

「来るかア。こっちイ来ると、おっぱい、いじるぞう」

と白い歯をむいて淳子を揶揄《やゆ》するのだ。

そうなると何だか不気味になって、淳子は、唇《くちびる》を嚙《か》んで立ちすくんだ。

住宅と木蔭に囲まれたこの細道の、十二時に近い今頃《いまごろ》には人ひとり通らない。

五十メートルほど向うの舗装道路からの、トラックやオートバイの響音が思い出したように聞えてくるだけだった。

「いじらせてよ。おっぱい、いじらせてよ」

モンキーが両手をひろげて、近寄って来た。

淳子は舌打ちをした。

「おぼえてらっしゃいッ」

身を返し、一散に、下宿をしている家をめざして小走りに走りながら、淳子は口惜《くや》し涙があふれてくるのをどうしようもないのである。

（あんな奴《やつ》にまでバカにされて……）

二十八歳になる今までに、接吻《せっぷん》ひとつ交した恋人もいなかった淳子だった。レヴューの踊り子をしていたときも、或る商業劇団にいたときも、ラジオやテレビのタレントの末端にしがみついて、かつかつに暮している現在でも、堅いのが評判の淳子なのだが、「谷本君ってのは、どうも体臭が……女の体臭ってものがないんだからねえ」などという、プロデューサーや演出家の噂《うわさ》が淳子自身の耳にも入って来るほどであって、お色気過剰のマスコミの波に、どうしても乗り切れない。足を棒にしてラジオやテレビの局を駈《か》けずり廻っても、彼女の容姿を必要としないラジオのコマーシャルや子供番組のいくつかが、やっと一カ月一万円そこそこの収入をもたらしてくれるだけだ。

今となっては、あれほど執着した大女優への夢も消え果ててしまっているが、と言って肌理《きめ》のこまかい、着瘦せをするが裸になると自分で眺《なが》めても満更ではないと思う女盛りの肉体を抱きとってくれる男もいない、いや現われてきてはくれないのである。

「淳子はその年になってさ、いつまで余計なものをごしょうだいじにしまっとくのさ。捨てちゃいなさい、捨てちゃいなさい」

と、仲の良い友達にもよく言われる。

捨ててしまいたいとは思うのだが、かんじんの屑籠《くずかご》が出て来なくては仕方がないではないか……。

（私って、どうしてこうなんだろう。私って、どうしてお色気がないんだろう）

母ひとり子ひとりで、母親は、いま長野市の旅館で調理場の下働きをしている。母親は毎月五千円ずつ、淳子へ送ってきてくれるのだ。その金を受取るのが身を切られるほど苦しい。そうかと言って、外を出歩く人気稼業《かぎょう》の末席にでも腰かけている以上、切りつめた衣裳《いしょう》代だけでも母親の送金に頼らなければならない淳子だった。

（もう何時《いつ》までも母さん働かしとくわけにはいかないもの。構わない、どんなおじいちゃんだっていい。結婚出来なければお妾《めかけ》さんだって構やしない）

あせって、哀《かな》しみ抜いて、そこまで決心はしてみても、いざとなると尻《しり》ごみが先に立ってしまう。

何時だかわからないが、何時かしらは……結婚してくれる相手が……という淳子の夢は、執拗《しつよう》に彼女の胸に粘りついていて離れてはくれないらしい。

こんな淳子なのだから、現代の東京で女ひとり食べて行くことが困難をきわめるのも当然といいえばいえるだろう。

下宿の四畳半には、昼間の夏の太陽の熱気がまだこもっていた。

ツギハギだらけの薄いフトンの上を転々とのたうちまわりながら、いまの自分を相手にしてくれるのは、あのモンキー……このあたりでは「モンちゃん、モンちゃん」と呼ばれ軽蔑《けいべつ》の限りを投げつけられている精薄の、あの男だけじゃアないか……。

ふっとそう思ったとき、淳子は毛布を頭までかぶり、声を忍んで泣き出していた。

二

「モンちゃん」の家は、淳子の下宿している家のすぐ前にある。細い道と溝川《どぶかわ》にへだてられた百坪ほどの敷地の真ん中の、六畳一間の古びたバラック建てがそれだ。

塀《へい》も垣根《かきね》もない夏草のの、さ、ば、る、にまかせた、その敷地は「モンちゃん」が祖父からゆずり受けたものなのだという。

「モンちゃん」の祖父は、五年前にトラックにはねられたのが原因で死んだ。以来、モンちゃんは、祖父と二人きりで暮していたその小さなバラックの当主となったわけだ。両親とも早く死んでしまっていて、母親の方は発狂して、モンちゃんが五つか六つの頃に精神病院で死んだのだという。

都心から離れたこの町には、終戦後住居を構えたものが多い。

部屋代が安いというので友達が紹介してくれ、渋谷のアパートから引越してきたばかりの淳子の耳へは、モンちゃんのことについて、まだそれ位しか入ってはいない。

ともかく、下宿している家の老夫婦が、六年ほど前に役所の退職金で建てたこの家へ移ってきたときには、精薄のモンちゃんを、冬瓜《とうがん》のように青黒く腫《むく》んだ顔の祖父がなめるように可愛《かわい》がって暮していたという。老人の前身はあきらかではないが、持っていた土地を戦後に手離して、小金を持っていたらしい。

その頃、その老人が、

「うちの孫はねえ、ああやってヨダレをたらしちゃ可笑《おか》しなことばかりやっとりますがねえ、あれでもう二十二になるんでございますヨ」

と、近所の人にこぼしたそうだ。

となると、いまモンちゃんの年齢は二十八歳ということになる。

淳子がはじめてこの家へ越してきて、借りることになった二階の部屋の窓を開けて下を見おろしたとき、夏草に埋もれるように背を丸めて何かしていたモンちゃんが振向いた。

淳子が開けた窓の戸に気づいたものらしい。

梅雨に入る前の、いかにも爽《さわ》やかな初夏の晴れた日の昼下りのことだった。

モンちゃんは立上って、じいっと淳子を見上げた。

彼の立っている足もとにはシチリンが置かれ鍋《なべ》がかかっている。煙りが白く、ゆるやかにのぼっていた。

淳子は、少年だとばかり思っていたので、何となく微笑を浮べて手を振ってみせた。

すると、モンちゃんはニタリとして、いきなりズボンを草の上へずり落したのである。

「きゃッ」

淳子は叫んだ。モンちゃんはズボンの下に何もつけてはいなかった。毛むくじゃらの足と、その両足のつけねに存在する、あの男のものを、淳子は眼に入れるが早いか、ピシャリと窓を閉めて真赤になった。

恥かしくて下の老夫婦にも言えなかった。

その夜、久しぶりにラジオの仕事があって出かけたときに、駅前へ通ずるかなり繁華な商店街の人混みの中で、あッという間もなく淳子の乳房は、第一回の洗礼を受けたのである。

それから約一カ月たった今までに、駅から下宿に至る道程のどこかで、素早いモンちゃんの襲撃を淳子は五回も受けたわけだ。いくら注意しても狙《ねら》われるときはダメだった。一度は白昼にやられた。

商店街を、西部劇に出てくる牧童の扮装《ふんそう》をした子供のサンドイッチマンが映画館のプラカードをかかげて近づいてくると思っていたら、これがモン氏であって、たちまちにぎゅッとやられた。

怒鳴りつけようにも、またたく間に遠去かってしまうし、第一見っともなくて白昼の人ごみに大声もたてられない淳子だ。

たまりかねて、下の老夫婦に語ってきかせると、

「へえ、やりましたか。しばらく止っていたんですがねえ。そりゃ、よっぽどモンちゃん、あんたが気に入ったんですよ」

退職官吏の老人はゲラゲラと笑い出す始末なのである。

交番に届けたいがどうだろうか、と言うと、老妻が、

「今までに何度も届けたことはありましたがねえ、このあたりの若い娘が……でもダメなんですよ。おまわりさんも余りモンちゃんのことは叱《しか》らないのでございます。何しろあなた、

モンちゃんときたら人命救助で警察に表彰されたことが……」

と言いかけて、老夫に、

「何度ありましたっけね」

「七、八回はあるだろ」

と老人。

「とにかく、あのモンちゃんに尊い命を救われた子供や大人が、このあたりにそれだけいるのでございますよ、あなた」

と老妻だ。

とにかく、このあたりの人びとは、むしろモンちゃんに好感をもっているらしいと、淳子が気がついたのはこのときからである。

（バカにしてるわ！）

いっそ他へ引越してしまおうかと思ったが、都心から遠い割に交通の便がよく、四畳半が二千五百円という部屋代の魅力に敵しかねて我慢をしていたのだが、淳子も五回目の襲撃があった夜……屈辱と怒りと劣等感とにさいなまれてまんじりともしなかった夜があけると、眼をつりあげて駅前の交番に駈け向ったのである。

「およしなさいましヨ」

と、下の婆《ばあ》さんが入歯をフガフガさせながら淳子の背へ声を投げた。

三

「ははあ……フム、成程。フム……」

交番にいた警官はしきりにうなずきつつ、心配そうに眉《まゆ》を寄せ、ていねいに淳子の訴えをきいてくれた。警官は若くてずんぐり肥《ふと》っていた。眼が細くてやさしい。

汗だくになり、赤くなったり青くなったり、どもったり叫んだり、口ごもったりしながら、ひと通り淳子が訴えるのをきき終えると、警官は深い嘆息をもらした。

「そうでしたか……いや申しわけありません。少しも気がつかんでした」

誠意をこめて頭を下げ、

「ま、入っておかけ下さい。申しおくれましたが、僕は波多《はた》というもんでして……」

「どうして下さいますの。このままに捨てておくつもりなんですか」

淳子は、いきりたった。

「いやア。ここしばらくはなかったんですがねえ」

「なかったっていったって、あったんですから仕方がないじゃありませんか」

「そうでした。あったんですから……」

「捕まえて下さい。あんな男、留置場へ入れて下さいッ」

「ごもっともです」

「ごもっともなら、早く捕まえたらどうです」

「しかし、ショウコがないと……」

「何ですって……」

「いや、お怒りはごもっともなんですが……」

波多警官はハンケチを出して、ダクダクと首すじをしたたり落ちてくる汗をぬぐいつつ、困惑しきっているのだ。

何故《なぜ》こんなに、あの精薄のモンキーに遠慮しなくてはならないのか、淳子にはわからない。腹の中が煮えくり返るようになってきた。

「結構です。では私、警察へ行きます。警察でいけなかったら警視庁へ行きます」

「ま、一寸《ちょっと》……一寸お待ち下さい」

暑く白い陽《ひ》の光が、この私線の駅前の広場を流れるラッシュアワーの雑沓《ざっとう》を早くも包んでいる。

淳子のヒステリックな高い声に気づいて、足を止めるものも出て来た。

「お願いです。一度、僕の話を聞いてくれませんか。むろん、あのモンちゃんの……いえ、佐々木弘君のことについてなんですが……いけませんか。午前中には勤務が終ります。十一時半頃、そこの、広場の向うのアルプスっていうケーキを売ってる、あの店の二階の喫茶室で待っていて下さいませんか。お願いです。如何《いかが》でしょう」

「だって……」

「頼みます。一度話をきいて下さい、ぜひ……」

淳子は押し切られた。

数時間後、アルプスの二階の卓の前に二人は向い合っていた。二人の前には冷たい紅茶とホットドッグが置かれてある。

波多警官が淳子におせじを使っているのだ。

「このあたりは戦前は静かな住宅地でしたけど、戦後は急激に発展しましてね」

と、波多が口をきった。

「それがどうしたっていうんです」

「あなたが住んどられるあの辺に、舗装道路がありますね。朝から晩まで、バスやトラックやオートバイが矢のように突っ走っていますでしょう?」

「そんなこと、どうだっていいんですったら……」

「あの道路は池袋まで通じてます。あれが出来てから非常に便利になりました。その代りに交通事故も激増しました。モンちゃんのおじいさんもあそこでトラックにはねられました。むろん暴走です。ところがトラックは逃げちまったんです」

モンちゃんの祖父は、はねられる寸前に、手を引いていたモンちゃんの体を力一杯突飛ばしていた。モンちゃんは微傷も負わなかった。

モンちゃんの祖父は、それでも半月ほどは生きていたのだそうだ。

やはり夏の盛りだった。病室のベッドで重傷に喘《あえ》ぎながら、モンちゃんの祖父は、付添い

の看護婦に、

「冷たいうどんが喰べたい」

と訴えたという。

看護婦が承知し、階下の調理場でうどんを茹《ゆ》でているのを、モンちゃんは眼ばたきもせず見つめていた。

そして、そのうどんが病室へ運ばれて、祖父がいかにも美味《うま》そうにすすりこむのを、黙って身じろぎもせずに見守っていた。

うどんが好きで夏はよく食べていた祖父のことを思い出したものか、モンちゃんは、その翌日も、うどんを茹でる看護婦の傍《そば》についていて、じっと、その手の動きを追っていた。突き詰めたモンちゃんの白い眼のいろを見て看護婦は気味悪がった。

その翌日も、その次の日も……モンちゃんは、うどんを茹でる看護婦の手と、うどんを美《お》味《い》しそうに食べる祖父の鉛色になった顔を、喰い入るように凝視していた。

一時は快方に向いかけたようだったのだが、容態が急変して祖父は死んだ。

そのときのモンちゃんの怒りは凄《すさ》まじかった。彼は、その夜更《よふ》けになると、隣家の或る会社員の家から猟銃と弾丸を盗み出してきた。

その会社員はハンターであって、日曜日には、縁側へよく銃を持出しては手入れをしていたのを、モンちゃんはこちらの草むらに腰をおろして興味ぶかげに見物していたことが度び度びあったという。

とにかく、その夜盗み出した上下二連銃十二番口径という猟銃に〔アイデアル〕という熊撃ち用の弾丸をこめて、舗装道路に立ちはだかると、走り迫って来るトラックの、らんらんと光る二つの眼玉をめがけて、ドカンドカンとぶっ放したというのである。弾丸は一つも当らなかった。トラックは無事だったが、運転手はブレーキをかけたとたんに失神したそうだ。

「モンちゃんに撃ち方を教えたおぼえはありません」

会社員は警察の取調べにハッキリとそう答えたという。

四

祖父に死なれたモンちゃんには、全く身寄りはなかった。

警察は、モンちゃんを、国家が経営しているそうした人たちを収容するところへ入れたが、すぐに脱走して元の家へ戻って来てしまった。

そんなことが二度三度とくり返された。家も土地もモンちゃんの名義になっている。脱走してから何カ月もかかってから家へたどりつくのだが、そうした動物の嗅覚《きゆうかく》に似たモンちゃんの本能を、むしろ近所の人びとは哀れにも思い、賞讃《しようさん》さえした。

結局、町内でモンちゃんを管理することになった。

モンちゃんは商店街でプラカードを担《かつ》いだり、商店のチラシをくばったりして働きはじめた。

その頃から、毎日、ひるすぎになると、敷地の草むらにシチリンを持出し、うどんを茹でる彼の日課が始まったのだという。

茹でたうどんは、近所の人が飾ってくれた祖父の位牌《いはい》の前に供える。手を合せて拝む。夕方になると、そのうどんを薄暗い電灯の下で、ひとりで食べる。

夏も、冬も、雪が降っても、この日課だけは一日も欠かしたことがない。

淳子はここまで聞き終ったとき、初めて彼を見た日のことをハッキリと思い起すことが出来た。

あのとき窓の淳子を見上げながらズボンを落し、怪しからぬふるまいを示したモンちゃんの足もとのシチリンは、白い煙をあげていたのだ。

「あれから、四年ほどたちますが、モンちゃんは七人も人を助けています。そりゃもう勇敢そのものです。僕だって……いや、大体の人は、あんな素ばしっこい男らしい真似《まね》は出来やしませんよ」

と、波多警官は言うのである。

このあたりの道路で、トラックやハイヤーやオートバイにひっかけられそうになった子供や老人を見かけるや否《いな》や、針の穴ほどの躊躇《ちゅうちょ》もなく彼は飛出して行くのだそうだ。

抱きかかえたり、突き飛ばしたりして、相手を助けると同時に彼は跳ね起きて、逃げ去るトラックやハイヤーに、あらん限りの悪罵《あくば》を浴びせかけるのである。

「近頃になって、この辺の道路は危くなるばかりなんです。ことにオートバイが一番怖い。

だからモンちゃんは眼を皿のようにして町を歩いてるんです」

だから痴漢としての彼を許せというのか……。

(そんなバカなことがあるもんか!!)

淳子は懸命に力《りき》んでみたが、波多の話を聞き終えると気力がなえてしまった。

「言えばわからんことはないんです。僕から注意します。今度だけは許してやって下さいませんか」

波多の言葉をぼんやり聞いて、淳子は立上っていた。

その夜の階下の婆さんの話だと、このあたりの細君の中には、便所の掃出し窓を外から開けてニヤッとモンちゃんがのぞき込むのへ、しゃがみかけながら、彼の鼻の頭を軽く爪《つめ》ではじいて、「コラ!!」といって、やさしく睨《にら》んでやるのもいるのだそうだ。

その細君が夕方になると揚げたてのコロッケなどを、モンちゃんのバラックへ届けに行ってやるのだ。

下宿へ帰ると、老妻が、それでも心配してくれて迎えに出ようとするところだった。

うどんのはなしを淳子がすると、婆さんは、

「あなたにまだお話してませんでしたかねえ。そりゃ感心なものだ。あそこまで、ひたむきに死んだ人間を思いつめることなんぞ、なかなかに出来やしませんので……死んだあの子のおじいさんは、しあわせでございますヨ」

と、涙ぐんで肩を持つのだ。

五

淳子に仕事のない日がつづいた。

財布が空《から》になりそうになったとき、長野の母親が五千円送ってきた。

淳子は、ひるすぎになると窓にかけたスダレごしに向いのモンちゃんの家を見下した。

同じ時刻になると、彼が必ず外から帰って来るのを淳子は今更のように知った。

外の草の上にシチリンを置き、紙くずや木片を燃やしてうどんを茹でるときもあるし、家に入ったきり出てこないときもある。

そんなときは家の中で茹でているのだろう。

ともかく、草に埋れて、シチリンの上の鍋を見つめている彼の眼は、一度も淳子の部屋を仰ぎ見ようともせず、何かの情熱をたたえてキラキラと輝いていた。

夏でもピッシャリと閉めきってあるバラックの中へ、湯気のたつ鍋を抱えて戻って行く彼の足どりには確固とした力強いものが、この為に俺は生きているのだぞとでもいうような気《き》魄《はく》が、みなぎりわたっているように淳子は感じた。

しばらくして知り合いのプロデューサーから淳子に電報がきた。

久しぶりのテレビの仕事だ。台詞《せりふ》は「いらっしゃいまし」という一言だ。マゲもののコメディの中の宿屋のシーンで、入って来た客を迎える女中Aが淳子の役である。

梅雨もあけた日ざかりの道を駅へ向った。夜更けまで本読みと稽古《けいこ》があって、明日が本番だというのだ。

日曜日なので商店街は一杯の人出だった。

駅の近くまで来ると、その人の群れが、わーッと散った。自転車さえも通行禁止になっている商店街の通りへ、この辺の愚連隊がオートバイを乗入れて来たのである。

オートバイは三台だ。三人の男は黄や赤のアロハシャツの裾《すそ》を腹のあたりで結び合せ、ボタンも止めずにぐッとひろげた胸までサラシの腹巻をのぞかせ、黒いサングラスをかけている。

「どけ、どけ、どけッ！」

「ホーラ、はね飛ばすぞゥ」

などと喚《わめ》きながら突き進んで来る。

子供達は悲鳴をあげて飛散った。

淳子もあわてて洋品店のウインドーの傍へ身を避けた。

そのとき、何処《どこ》からかパチンコ屋のプラカードを担いだモンちゃんが飛出して来た。（あら!!）と思う間もなく、モンちゃんが細い両手にプラカードを振りかざして先頭のオートバイに躍りかかった。

サングラスの男は恐ろしい力でオートバイの上から叩《たた》き落され、乗手を失ったオートバイは横倒しになって、くるくると路上を転げまわった。

「この野郎ッ」

あとの二台は、けたたましい音をたてて、やや行きすぎてから止まり、二人の愚連隊が飛び下りてきた。

叩き落された男も鼻血を流しながら跳ね起きて、

「こん畜生め！」

いきなりモンちゃんに摑《つか》みかかった。

モンちゃんは男の手の下を潜って鋭く叫んだ。

「ここはオートバイ、いけないんだゾ。ツウコウキンシだ!!」

「何をぬかしゃがる」

あとは寄ってたかって、男達の拳《こぶし》や靴《くつ》がモンちゃんの体に殺到した。

通行の人も、商店の人も、誰ひとりモンちゃんを救いに出るものはいなかった。

淳子は、恐ろしくて飛出して行けない自分にツバを吐きかけながら、ぶるぶる震えていたが、思いついて駈《か》け出した。

駅前の交番へ夢中になって駈けつけ、波多と共に戻って来ると、すでに他の警官が二人、現場へ駈けつけていた。

愚連隊は、オートバイを捨てて逃げてしまっていた。

モンちゃんは血だらけになり、泡《あわ》をふいていた。

波多が救急車を呼んだが、車が到着する前に、モンちゃんは気がついた。波多が抱き起して言った。

「待ってろ。いま病院へ連れてくからな」

「ビョウインいやだ!!　ビョウイン行くと死ぬ!!」

どれだけの負傷をしたのかわからないが、とにかく頭から足の先まで血だらけだった。

そんな姿で、ピョコンと彼は起き上り、呆気《あっけ》にとられている人ごみを掻《か》きわけるようにしてスタスタと歩き出していた。

「待てよ、おい——」

夢からさめたように、波多が後を追って行った。

淳子もつづいた。

六

その晩、モンちゃんは四十度の熱を出した。

打撲や裂傷で十日間の重傷だという。

医者が呼ばれた。入院しなくても大丈夫だろうというので、近所の人が廻り持ちで集ってきて看病に当った。

淳子もテレビの仕事が済むと、夜中から看病に加わった。

その日の明け方だった。淳子がひとりでモンちゃんの枕頭についていて、氷嚢《ひょうのう》の氷を替え

れた。
淳子がやさしく訊《き》いてやると、モンちゃんはニヤリと笑って手を伸ばし、淳子の乳房にふ
「気がついたのね？　どう痛む？　痛いでしょ」
ようとすると、モンちゃんが眼を開いた。

指先に力がなかった。

「いいわよ。さ、いいわよ」

淳子の眼が異様に光った。淳子はブラウスのボタンを引きちぎるようにして物につかれた
ように、モンちゃんの眼の前へ胸を突き出していた。

モンちゃんの手が、ゆっくりと淳子のスリップの間から乳房を撫《な》でまわしはじめた。

彼は、うっとりと眼を細めていた。そしていつまでも手を引込めようとはしないので、淳
子は彼の腕を自分の両腕で支えてやった。

いつの間にか、淳子も眼を閉じていた。

芳醇《ほうじゅん》な酒の中に全身が浸っているような気持で、ふわふわと体が浮き上りそうに思えた。

モンちゃんが手を引いた。

ハッとして眼を開くと、彼は両腕を突っぱって床の上へ起き上ろうとしている。

「ど、ど、どうしたのよ？　どうするのよ？」

「うどん、ゆでる。わすれてた」

「何言ってるのよ、こんな怪我をしてんのに——」

「おじいちゃんに食わせるの忘れてた!!」

強情だ。淳子を突きのけて立上ってしまった。

「いいわよ。じゃ、私がゆでたげるからさ」

「じぶんでやる!」

フラフラしながら淳子の手を払いのけて台所へ下り、器用な手つきでシチリンに火を起しはじめた。

台所にはガス台もあるが埃《ほこり》に埋れている。

後で知ったことだが、彼は、シューッと音をたてて出るガスが大変に恐ろしかったのだということを、淳子は波多から聞いた。

鍋をかけ、うどんの束を投げ込み、台所の板敷きの上に膝《ひざ》を抱えてうずくまりながら、薄明の光の中で、じいっと茹で上るうどんを凝視していたモンちゃんの姿を、顔を、淳子は一生忘れないだろう。

それから二年たった。

淳子は波多と結婚して、下目黒のアパートに世帯を持った。

長野の母親は、これで安心したから、もう少し働いておきたいと言って、波多のすすめにもかかわらず、まだ一緒に暮そうとはしない。

アパートの淳子達の部屋には、モンちゃんの祖父の位牌がある。その位牌の余白にはモンちゃんの戒名《かいみょう》も書いてある。仏前には、毎日、淳子の手で、うどんが供えられる。

この秋には、モンちゃんの一周忌がやってくるのだ。

一年前の秋の或日の午後——。彼は、あの町の駅近くの踏切で、幼稚園から帰って来る男の子を二人も救った。

彼に突き飛ばされて、レールから二メートルも先に転がり出た子供二人は微傷も受けずに済んだが、さすがに素早いモンちゃんも、今度は駄目だったのだ。

余り太くはない胴体が、真っ二つになった。


（「週刊文春」昭和三十五年八月一日号）

夢の階段

一

藩政を一手に掌握している首席家老、国枝修理の娘多津代《たづよ》の再婚の相手に自分がえらばれたと聞かされたときには、さすがの小森又十郎も茫然《ぼうぜん》となり、しばらくは口がきけなかった。

「おどろいたな、全く。お前が御家老の娘御の欽慕《きんぼ》を受けたということについては………いや、それだけのことは充分にある！」

と、又十郎の伯父、高田宗右衛門は、甥《おい》の身に舞い込んできた意外の幸運に驚喜し、あたふたと息遣いまでが荒くなっていた。

「わしはな、お前を只者《ただもの》ではないと、前々から見ておった。かねがね、お前を買うていたわしの眼力が間違っておらなんだことにだ、わしは満足をしておるところだ」

甥の幸運は、また伯父の幸運でもある。

伯父も甥も、ともに徒士《かち》組の微禄者《びろくもの》であった。

権勢をほこる執政の娘と結婚することは、当然、又十郎の立身が約束されるわけだし、そうなれば親類縁者にも、いずれは余波が及ぶことだろう。

又十郎の亡父伝助が借りた金を取り立てるのに、眼の色を変え、何度も口汚く怒鳴り込んで来たこともある宗右衛門なのだが、今日は、しきりに又十郎へ世辞をふりまいた。

偏屈《へんくつ》で頭痛もちで、又十郎には笑顔ひとつ見せたことがない伯母も、茶やら菓子やら甥の接待に懸命なのである。

又十郎は、自分の体が雲の上に乗り、ふわふわと宙に漂っているような気がした。

多津代は、身分が違いすぎるという父修理の反対を押し切り、再婚をするならば小森又十郎でなくては厭《いや》だと言い張って、きかなかったという。

出戻りという不憫《ふびん》さもあったのだろうが、修理も仕方なく承諾を与えた。

修理の用心から又十郎の伯父に下話があったのは、今朝のことである。

「お前、病気してよかったのう。何が幸いになるか知れたものではない」

と、伯父は唸《うな》った。

又十郎も、そのことをつくづくと考えていたところであった。

（一体、自分のどこが気に入ったのか……）

と思ってもみるし、気に入ってくれたものならば……雁牧《かりまき》で会い、初めて口をきき合う機会がなかったら、今日の幸福の訪れはなかった筈《はず》だ。

去年の暮れ——又十郎は激しい下痢と高熱に悩まされ、一時は危なかった。しかし、頑健《がんけん》な又十郎の体は何とか危機を切り抜け、城下から五里ほど離れた雁牧の湯へ保養に行くところまで漕《こ》ぎつけたのが、この正月の末であった。

山と野に囲まれた雁牧の町は、北国でも著名なところである。

元正天皇の頃《ころ》に泰澄《たいちょう》大師が発見したと伝えられる温泉があり、領内の物産として、京や江戸にまで名を売った〔雁牧焼〕の窯元《かまもと》がある。

その頃には体も殆《ほとん》ど回復し、退屈を持て余しはじめた又十郎は、町を散歩するついでに、或日《あるひ》、窯元へ見学に出かけてみた。

破風《はふ》に飾られた総湯《そうゆ》を紅《べん》がら格子《ごうし》の宿が囲んでいる町を東に抜け、唐木山に向かって三町ほども行くと、窯元があった。

窯匠《ようしょう》の才兵衛は五十がらみの朴訥《ぼくとつ》な男で、わざわざ蹴轆轤《けろくろ》をあやつり陶土を成型して見せてくれたりして、

「小森様もやってみなされ」

にこにこしながらしきりにすすめる。

「いやあ。おれは無器用でなあ」

そう言いながらも、又十郎は才兵衛に手ほどきされ面白半分に土をこねてみた。

やってみると面白くなってきた。又十郎は五日も窯元へ通って、何度も失敗したあげく、ようやくに一個の茶碗《ちゃわん》をつくり、それへ絵付けもした。

「ほお。初めてにしては、よう出来た」

と、才兵衛が賞《ほ》めてくれた。

「焼き上がったら城下へ届けて進ぜます」

「頼む。いや、思いがけぬ楽しみをさせて貰《もら》った。礼を言う」

又十郎は子供の頃に庭の土を盛り上げて城や山や動物をつくって遊んだことを想起しつつ、

手工するよろこびが大人になった今も消えていなかったことに気づいて、いささかびっくりしたものである。

多津代が、若党と気に入りの侍女のあやを従えて現われたのは、このときであった。

雁牧の本陣〔あら屋〕の主人が案内に立っていた。多津代も窯元を見物に来たのである。

「小森、又十郎さま……？」

「はあ……」

又十郎は、眼前に匂《にお》いたつ化粧の香に当惑しながらも、立ち上がって挨拶《あいさつ》をした。

あやも又十郎へ目礼を送ってきた。あやは又十郎と同じ組の下士、松山精七の妹である。

多津代が湯治に来ているということは、宿の女中に聞いていた又十郎だが、今までに顔を合わせたことはない。多津代も又十郎のことは耳にしていたらしく、

「お体がいけないとか……もう、よろしいのですか？」

「恐れ入ります。近いうちに城下へ戻るつもりでおります」

多津代は、微笑してうなずき、すぐに窯場の方へ去ったが、その翌日になって本陣から見舞いの菓子折りが届いた。

又十郎は、すぐに、礼をのべるため本陣へ出向き、多津代の部屋へ通されて茶菓を馳走になった。

一日置いて、また招《よ》ばれた。

（あのときに、多津代さまは、おれのことを……）

幸福感に脹《ふく》れ上がった又十郎が帰って来るのを見て、古びた小さな門の前を掃いていた老僕の常造が、

「何の御用事でございました」

と訊《き》くのへ、又十郎は、

「うむ……」

と、軽くうなずいてみせ、玄関へ出迎えた弟の文太郎にも、にやにやと笑ってみせただけで、居間へ入った。

「旦那様。着物が、びっしょり濡《ぬ》れとりますで」

常造が着替えをもって入ってきた。

又十郎は、このとき初めて雨が降り出していたことに気がついた。

着替えをし、常造がいれてくれた茶を飲むことも忘れたように、又十郎は、狭い庭に一本植わっている辛夷《こぶし》を何時《いつ》までも見つめていた。

温かい雨の中で、辛夷は白い花を、ぽっかりとひらいていた。

あまりに満ち足りた想《おも》いなので、何かと話しかける文太郎や常造に答えるのも億劫《おつくう》なほどなのである。

このとき又十郎は、それから三日後になり、よろこんで承知した多津代との縁談を断わるという羽目に自分を追い込もうとは、思ってもみなかったろう。

二

多津代が、本藩の槍《やり》奉行の家へ嫁いで行ったのは二年前のことだ。ところが、子も生まれぬままに夫が病没してしまい、家は夫の弟が継ぐことになり、まだ若い身なのだからというので、隣国の本藩から城下へ帰って来たのが、去年の秋であった。

又十郎も、嫁に行く前の多津代を二、三度見かけたことはある。

若党や仲間に守られ、城下町を通る多津代を見て、同行の友人、木内政之助に思わず讃嘆《さんたん》の声を洩《も》らしたものだ。

「きれいだな、まるで辛夷の花のようだ」

政之助は腹を抱えて笑った。

「又十郎。それではお前、もう多津代どのを手に入れたも同じことだなあ」

「何を馬鹿な――」

「そうではないか。おぬしの家には、多津代どのが一本植わっているからねえ」

あは、は、は……そのときは声を揃《そろ》えて笑い合ったものである。

その辛夷の精が、温かい、白い、ゆたかな女の肌身《はだみ》と化して又十郎の腕へ飛び込んでこようというのに……。

「馬鹿奴《め》！　一たん承知しおきながらだ、しかもだ、わしは御家老様に返事をしてしまってある。これ又十郎！　わ、わしの体面は一体どうなるのだ。どうしてくれるのだ！」

殆ど泣き声で伯父は喚《わめ》いた。

藩主の土岐守《ときのかみ》長常は、まだ若い上に凡庸な殿様だし、執政国枝修理の名は江戸幕府にまで聞こえている。修理の権勢にはとかくの評判も無いではないが、何といっても修理あっての藩であり藩士なのである。

出戻りながら多津代の美貌《びぼう》と修理の後援とを一挙に獲得することは、藩士の誰もが熱望するところで、独身者でなくとも、「こうなったら、女房が急死してくれればよいと、つくづく思うなあ」などと言い出す冗談にも、何か切実な思いがこめられているほどなのだ。

その多津代にせがまれ、娘には甘い修理がついに屈服して、いわば娘を貰ってくれというのを、小身者の小森又十郎が蹴ったということになる。

伯父の宗右衛門が狼狽《ろうばい》の余り卒倒しかけたのも無理はなかった。

理由を言えと宗右衛門が詰め寄ると、又十郎は人が違ったように堅く引き結んだ唇元《くちもと》へ決意をみなぎらせ、

「考えるところがありまして……」

と答えるのみである。

「そんなことが、理由になるか！」

「これからお断わりする理由を考えてみます」

「馬鹿！　お前は、お前は……」

宗右衛門は、呆《あき》れもし怒りもし、終《しま》いにはなだめすかしもして、又十郎に翻意を求めた。又十郎の禄高は、十五石二人扶持《ぶち》にすぎない。

それに小森の家は、どういうわけか代々病人が多く、そのため借金も方々にあって、又十郎は亡父の後を継いでからもひどく苦労をしたものである。

去年の夏——母が病没し、それと前後して、ようやく借金の始末もつき、又十郎も何かがっくりと気落ちがして、珍らしく大病をしたのも、その気のゆるみが素因となっていたのかも知れないのだ。

十九歳で家督してから丸八年——又十郎も実によくやってきた。

役目も忠実に励み、その余暇には藩の道場や学問場へ通いつめて自分を磨《みが》くことに努めてもきたし、母がする内職の機織《はたお》りの手伝いもやった。

むろん、一日も早く借金を返し、たとえ一人扶持二人扶持でもよい、上へ進みたいから精を出してきたのである。

そのためか上役の評判もよく、この年頭には藩主から時服を賜わった。病気保養の願いを出したときも、重役達は快く許可を与えてくれた。

（おれは認められている。よし！　帰ったら、また頑張るぞ）

雁牧の湯にひたりながら、又十郎は飽《あ》くなき夢を追って興奮したものだ。

戦国の世ではないのだし、武勇によって立身することは望みがないといってよい。別に他の道を探し出さなくてはならない。

又十郎の若い情熱が目ざすところのものは、何も出世をして贅沢《ぜいたく》がしたいなどというのではなく、単調な下士の貧乏暮らしに埋れて一生を送るよりも何とか自分が持つ力を充分にふるい、領国と藩のために大きな仕事がやってみたいのである。

今は何処《どこ》の大名の家も財政が行き詰まり、その皺寄《しわよ》せはいずれも藩士と領民の所得を削ることによって現われてくる。

（おれが、殿様や御家老に対して思うさま意見が出せるような身分だったら、いくらでも、いくらでも働いてやるんだが……）

そうかと言って、又十郎には、別に確固たる政治への腹案があるわけではなかった。

大体、又十郎には幼少の頃からそうした性格があったのである。

父親から論語の講釈を聞いていて、突然に、

「父上。孔子さまの国と日本の国の間にある海に橋をかけたら面白いな、便利でしょうね」

と、こんなことを真面目《まじめ》くさって言い出し、父の伝助をあわてさせたこともある。

月の良い晩に母親を庭先へ引っ張って来て、

「母上。月の中には兎《うさぎ》の他に蛇《へび》がいます。ほら、見えるでしょう」

などということは朝飯前のことで、父親はよく、

「こやつに、わしの後をとらせるのは心配だ」

こう言って嘆いたという。

裏山から蛇を捕えてきて、ひそかに飼育し、夜はふところに抱き温めながら一緒に眠った

りした。

夜中に、この蛇へ向かってボソボソ話しかけている又十郎を見出し、母親が悲鳴をあげたことがあった。

けれども、こうした性格は、貧窮の生活にあって、反《かえ》って又十郎の為によかったようである。

空想は何時も又十郎の彫りの深い逞《たくま》しい顔貌を明るく輝かせてくれたし、貧苦を忘れさせてくれた。動物や草木への愛情は又十郎の双眸《そうぼう》を何時も温かくうるませていた。

「小身者の倅《せがれ》にしては、のびのびとしておる」

などと上士達にも噂《うわさ》されたものである。

道場では、ことに潑剌《はつらつ》たる剣を遣い、藩指南役の井村次郎大夫の秘蔵弟子《でし》とよばれたし、上士の子弟からもその人柄《ひとがら》を好まれた。

ことに持筒頭《もちつつがしら》、木内主馬の息、政之助とは仲がよく、政之助もいずれは二百五十石の家督を継ぐべき身分ながら、下士の又十郎を見下すような態度は気ぶりにもなかった。

この政之助を頼って又十郎の伯父がひそかに相談をもちかけたのも、うなずけることであった。

「おどろいたよ、又十郎――伯父御も気の毒ではないか」

と政之助は早速にやって来て、

「おぬしも大したものだ。よく断わったものだなあ」

「わからんな、私は——私が見舞ったときも、おぬしは、あれほどに多津代どのを——いや辛夷の花をほめそやしていたではないか」

「うむ……おれも、三日前までは……」

自分の心を、何処から打ち明けたらよいのかと、又十郎は苦悶《くもん》の表情であった。

木内政之助が騎馬で雁牧の又十郎を見舞ってから、まだ一カ月もたってはいない。

そのときも又十郎は、政之助と共に温泉へひたりながら——この豊富な温泉を只いたずらに湯治の目的にのみ当てておくことはない、領内の生産に利用すべきだとか、一年の約半分は雪に埋れる領内の収穫は十万石といっても八万石そこそこなのだから、これを何とかしなくてはならないとか、藩財政の助けともなる産物のうち、ことに焼き物、絹紬《けんちゆう》、硫黄の生産を強化すべきだとか……。

得意の空想を果てしもなくひろげて、政之助を苦笑させたものであった。

「では、おぬしの計画を聞こう。事こまかに話してくれ」

と政之助が訊けば、又十郎は頭を掻《か》き掻き、

「まだ、そこまでは……これから考えてみようと思うのだ」

という始末である。

「は、は、は……又十郎の夢を叶《かな》えてくれるほど、世の中は甘くないよ」

「いや、おれだって、もっと身分が上なら……」

「ふふん。身分が上になればなるほど、夢を見るゆとりなど無くなってしまうものさ」

上士の家に生まれ、政治の裏側にも通じている父親から、いろいろと聞かせられているらしく、政之助は努めて危い橋を渡らずに、穏当な一生を終わればよいといった性格である。

このときも、多津代のことが話題にのぼった。

湯治というのは名目で、出戻りの多津代の傷心をはらさせようために、御家老が計らったことだと政之助は言った。

又十郎は、窯場で多津代に会ったことを話しそびれた。話すのが惜しい気がした。

「一度、町を歩いているのを遠くから見かけたが……いや、やっぱり、きれいだった」

「辛夷の花か。あは、は、は……」

自分としても親友の誼《よしみ》、理由を聞き納得が行かぬ上は帰らぬと政之助は言った。

「正直のところ、おぬしにとって又とない機会だ。御家老が又十郎の養父になるわけだからな」

又十郎は黙っていた。

「何故《なぜ》断わるのだ。出戻りに厭気がさしたのか？　まさか、そうではあるまい。ある筈がない。私が又十郎ならこんな馬鹿げた真似は決してしないぞ」

と、常になく昂《たか》ぶった声で政之助が言った。

政之助の眼はきらきらと光り、額に薄く汗がにじんでいた。

「よし。言おう」

又十郎も決意したらしい。うつむいたままでいた身を正して、

「三日前に……おれは、善立寺《ぜんりゅう》へ行った。今度のことを父や母に知らせようと思ってな」

墓地は山林に接していた。

墓参を済ませ、墓石の間を縫って帰りかけたとき、又十郎は男女の話し声を耳にした。

（……？）

足をとめたのは、自分の名が話し声の中から浮いてきたからである。

そっと近寄ってみた。

松山精七とあやの兄妹であった。

あやが国枝家の侍女をしていて、雁牧の湯へ多津代に付き添って来ていたのを又十郎も見ている。

二人は墓石の前に線香をあげ、花をたむけている。

（そうか。松山の父が亡《な》くなったのは、四年前の、今頃だったな……）

と、又十郎も思い出した。

又十郎は、松山兄妹から二間ほど離れた墓石の後ろに屈《かが》んだ。

そのとき、あやが言った。

「そのとき私、一寸《ちよつと》、ぬすみ聞いてしまったのですけれどね」

「ふうん。言え。言えよ」

と、精七がうながす。

「御家老様が困り抜かれた御様子で、お嬢さまに、こうおっしゃったのです」

「何と言われた？　御家老……」

「お前が、それほど執心しても、もし又十郎が厭だと言うたら、どうするかと、このように……」

「ふうん。それで……」

「お嬢さまは、そこでお笑いなすったようでした」

「笑って、何と言った？」

「又十郎どのが、この話を断わろう筈はございませぬと……」

「ふうむ——では、もう出来ていたのだな。又十郎め、うまくやったものだ」

「雁牧で、私達が知らぬ間に、きっと……それで御家老様も仕方がなくなって……」

「ふうむ。それから、どうした？」

「その後は聞きません。他の女中が廊下を来たものですから——」

松山兄妹は、ここで墓石の前を離れ、笑い合い囁《ささや》き合いながら山門の方へ去って行った。

又十郎は虚脱したように、墓地の中に立ちつくした。

柔らかな午後の陽《ひ》ざしがあたりに充《み》ち、何処かで雲雀《ひばり》の声が高くのぼった。

——又十郎どのが、この話を断わる筈はございません……こう言ったという多津代の心の底に、又十郎は執拗《しつよう》にこだわった。

或《あるい》は——松山兄妹が思っているように、父修理の許しを得る為、暗に又十郎との間をほのめかしたのかも知れない。

（しかし、あのときはまだ、おれは全く多津代さまを妻にするなどと、考えも及んでいなかった……）

とすれば、多津代は——自分の美貌と父の威光とをもってして、又十郎がなびかぬ筈はないと決めていたのであろうか。

（もし、そうだとしたら……）

又十郎は、索漠《さくばく》とした幻滅の中に放り込まれ、いきなり味気なくなってしまった。生ぐさい女の自負だけが浮き残って、又十郎の辛夷の花は凋《しぼ》んでしまい、それから家へ帰って、いくら水をやろうと試みても駄目であった。

（何も気にすることはない、気にすることは……）

こう思いながら、机の上の、雁牧の窯元で焼いてもらった手づくりの茶碗をぼんやり見つめているうちに、又十郎の心は思いがけぬところへ飛び、そこで固まってしまったのである。

しかし、又十郎は、その夜——政之助に、この話のすべてを語らなかった。

「墓参に行って、それからどうしたのだ？　この私に——心を許し合った政之助にも言えぬというのか！」

「許してくれ。これは、おれだけが思い、考えていることなのだ。或は、全く下らん思いすごしなのかも知れぬ。だから言えないのだ」

あまり頑強に又十郎が拒《こば》むので、ついに政之助も憤然となった。

「よくも、私を見捨てたな——又十郎。友達の縁も、これまでと思ってくれ」

土塀《どべい》の外を遠去かる木内政之助の足音を追いながら、又十郎は、そっと呟《つぶや》いた。

「政之助。おれは、夢ばかり見ていて何ひとつ出来ん男だと、しみじみ、わかった。だが、それだけに、なまじ無理をしておのれの夢をこわしたくはないのだ」

——病身となりました上、余りにも身分違いにて、空おそろしく……という又十郎の辞退理由を聞き、国枝修理は激怒した。

多津代は、ぜひ一度、又十郎に会わせてくれと頼んだようだが、今度は修理も許さず、それから半月もたたぬうちに——嫁を貰《もら》えぬほどの病弱なれば藩士としてのつとめ成り難しとあって、又十郎は家督を弟文太郎に譲ることを命ぜられた。表向きは君命でも、すべては国枝修理の権能がしたことであった。

しかも、二人扶持を削られてしまったのである。

三

それから二十年の歳月が過ぎて行った。

又十郎の伯父も、国枝修理も世を去った。

修理の後は嫡子《ちゃくし》の左馬之助が継ぎ、父の名の修理を名乗ってから十年になる。

藩主の長常は現在病床にあり、病状は絶望視されている。長常の死を眼前にひかえ、藩の内乱は俄《にわ》かに激化した。

つまり長常没後の家督相続をめぐっての争いなのである。

国枝修理一派は、長常妾腹《しょうふく》の子で当年七歳になる義宗を擁し、これも国老の一人だが先代修理の時代には君側を遠去けられていた永井頼母一派は、長常の実弟長元を擁している。

永井家老は逼塞《ひっそく》中から根気よく手をうっていたものとみえ、隣国に七十万石の威容をほこる本家藩主にも好感を持たれているし、幕府老中に対しても江戸屋敷の腹心を通じ抜け目なく立ち廻っているらしい。

先代修理の没後から永井頼母の擡頭《たいとう》は目ざましいものがあったようだ。

木内政之助は、この騒動の渦中《かちゅう》にあり、或る時は本家へ、或る時は江戸屋敷へ飛んで、国枝修理を助け、義宗を家督させ、修理派の権力を確保する為に活躍しているということだ。

あの後——政之助は先代修理に望まれ、多津代を妻に迎え、今では大目付として俸禄は七百五十石。義兄修理の懐《ふところ》刀と称されている。

こういう騒ぎをよそに、小森又十郎は黙々と雁牧の窯元で働きつづけている。

又十郎も今は四十七歳になり、窯元の娘との間に男の子が二人生まれていた。

(弟は、一体、どちらの側にくっついておるのかなあ……)

こんなことを時には思ってみたりするが、弟の文太郎には、ここ十五年も会ってはいない。

又十郎に代わって小森の当主となった文太郎が、家中の笑いものとなって一介の陶工に成り下がった自分との交際を絶った気持も、わからぬことはないと、又十郎は苦笑している。

北国の永い冬がようやく去って、桜も梅も、そして又十郎の好きな辛夷も一斉《いっせい》に花をひらきはじめた或る日のことであった。

窯元の縁者に用があって、又十郎は義父才兵衛の代わりに五里ほど離れた村へ出かけ、夕暮れ近くなってから雁牧へ帰って来た。

小さな峠を越え、街道へ出ようというときに、又十郎は、激しい馬のいななきと、刃の撃ち合う音と、数人の怒声を聞いた。

松林の中には、春の曇り日のやや湿った空気が重くこもっていた。

又十郎は一寸考えていたが、すぐに走り出した。

街道が見えた。

傷を受けて落馬したらしい立派な中年の侍が踠《もが》いていた。この侍を護《まも》って家来二人が、五人の浪人風の男を相手に闘っている。

馬の口とりらしい小者が、血だらけになって街道に転がっていた。

又十郎が立ち止まり松の木蔭《こかげ》でこの様子を眼に入れたか入れぬうちに、浪人の一人を斬《き》り殪《たお》した家来の一人が、別の浪人の槍に刺されて絶叫をあげた。

手負いの、主人らしい侍が、よろめきつつ抜刀し、身構えたのを見て、又十郎は、

「あ……」

と、目を瞠《みは》った。

同時に又十郎は八間ほどの距離を疾走して、乱れ飛ぶ白刃の中へ躍り込んで行った。

又十郎が重傷の侍を、雁牧の本陣〔あら屋〕へ担《かつ》ぎ込んだのは、それから間もなくのことである。

侍は、木内政之助であった。

番所の役人が城下へ知らせに行き、政之助は雁牧に住む医師の手当を受けた。

「おぬしに助けられようとは、思わなんだ。おぬしが又十郎だとは……随分と、変わったものだな」

と、政之助は手当を受けながら、舌をのぞかせて喘《あえ》ぎつつ言った。

「老《ふ》けたでなあ。自分でも思うとる。とても四十七には見えんでね——熱い窯の火加減を見て暮らしとると、体は、どうしても老け込むのが早いようでな。かと言って、油断して窯の傍《そば》から離れると、窯の火のやつが怒りくさって、ろくな焼き物をこしらえてはくれんのでなあ」

又十郎の声には勤労の汗が沁《し》み込んでいて、昔の快活な早口の口調は消え、鈍重な素朴《そぼく》な声であり言葉であった。

又十郎が嘗《かつ》ての又十郎でなくなったように、政之助もまた昔の政之助ではなかった。

でっぷりと肥えた体にも声音《こわね》にも強圧的な貫禄がついていて、おっとりと和《なご》んでいた双眸《そうぼう》は鋭利な刃物のように光り、ひどい出血のために面が青黒くなっているので、その眼の光りは尚更《なおさら》に凄《すさま》じく、又十郎を一寸おどろかせた。

「政之助さんは何処へ行って来られたのだな?」

「江戸屋敷からの、帰り途《みち》だった」

「もっと家来を連れて歩かねば危いで――」

「何、平気だわ。いきなり木蔭から槍を……ひ、卑怯《ひきよう》な奴どもだ」

「あの浪人どもは……？」

「知らん。いずれ、永井頼母の雇われ狼《おおかみ》だ。それに決まっとる」

「お家は、そんなに乱れとるのかね？」

「又十郎――さすがだったな。昔の腕前は、少しも、おとろえておらなんだ」

「いやもう、あんただと知って、夢中でね」

手捕りにする余裕はなかった。

又十郎は敵の刀を奪い、二人を斬った。残った二人は逃走した。こちら側は家来と小者の二人が即死。もう一人の家来も傷を負った。刺客を向けるほどだから、修理派の旗頭として活動する政之助に抱いている頼母の憎悪は、並々ならぬものに違いない。

夜になると、さすがにまだ肌寒く、火桶《ひおけ》が配られた。

城下からの迎えが来るまでには、まだ間がある。又十郎は自宅へ使いをやり、自分は政之助に付き添っていてやることにした。

次の間には、医師と町役人が詰めている。

政之助は、うとうとと眠ったようだったが、やがて目ざめ、又十郎を呼んだ。近寄ってのぞき込むと、政之助の顔貌は一変していて、小鼻の肉が、削りとられているように落ちていた。

「もっと、静かに眠っとらにゃ、いかんで」

政之助は、又十郎の、木綿筒袖《つつそで》の着物に軽衫《かるさん》をつけた陶工そのものの姿を、つくづくと見やって、

「おぬし、今の境涯《きょうがい》に、満足か？」

「まず、分相応というところだな」

「又十郎……」

「何だね？」

「わしの女房どのに伸ばした手を、おぬしが引っ込めた気持が、この頃になって、ようやく、何かぼんやりと、わかるような気もする」

「……？」

「だが——おぬしが、陶物《すえもの》師になろうとは……思いも及ばなんだ。それを聞いたとき、わしは、驚いたものだ」

「おれはなあ、政之助さん。二十年前のあのとき、おれが初めてこねた茶碗《ちゃわん》を見ているうちに、ふっと思ったのだよ」

「何、をだ？」

「人間がすることは、いろいろあるものだとなあ。あのときの茶碗を、おりゃ、今も出して眺《なが》めるときがある。いやはやひどいものだで——だがな、あのときは、おれも心底考えてし

まったのだ。大口ばかりたたいて、何一つ出来なかったおれが、誰の助けも借りず、自分のこの手だけで思うままにつくり上げたものは、この茶碗一つだけではないかとなあ」

「わからん、おぬしの言うことが……」

「おれはな、あのとき、こう思ったのだで——夢を見ることはやさしく、これを人の世に於《お》いて行なうは、まことに至難だということをな。だが、生まれて初めてこねた焼き物は、おれが夢みていたものよりも、もっと美しく出来上がってくれた。まあ、そのときは素人《しろうと》のあさましさというやつよ……今もって、おれは、ろくな焼き物が出来んでな、今年七十になる義父に毎日叱《しか》られてばかりいるのだ」

「それで、生甲斐があるのか……」

「生甲斐もくそもない。人の世に向かって夢を見るより焼き物に向かって夢を見るほうが、はるかに気楽だと思うたまでよ。おれは、それだけの、小っぽけなやつにすぎないのだ——それでも三年に一度ほどは火加減の調子で、気に入ったものも焼けてくれることもあるしなあ」

又十郎は、政之助の額から手拭《てぬぐい》をとって絞り直し、また額に当ててやった。そして、思わず息を詰めた。

少し前までは燃えるように熱かった政之助の額が、ぞくりとするような冷たさで感じられた。

苦しげに眼を閉じた政之助が、低く言った。

「又十郎。おぬし、陶物師になってよかったかも知れぬ。女というのは、わからぬものだ」

「何……」

「多津代と一緒になり、二年たち、三年たち、子供が一人、二人と生まれる頃になって、ようやく、わかってきたのだが、あの女、思いがけぬところがある女でなあ」

「言うな！」

又十郎は、きびしく遮切《さえぎ》った。

「何か知らぬが、おれは、多津代どののこと、何も聞きたくはない」

深い沈黙がきた。

その沈黙の中で、政之助の喘《あえ》ぎが異様なものに変わってきた。

不意に――木内政之助はかっと白い眼を剝《む》き出し、凄絶《せいぜつ》な声をふりしぼった。

「うぬ！　まだ、死なんぞ。こうなれば、永井を、永井頼母を倒して、わしは、上るところまで上ってくれる。死なん、わしは、死なん……」

又十郎が次の間の医師を呼んだ。

急ぎ入って来た医師は、政之助へ走らせた視線をすぐに又十郎へ向け、無造作に首を振って見せた。


（「別冊週刊朝日」昭和三十六年三月号）

忠臣蔵余話　おみちの客

一

「あたし、もう死なないわ。いいえ、もう死ぬなんてことを考えないことにしたんです。そんなことばかり考えていた今までのあたし、ほんとに馬鹿だったわ……それがわかったの。わかったら何だか、もう、死ななくてもすむような気になっちゃったの」

新八が部屋へ入って来るなり、おみちは彼の手をつかまえ、勢込《きおいこ》んでそう言うのである。

おみちの眼は、いきいきと輝いていた。気のせいか、いつもは蒼《あお》みがかって艶《つや》のない白い面《おもて》にも血のいろが美しくのぼっているようであった。

ちょっと面喰《めんくら》いながらも、山吉新八《やまきちしんぱち》は、

「当り前だ。お前と会うたびに、死ぬ死ぬを聞かされるのでは、たまらんものなあ」

「せっかくお遊びなさるのにね……でも、他のお客には、そんなことを言ったりなんかしやしない。だって、あたし、こんなことをするようになってから、自分の身の上を話したりした お客は、旦那《だんな》と、それに昨夜《ゆうべ》の人だけなんだもの」

「昨夜の人……」

「はい」

「どんなやつだったのだ？　その男は……」

「まあ、怒っていらっしゃるの?」

「ばかを言え。誰がそんな……」

「いや。怒ったりなんかしては……」

おみちは、小柄《こがら》な、いかにも薄幸《はっこう》な生《お》い立ちを思わせるような痩《や》せた体を新八にすり寄せてきて、甘えた。

「ただ昨夜のひと、なんだか自分のお父さんか伯父さんのような気がしたものだから……」

と、坊主頭をすっぽり包んだ黒羽《くろは》二重《ぶたえ》の頭巾《ずきん》のまま、おみちは新八の胸に顔を埋めて、囁《ささや》いた。

「旦那が好きよ、いちばん好きよ……」

白昼の比丘尼《びくに》宿《やど》の小部屋であった。

外には木枯《こがらし》が吹いているのだが、初冬の陽射《ひざ》しが、明るく南の小窓から射し込んできている。

山吉新八が、この比丘尼宿へ通うようになってから、もう半年余りにもなっていた。

比丘尼宿は一種の娼婦《しょうふ》宿で、万治・寛文のころから流行しはじめ、元禄の今は、江戸でも物好きな嫖客《ひょうかく》に大人気をよんでいる。

娼婦たちは、いずれも尼《あま》姿なのだが、黒の頭巾をかぶり、好みに染めた着物に黒の帯をしめ、手足の爪《つめ》には臙脂《べに》をさし、細く細く眉《まゆ》をひいた薄化粧をほどこして客を迎える。

古書に——熊野比丘尼《びくに》というは紀州那智に住みて山伏《やまぶし》を夫とし諸国を修行せしが、いつしか歌曲を業《なりわい》とし、拍板《びんざさら》をならしてうたうことを歌比丘尼といい、遊女と伍をなすの徒、多く出来《いできた》れるをすべて、其《その》歳供をうけて一山富めり……と、あるように、紀州から関西へ、東海道から江戸へと、この尼姿の売女の流行がひろがってきたのである。

今の江戸では、この赤坂裏伝馬町に五軒ほどがあるほか、神田、京橋、深川、四谷などにも比丘尼宿があって客をよんでいる。女たちは夜の町に出て客の袖《そで》をひくのだが、山吉新八は、おみちを知るようになってからは、昼間の遊びにやって来るようになった。

夜になって屋敷をあけることは、役目がら、はばかられたし、自分がつとめている本所の吉良屋敷から、この赤坂までやって来るのは、道程《みちのり》からいっても、容易なことではない。

（それにしても、おれは、よほど、この女が気にいってしまったようだな……）

炬燵《こたつ》のほてりに汗ばみながら、新八は、おみちの胸もとを押しひらき、小さな乳房に肉の厚い自分の顔をうめ、たくましい両腕で細い女の腰を抱きしめていった。

おみちは喘《あえ》ぎをたかめ、新八の骨太い体の下で、懸命に応《こた》えようとしている。切なげに、眉をよせ熱い呼吸を乱しているおみちの細い鼻すじを見ていると、新八もつい夢中になり、

「昨夜の客にも、こうしたのか？　おれと同じにこうしたのか」

いつもは、か細いおみちを、いたわりつつ加える愛撫《あいぶ》なのだが、今日は、むしろ嗜虐的《しぎゃくてき》なそれに変って、

「ど、どんなやつだ？　昨夜の客は——言え。言わぬか……」

新八は、自分のほかに、おみちが心を許して身の上を語ったりなどした客がいると思うと、

激しい嫉妬《しっと》がこみあげてくるのを押えきれなかった。

二

山吉新八が、はじめて江戸へ出て来たのは去年の夏である。元禄十四年というその年の三月十五日に、赤穂《あこう》領主、浅野内匠頭長矩《たくみのかみながのり》が殿中松の廊下に於《おい》て、吉良上野介《きらこうずけのすけ》へ斬《き》りつけるという事件が起った。

あまりにも有名なこの事件について、とやかく書きつらねることもあるまい。

以来、浅野家は断絶、内匠頭は切腹となり、吉良上野介には何のおとがめもなく、上野介は現在、本所松阪町に修築成った屋敷へ隠居している。

ところで、上野介の実子綱憲《つなのり》は、上杉家へ養子に行っていて、いまは米沢十五万石の当主であった。

新八の父兼定は、上杉家の家来であり、新八は、その次男に生れた。武家の常として、家は長男が継ぐわけだし、新八もいずれは兄の居候《いそうろう》になるか、または養子の口でも見つけるかという、次男坊の宿命を背負っていたのだが、山吉家では父子兄弟みな和気藹々《わきあいあい》としていたし、新八も厄介者《やっかいもの》の悲哀を味わうことはなかった。

「行先のことなど心配せずとも、今のうちに文武の道に励んでおけよ」

と暖かく、父も兄も言ってくれている。

新八は藩の師南役、添田伝五郎《そえだでんごろう》の門へ入って、一刀流の免許をとるまでに行った。だが学問はあまり……どうも苦手だったようである。

二十五歳の今日まで、米沢城下で、のんびりと日を送っていた新八が、突然、御用を仰《おお》せつけられたのは他でもない。

藩主、上杉綱憲は、赤穂浪士達が主君の仇《かたき》とつけ狙《ねら》っているだろう実父の吉良上野介の身を心配し、ひそかに上杉から付人《つけびと》を江戸の吉良邸へ送り、実父の警固に当らせることにしたのである。

小林平七、清水団右衛門、杉山三右衛門などいう人びとに山吉新八も交じり、上杉から吉良邸へ派遣された付人は十五名ほどであった。その大半が家中の次男、三男である。

「われわれでも、殿様の御役にたつことが出来る。赤穂の浪人など一歩も踏み込ませるものか！」

と気負うものもあり、

「なあに、御公儀のお裁きあって浅野家は潰《つぶ》れたのだ。その御公儀に反抗してまで主君の仇を討つなどと、今どきのものが、そんな馬鹿な真似《まね》はすまいよ。それよりも、この御役目を果たし、帰って来れば厄介者のおれ達にも、何かうまいことがあるやも知れんぞ」

と、早くも算盤《そろばん》を撥《はじ》いてよろこぶものもいた。

「浪士の討ち入りは、あるやも知れず、ないかも知れぬ。人の世のことは先のことなどわかるものではない。とにかくお前は、御役目大切につとめればよい」

と父に教えられた通り、新八は、江戸の吉良屋敷へ詰めるようになってからも真面目に警衛の役目を果たしてきた。

だが、当初は緊張の空気に包まれていた吉良邸も、半年ほど前からは、

「もうやっては来まい」

という気持ちに誰もがなっている。

上杉家の家老千坂兵部も何かと心配をし、ひそかに密偵《みってい》を放って赤穂浪士の動向を探らせていたようだが、主謀者と見られていた元浅野家老の大石内蔵助《くらのすけ》は、京都郊外山科《やましな》に隠棲《いんせい》して、夜な夜な、伏見や島原の廓《くるわ》で遊蕩《ゆうとう》の限りをつくしているという。

一部には、

「一時も早く吉良の首を討って主君内匠頭の墓前に供えるべし!!」

というものも浪士の中にいるのだろうが、それとてもこの頃は、あいまいなものとなった様子で、赤穂浪人は、今や、散り散りになってしまったというのが実情のようだ。

刃傷《にんじょう》以来は「浅野は可哀想《かわいそう》だ。吉良は憎いやつだ」という世の中の、浅野へ、赤穂浪人へ集まった人気も、そろそろ下火になってきたし、はじめのうちは、自分の不人気におどろき、浪士の襲撃をも怖《おそ》れて屋敷内に引きこもったままだった吉良上野も、近頃は諸々の茶会などにも招かれて出かけることがあるようになった。

付人達も交替で気晴らしをすることが許され、十五人の付人は五日交替で、三人ずつ日中《にっちゅう》の外出が出来るようになったのである。

新八を比丘尼買いに誘ったのは、吉良家の祐筆《ゆうひつ》をつとめている笠原長右衛門であった。笠原は、新八と年齢も同じだったし、気さくな明るい気質でもあり、二人とも酒好きなところから、すぐに仲良くなった。

江戸で育っただけに、笠原は相当に女遊びも心得ていて、暇を見つけては、新八を引張り出すようになった。

田舎者の新八は、江戸へ来て始めて、女を知った。

あっちこっちの岡場所へ、笠原は案内してくれたものだが、おみちを知ったときの新八は、むろん、まだ女擦《おんなず》れはしていない。体中が燃えあがるような無我夢中の境地から脱していなかったのである。

「山吉殿。比丘尼買いというのも味があって、仲々いいものですよ」

と笠原は、或日、赤坂山王へ参詣《さんけい》した帰りに、溜池《ためいけ》の向う側にある比丘尼宿へ案内してくれた。

赤坂御門のまん前で、紀伊家や井伊家の中屋敷など、いかめしい大名屋敷に囲まれた町屋の中に、こんな家が潜んでいることに、新八はおどろきもしたし、

(さすがは江戸だなあ)

と、変なところに感心したりもした。

そのとき、新八の相手をしたのが、おみちであった。

おみちというのは、新八だけに打明けた本名で、娼婦としての名は『山城屋一学《いちがく》』などと

いう稚児《ちご》めいた名をつけている。

おみちの弱々しい微笑や、そしてまだ商売にも馴《な》れきってはいない様子が、新八をひきつけた。肌が薄く冷たいのも哀れに感じたし、今まで接してきた女達の毒々しい体臭とは全く違った、野の草のような香りがするおみちであった。

「旦那には、初めてお目にかかったような気がしない」

と、おみちも言った。

おみちにしても、脂臭《あぶらくさ》く執拗《しつよう》な中年男の客などと違い、女にはまだ初々《ういうい》しい、米沢の士の匂《にお》いがする新八が好きになったようである。

外出の日には、必ず、傍目《わきめ》もふらずに新八は赤坂へ出かけた。

「熱心ですなあ」

と、笠原が冷やかすのだが意に介さない。

その気持が、おみちにもわかったのだろう。おみちが新八へ与えるものは娼婦の扱いではなくなってきている。

おみちが、この商売へ入ったのは、この春のことで、それまでは日本橋石町の蠟燭問屋《ろうそくどんや》〔伊勢屋〕の下女奉公をしていたのだという。

「そこの御主人は、あたしのお父さんなんです」

と聞いて、新八もおどろいた。

伊勢屋堂八《どうはち》は養子であった。店は女房が切り廻していて、堂八は全く頭が上がらない。番頭だった前身と同じように汗にまみれて働いている。温和《おとな》しい、煮えきらない性格の堂八が、おみちの母親と関係を持つようになり、それがわかったとき、母親は、おみちを腹にもったまま、伊勢屋の女房に追出されてしまった。母親も伊勢屋の女中だったのである。

「お母さんも、今のわたしと同じような……でも、早く死んでしまったんです。あたしは五つのときに伊勢屋へ引取られて……」

下女働きをさせられていたが、伊勢屋の女房の虐待《ぎゃくたい》が余りにひどい上に、主人である父親の堂八の意気地のないのにもつくづく愛想《あいそ》がつき、おみちは伊勢屋を飛び出し、母親の友達がやっているこの比丘尼宿へころがり込んだのであった。

「気の毒になあ……」

新八は、心から同情もし、それがまた一層、おみちへの愛《いと》しさを倍加させた。

「あたし、もうすぐ死ぬと思います」

と、おみちは、心細げに、口ぐせのように、新八へ言った。

「体も弱いし、とてもだめだと思うんです。それにねえ、いつか伊勢屋へ来た旅のお坊さんが私の人相とやらを見て、お前さんはおふくろさんの亡《な》くなった同じ年になったら、気をつけなきゃいけないって、そう言ったんです」

「そんな占いのようなものなぞ当てになるものか、馬鹿だなあ」

「いいえ、ほんと。あたし、いま十八でしょう。お母さんは二十二で死んだんです。もうあと四年……でも厭《いや》だ。こんなつまらない一生なんか……これだけで死んじまうのは、あたし、どうしても厭。でも、仕方がないわねえ。不幸せな生れつきなんですもの」

「これから、いいこともある」

「ないわ。もうだめよ。あと四年……そしたら死ぬわ。でも、その前に駄目になってしまうかも知れない。だって病気ばかりしてるんですもの。あたし、死ぬのが怖い。とても怖いんです」

実際、新八が来たとき相手になれないときがあった。そんなとき新八は、きまりの金をおいて、熱を出して寝込んでいるおみちの枕元《まくらもと》で、故郷《くに》の話などをしてきかせ、そのまま帰って来ることもあった。しかし、病弱なわりに、おみちは新八の体を厭がらず、出合いが重なるにつれ、新八が目を瞠《みは》るほどに燃え上がるのである。

そのおみちが、急に、

「死なない。きっと先にいいことが待っているような気がする」

などと言い出したのだ。

事実、それから二度、三度と会うにつれ、おみちの顔にも体にも元気と精力があふれてくるようであった。

「このごろ、食べるものが、おいしいんです」

何といっても若いだけに、腕のつけねや、腿《もも》のあたりが、何となく肉がみちてきて、新八をおどろかせた。

「一体、どうしたんだ。あんなに心細いことばかり言っていたくせに……」

おみちの急激な変化によろこびながらも、新八がしつっこく訊《き》くと、はじめはくすくす笑うばかりで答えなかったおみちが、やっと言った。

「ほら、いつか、私の身の上を話した、旦那のほかの、もう一人のお客……」

「何!! まだ来るのか、そいつは――」

「いいえ、あのときっきり……」

「話せ。その客がどうしたのだ?」

「怒っちゃ厭」

「怒らん。話せ」

「そのお客が、あたしに元気を出させてくれたんです」

三

その客は、中年の、血色のあざやかな小肥《こぶと》りの武士であった。身なりもよく、大小も立派なのを差していて、相手に出たとき、おみちも一寸《ちょっと》威圧をおぼえたほどだったが、一言二言、口をききあってみると、すぐに、おみちの胸の中へ、その客の温い体温が流れこんで来るようであった。

　年齢とは見えない、つぶらな眼の光りをしているその客の愛撫は、ものやわらかで、しかも巧妙をきわめているので、おみちの体は、我知らず燃えあがってしまっていた。

「お前は、何処《どこ》か悪いのかね？」

客は、おみちの細い体を、むっちりと肥えた胸と両腕に包み込んで、やさしくたずねてきた。

「はい。どこもここも、みんないけないんです」

「ふむ……このままだと、お前は死ぬかも知れぬ。そんな顔つきをしておる」

「え……そうなんです、前にもそう言われました」

「前にも？――誰にだな？」

やさしい含み声に誘われ、居心地のよい客の腕の中で、おみちは身の上を語った。

聞き終えたとき、客は微笑した。

せまい小部屋に漂よっている行燈《あんどん》の薄暗い灯影《ほかげ》の中に、その客の武士の微笑は、明るい春の陽光のようにひろがっていった。

客は、赤児《あかご》をあやすように、おみちの小さな体を、ゆっくりと揺さぶるようにしながら、肉の厚い唇を、おみちの耳たぶへそっと寄せながら、しずかに言った。

「たしかに死ぬことは厭だし、怖いな。わしだってそうだよ」

「ま、お武家さまも……」

「わしだとて人間だ、やはり怖い。考えれば考えるほど怖いものだ。何故《なぜ》、人間は死ぬのが怖いのか、わかるかな？」

「…………」

「それは、生きているものは、死ぬことだけは経験したことがないからだ。当り前のことだが……」

「………」

「自分が知らないことに自分が立向って行くということは、怖いものだろう？　どんな人でも死ぬことだけは、死んでみなくては、わからない」

「それは、そうですね」

「だから、いくら考えてもわからぬことを、考えてみてもはじまるまい。無駄なことなのだ」

「え――それは、ほんとですわ」

「無駄なことをしてもはじまるまい？」

「それは、そうですけれど……」

「お前も、こんな商売に入る前は、やはり世の男どもが怖かったのではないか？」

「はい。おそろしゅうございました」

「今はどうだな？」

「……別に、おそろしくは……」

「なくなったろう？　そんなものだ。強い雨降りの日に外出《そとで》が厭になる、しかし外へ出てみると案外そうでもない。傘《かさ》をさして、ちゃんと道を歩いて行けるのだものな。死ぬことも同じではないかな。そのときになれば、そんなに怖くはないものらしいぞ」

おみちは客の顔を見つめた。客の微笑は前と変らず、やさしい温かいものであった。

「死ぬときが来るまで、安心して待っていたらよい。人間は、ちゃんとそのときどきの用意も出来ているし、うまくやって行けるものなのだ」

客は、小判を二枚も、おみちに置いていってくれた。

客が帰ったあとで、おみちは急に、思ってもみなかった勇気がわいてくるのを知った。

（そうだわ。いくら考えてもわかりっこないことに怖がっているなんて、馬鹿なことだわ）

そう思ったら、死ぬことが平気になってきたし、その客の自信にみち落ち着いた声音を思い起すたびに、もうなんだか自分は死なないような気がしてきた。そして、行先にも何かいいことが待っているような気さえしてきたのだと、おみちは、新八に語った。

「ふむ……なるほどなあ」

新八も妙に感心してしまっていた。若くて丈夫な新八だけに今まで死ぬことなど思ってもみなかったし、赤穂浪士が襲撃して来たとしても、自分の腕力一つで見事に追い退《の》けて見せてやろうと意気込んでいたのである。

「その客は、それから、もう来ないのか？」

新八は、いくらか機嫌《きげん》を直して訊いた。

「ええ。わたしのところへは……でも、この先の大門寺屋《だいもんじや》という比丘尼宿へは、ときどきいらっしゃるそうよ。あたし、もう一度、お目にかかりたい」

「何だと!!」

「そうじゃないんです。まるでほんとうのお父さんみたいだったからなんです。会ってまた、お話をききたいだけのこと……」

「会っちゃいかん。その客をとったら承知せんぞ、おれは……」

「はい。あなたがそうおっしゃるなら……」

その日は十一月も押しつまった寒い日だったが、それっきり新八は、おみちを訪ねる暇がなくなってしまった。

十二月十四日に、吉良邸で大茶会が催されることに決まり、その準備やら、招待状の送り届けやらに、屋敷内のものは忙殺されたからである。

「そろそろ我われが国許《くにもと》へ引き上げる時も近づいたようだな」

と、付人の杉山が新八に言った。

久しぶりで主人役をつとめる茶会なので、上野介も上機嫌らしい。

「当夜は、おことたちも遠慮なく飲んでくれよ」

と気軽に、わざわざ付人達の部屋へ顔を見せ、労をねぎらってくれたものである。

十四日は、前日降り出した雪がやまず、茶会が果てる頃になって、ようやくやんだ。雪の中を参会の客が帰り、家来達の酒宴もすんで、新八もしたたかに酔い、邸内の当直部屋へ入って眠りについてから、どの位たったろう。

「火事だ!! 火事だあッ!!」

けたたましい数人の呼び声に目ざめ、新八はハッと起き上った。

何処かで小太鼓の音がしている。波のように廊下を駈け廻る数人の足音が諸方にひびき渡り、それが、異様な緊迫をともなって奥へ近寄って来るのだ。

(討入りだ!!)

とっさに、新八は感じた。

夢中で脇差《わきざし》を摑《つか》み障子を引き開け、南書院に面した廊下へ出たとき、廊下の向うで凄《すさ》まじい気合いの声と悲鳴が同時に起った。新八はあわてて障子をしめ、部屋の火を吹き消した。

当直は二人ずつなのだが、それも近頃はきちんと行われていない。今夜の新八の相手、左島十之助は長屋で眠っているのか……。

屋内へ侵入して来る浪士達の人数は、百人にも二百人にも感じられ、曲者《くせもの》の足音や叫び声で、邸内は充満しているように思えた。

(とても、これでは敵《かな》わぬ。ど、どうにもなるものではない……)

どっと、冷たい汗が新八の体に吹き上ってきた。

暗闇《くらやみ》の中で、新八の手足は恐怖に震えていた。

四

この夜——吉良邸内は赤穂浪士の一方的な跳梁《ちょうりょう》にまかすのみで、吉良方では手も足も出なかったと言ってよい。

上杉から派遣された付人の半数は、長屋に隠れ夜具を引きかぶって震えていたり、いちはやく邸外へ逃げ出したものもいる。吉良家の家老、左右田孫兵衛と斉藤宮内は、長屋の壁を切り破って戸外へ飛び出し、町内の商家へ逃げ込んでしまった。それでも邸内には、女達をふくめて八十名ほどの人数がいたのだが、このうち浪士に殺されたもの十五名。負傷者は約二十名であった。そのうちの約半分は、ろくに刃向うことも出来ぬ小者や茶坊主、門番などだから、実際に刀を抜いて立ち向ったものは、二十名弱であったろう。

武装に身を固めた整然たる浪士達の攻撃には、ひとたまりもなかった。

吉良上野介が大台所の雑物部屋に潜んでいるところを引きずり出され、首をはねられたときは、もう夜明けに近かった。

吉良方の抵抗は微弱なものであったが、目ざす上野介が見つからなかったため、浪士達の討入りは前後四時間近くかかっている。

山吉新八は、上野介の次男左兵衛《さひょうえ》の居間に近い小廊下で重傷を負ったまま昏倒《こんとう》し、翌朝、浪士達が引き上げた後、救助に駈けつけた上杉家の人々や幕府役人によって手当を受け、蘇生《そせい》した。

新八の握りしめていた脇差には無数の刃こぼれと血痕《けっこん》もあり、誰が見ても新八が浪士達を相手に奮戦したことは明確であった。

新八の傷は、頬《ほお》から唇へかけて一カ所。左腕と太股にも深傷《ふかで》があった。

だんだんに調べて見ると、当夜の闘いで、もっとも武士らしい立派な働きをしたのは、新八以外には、最後まで主人上野介に付添っていた清水一学（戦死）、大須賀治郎右衛門（同）、須藤与一右衛門（同）、の三人位しかいないことがわかった。

重傷の山吉新八は、すぐに上杉家江戸屋敷に運ばれ、手当をうけることになった。

上杉家の人びとに、新八は、

「いや、私も実のところ、恐ろしくてたまらなくなり、とっさに逃げようと思いましたが……」

と、正直に語りはじめた。

「なれど、その一瞬に、武士の恥ということが、稲妻のごとくに頭の中へひらめいたので、私は腹をすえ、私の卑怯《ひきよう》な心を、ぐッと押えつけることが出来たのです。いやもう、それは、ほんの一瞬の差で決まったことで、時と場合によったら、私も逃げ出していたかも知れませぬ」

あのとき、がたがたと恐怖におののいていた新八の脳裡《のうり》をかすめたのは、あの、おみちが語った客の武士の言葉であった。

――死ぬことを経験したこともないくせに、怖がったところで何になる。いざ死ぬときになってみれば、案外におそろしいものではないらしいぞ……。

その人の声が、おみちの声となって新八の耳にきこえたとき、新八は卑怯な自分を捨て去ることが出来たのであった。

脇差を引き抜き、大廊下へ出ると、新八はすぐに三名ほどの浪士達に囲まれ、闘った。浪士にも手傷を負わせつつ、新八は庭先から再び屋内へ戻り、左兵衛を救い出そうと廊下をたどるうちに、またも新手に囲まれて闘い、ついに昏倒してしまったのである。

「新八の働き見事!!　賞《ほ》めてとらせよ」

という主君綱憲の声には、実父上野介を、むざむざ浪士の手に渡した悲しみがこもっていた。

それだけに尚、新八の働きぶりが嬉《うれ》しかったのであろう。

五

赤穂浪士の討入りは、江戸市中の人気を沸騰《ふっとう》させた。

浪士一行が、芝高輪にある浅野家の菩提寺《ぼだいじ》に集まっているといううわさは、たちまちにひろまり、裏伝馬町の町家の人びとの中でも、雪晴れの道を見物に出かけるものが多い。

「遠くはないのだし、見物に行ってみようじゃないか、おみちさん――」

仲間の比丘尼達に誘われ、おみちも、一生のうちに見られるものではないのだからと考え、三人ほど連れ立って出かけた。

頭巾はとれないが、日中の外出には何時《いつ》もそうするように、素人風《しろうとふう》の着つけをして、おみち達が泉岳寺《せんがくじ》へついたのは、昼すぎであった。

寺のまわりには見物がひしめいている。あたりは如来寺《にょらいじ》、長応寺などの寺が多く、高輪北町の表通りから泉岳寺門前へ通ずる路には役人の警衛もきびしく、ざわめいている見物の群の後ろからは、とうてい浪士達の姿を見ることも出来ない。

おみち達は、庚申横丁《こうしんよこちょう》から大回りをして如来寺の境内《けいだい》へ入り、墓地の垣根《かきね》越しに、やっと隣の泉岳寺の境内をのぞむことが出来た。

此処《ここ》にも見物が、ひしめき合っている。

おみちは、人の波に押されて、少しずつ前へ進んで行った。

向うに本堂の屋根が見え、そのあたりには御公儀の役人が群れていて、忙しそうに雪を掻《か》いたり、行ったり来たりしている。

「出て来た!!　出て来た!!」

誰かが叫ぶと、見物は一度にどよめきをあげて垣根に押し迫った。

細い体を小突かれ、押しまくられて悲鳴をあげながら、おみちは泉岳寺の境内に眼をやり、

（あ!!）

と、息を呑《の》んだ。

本堂から浪士一行が現われたのだ。

距離も遠く、その顔の一つ一つも、よくはわからなかったが、一番先に出て来た小肥りの武士だけが一人離れて、見物がひしめく垣根から十間ほどのところにある役人の溜《たま》りへ歩ゆんで来る、その姿には確かに見覚えがあった。

（あの、お客さま……）

黒の火事装束《しょうぞく》に身を固めてはいるが、まぎれもなく、その人であった。

足どりも悠然《ゆうぜん》と近づき、これを迎えた役人の頭《かしら》らしい武士と礼を交し、何か語り合っている。

顔もはっきりと見えた。

つぶらな眼は、あの夜のままに落ち着いて輝き、言葉には聞えぬが、その声も、おだやかに温かいひびきをもっておみちの耳へ届いてくるような気がした。気がしたというのは、見物のどよめきが余りに高く激しかったからである。

「あれが大石様だ!!」

と叫ぶものがいた。

おみちは、震える手で垣根を摑《つか》み、茫然《ぼうぜん》と、その人を見つめていた。

空はまっ青に晴れ、冬の陽《ひ》ざしが、あたりにみなぎり、積雪に光っている。

大石内蔵助は、また役人に一礼すると、こちらに背を向けて遠去かり、部下の浪士達に何か指示を与えると方丈の方へ去って行った。

(あのお方が、大石内蔵助さま……)

自分の体をまさぐった、その人の、やわらかい掌《て》や指の感触が、あの夜のことが、夢のように想《おも》い起されてきた。

女遊びをする男の常で、山吉新八は、くわしく自分の身の上を語らなかったので、おみちは、新八が吉良屋敷で重傷を負ったことなどは少しも知らなかった筈《はず》である。

そして新八も、再び、おみちと会うことはなかった。

浪士の討入りは世上の人気を沸かせ、その評判は高まるばかりで、幕府もこの世論を無視出来ず、吉良家を取り潰《つぶ》し、生き残った上野介の息、左兵衛を信州の配所へ押しこめてしまった。前には何のとがめもなかった上野介が、今度は何もしないのに殺され、家を潰され、遺子までが罪を受けるという政治の矛盾さには、今も昔も変りがない。

主君の仇を討った赤穂義士の忠義が世にもてはやされる中に、山吉新八は傷が癒《い》えると再び吉良家の後始末に働き、翌元禄十六年四月――吉良左兵衛の配流に従い、信州高島へ向った。

高島の配所で、悲嘆の左兵衛をなぐさめ、奉仕すること三年。宝永三年一月二十日に、左兵衛が病死するのを見届けて後、故郷米沢へ帰った。

上杉家中のものは、一切の使命を果たし終えた山吉新八を賞讃《しょうさん》の声をあげて迎えた。

「あの討ち入りの夜の一瞬間は、わしにとって、人非人になるか、武士として一人前に生きられるかという、まことに危い別れ途《みち》であった」

新八は、後年になって、つくづくと述懐し、遠くものを想う眼《まな》ざしになり、いつまでも江戸の空を見つめていたという。


（「週刊大衆」昭和三十六年四月二十四日号）

解説

八《や》尋《ひろ》舜《しゅん》右《すけ》

この文庫には昭和二十九年から同三十六年まで、著者三十一歳から三十八歳の間に発表された七篇の現代小説と二篇の時代小説が収められている。

同人雑誌『大衆文芸』に発表された処女小説「厨房《キッチン》にて」ほか、「禿頭記《とくとうき》」「機長スタントン」などの初々《ういうい》しい習作。力量を認められて商業誌からの注文をうけ、大衆読者を意識して書いた「娘のくれた太陽」「あの男だ！」「母ふたり」らの、多分に新派的なストーリー展開もみられる初期作品。そして、直木賞受賞第一作の「踏切は知っている」。さらには、同賞受賞後の、自信とゆとりをもって執筆し、はやくも池波時代小説の輪郭と方向性をくっきりとうちだした「夢の階段」「おみちの客」——と、池波初期作品の世界を巧みな構成で展開させる魅力の一冊である。

これらの作品に通底するのは、敗戦後の苦難の時代を懸命に生きる人々に著者のそそぐ温かな眼《まな》ざし、とりわけよわい立場の人間によせる優しいヒューマンな精神である。ここには、その後四十年ちかくにわたって展開された池波文学のテーマの萌芽をはっきりとみてとることができる。

ところで――。

世に人気作家は多いが、このような初期作品までつぶさに渉猟され、文庫に完全収録されて、しかもいずれも絶版になることなく常時書店に並べられているケースはきわめて稀《まれ》というべきで、各社刊行の文庫をあわせれば、わたくしたちは、いながらにして池波文学の全貌《ぜんぼう》にふれることができる。

「男はいつ死んでもいいように、責任ある生きかたをしなくてはならない」

生前、池波さんはしばしば口にしたものだが、これは著者本人の自分の作品とむかいあう姿勢でもあった。多作を強《し》いられる流行作家でありながら、一篇とて手ぬきした作品はない。そのことがまた、池波作品の信用度をまし、作品生命を持続させる力になっている。

池波さんが逝《い》ってはやくも六年になる。が、その作品の人気はますます高まるばかりで、わたくしたち池波ファンにとって、これ以上うれしいことはない。うれしいといえば、豊子夫人がお変わりなく元気でいらっしゃることも、なによりうれしい。愛猫《あいびょう》にかこまれ、こころしずかに荏原《えばら》の家をまもっておいでだ。夫人の凮のような、さらりとした挙措に接するたびに、池波さんは小説作品のほかに、もうひとつの傑作をのこされたな、とつくづくおもう。

池波家の書庫にのこされた著書、蔵書は、故人ゆかりの東京台東区に寄付され、区の図書館の一角に納められることに決まり、いま鋭意整理がすすめられている。池波さんはつねづね、自分が死んだら蔵書のたぐいは、いずれかに一括して寄贈し、多くの人に活用されるようにしたい、との意向をもらしておられたが、ほぼその遺志にそうかたちになったのも喜ばしいかぎりだ。

また、昨年来、長野県上田市で池波正太郎記念館の設立が企画され、市長以下、商工会議所、市民有志によって熱心に計画が推進されている。順調にはこべば、北陸新幹線が長野まで開通する来年秋には、上田城址《じょうし》からもちかい原町の蛭沢川《ひるさわがわ》のほとりに、旧土蔵と新たな建物数棟《すうとう》からなる記念館が開館するはずである。ここには復元書斎をはじめ、著書、遺愛の品品、映画、演劇、絵画、食べもの関係の資料があつめられ、作家の全生涯《しょうがい》を展観する池波ワールドが現出することになるだろう。

上田は、池波さんがこよなく愛した真田《さなだ》一族の故地である。長篇『真田太平記』（新潮文庫）の舞台となった上田城址をはじめ、旧北国街道ぞいには、白壁の土蔵や由緒ある寺社が点在し、旧城下の面影《おもかげ》を色濃くとどめている。さらに千曲《ちくま》川を西にわたれば、古刹《こさつ》を背に湯煙りをあげる古湯別所温泉、東方にむかえば真田氏発祥の地真田町があり、いずれも生前池波さんがしばしば親しく足をはこんだ地で、池波さん直筆の石碑なども建っている。記念館を中心に、池波ファンにとっては魅力の文学散歩コースとなるにちがいない。

さて、解説を書くたびにかんがえこんでしまう。池波作品の内容についてくだくだしく解説を加えるのは、蛇足《だそく》ではないかと。読者のせっかくの読後の至福感を損ねるばかりではないか、と。

で、ここでは、初期作品が書かれた時代背景、創作と実生活、現実体験とのかかわりにしぼって、簡単にふれていきたいとおもう。極言すれば、ここに収められた初期作品がはるか四十年まえのものであるにもかかわらず、一種実存的なたしかな存在感を感じさせるのは、この時代のもつ光と陰が、そこに生きる人間の一人ひとりをあざやかに写しだすスクリーンの役目をはたした、つまり、時代が作家池波正太郎に、このような作品を書かせた、といえるのではないか、とおもえるからである。

昭和二十四年、二十六歳で長谷川伸に師事していらい、池波正太郎は戯曲を書きつづけていたが、師の長谷川に小説を書くことをすすめられ、はじめて『大衆文芸』に発表した小説第一作が、巻頭に収められた「厨房《キッチン》にて」という現代小説であった。昭和二十九年、著者三十一歳のときである。

『大衆文芸』は大正十五年創刊の伝統ある大衆雑誌で、作家長谷川伸と門下の集まりである新鷹会《しんようかい》によって発行されていた。長谷川邸では毎月勉強会がひらかれ、それぞれ会員たちが作品をもちよって朗読し、先輩同輩のきびしい批評をうける。そのなかで好評をかちえた作品が『大衆文芸』に掲載されるというわけだ。

このころ、池波さんはあまたの会員のなかでも、めだって精力的に勉強会で作品を発表したらしい。著者のことばを借りれば、

「それはもう、懸命にがんばったものだよ」

という小説修行の時代である。

時代、といえば「厨房にて」のタイトルにキッチンと振り仮名がつけられているのも、いかにもこの時代の雰囲気《ふんいき》をつたえている。

戦後日本は、敗戦直後の混乱期をへて、昭和二十五年、朝鮮戦争による軍需景気で経済に活力を回復する。翌二十六年、サンフランシスコ講和条約、日米安保条約の調印。二十七年には血のメーデー事件はじめ、労働争議、デモがあいつぎ、破防法が公布されたが、町には流行のスクーターが風をきってはしった。二十八年にはいよいよテレビ放送がはじまる。そして「厨房《キッチン》にて」が発表された昭和二十九年——。

この年は、第五福龍《ふくりゅう》丸がビキニの米水爆実験に被災、ついで青函《せいかん》連絡船洞爺《とうや》丸の遭難事故が起こる。「沖縄の米軍基地は無期限に保持する」とアイゼンハワー米大統領が発言したのもこの年だ。いっぽうで、日本航空のサンフランシスコへのフライトがはじまり、東京では街頭テレビの力道山のプロレスに人々が群集した。ベニス映画祭で黒沢明の「七人の侍」が銀獅子《ぎんじし》賞を受賞するなどの明るいニュースもきかれた。都市ではモダンリビング展が開催され、ステンレス製の台所器具が売りだされ、ダイニング・キッチンなどという用語が流行した。

新人作家池波正太郎は、このような時代の匂《にお》いや風俗を敏感にとりいれて小説を書きはじめた。「厨房《キッチン》にて」の主人公圭吉は、アメリカの航空会社のパイロットであるハワードの家に妻といっしょに住み込みで雇われている。つまり、アメリカのパイロットのキッチンを舞台に物語は展開する。ただし、舞台は新時代のものだが、主人公はまがうかたなく戦争の影をひきずっている。圭吉には異父弟の達男がいる。その達男が、死んだ母の遺品のなかから一葉の写真をみつけて圭吉にみせるが、そこに母とともに写っている達男の父こそは、わすれもしない、圭吉が海軍時代に邂逅《かいこう》した、あの佐久間兵曹《へいそう》その人だった——。キッチンでのホームドラマふうの出だしは、一転して圭吉の佐久間兵曹との奇妙な出会いから悲劇的結末にいたる軍隊生活の、因縁《いんねん》のストーリーとなる。

他の作品にもほぼ共通することだが、これらの現代小説には著者の履歴と現実体験が色濃くとりこまれている。

浅草聖天町生まれの著者は六歳のとき両親が離婚、異父弟が一人いる。昭和十九年、二十一歳で横須賀海兵団に入隊。その後、横浜八〇一航空隊に転属、敗戦の年の五月、山陰の米子《よなご》の美保航空基地に転属となっている。これが著者のじっさいの履歴である。「厨房《キッチン》にて」には、小説的デフォルメが多少加えられてはいるものの、これらの事実がほぼそっくりストーリーの下敷きにされていることに読者は気づかれるだろう。作中の〔U半島にあった特攻隊基地〕とは米子の美保航空基地のことであり、〔何処《どこ》を歩いても白い砂地が美しく〕とあるのは弓ケ浜であり、〔南の湖の向うから長く伸びたS半島〕と書かれているのは島根半島である。

「機長スタントン」の主人公乾一の父は、株の仲買店に勤めていたことになっている。これも著者自身が十二歳のときから株式仲買店松島商店に勤めていた事実と重なる。著者の履歴を、作中の父の履歴にふりかえているのである。

さて、乾一も、ハワードの後任パイロット、スタントン邸に住み込んでいるが、「厨房《キッチン》にて」どうように、ここでもパイロットという職業やその任務が、作品にさして重要な意味をもっているわけではない。おもうに著者は、昭和二十年代におけるアメリカ的な文化、価値観のシンボルとしてパイロットを登場させ、戦後の混乱期を生きる日本人に対置しようとしたのではないか。広間で優雅にピアノを弾き、プールで泳ぎをたのしむアメリカ人の主人と、厨房にこもり、ときおり盗み酒などしながら仲間同士いがみあう日本人使用人に象徴される構図には、時代と人を的確に描きとめようとする若き作家池波正太郎のたしかな眼《め》が感じられる。

「禿頭記」の主人公鶴田周治は、横浜の海軍航空隊で電話交換員をしていたとき、浅草の寿司屋の息子の上官に〔スリコ木〕でなぐられ頭の毛がうすくなった、というところからその禿頭人生の悲喜劇がはじまっている。著者は航空基地で、じっさいに通信業務についていただけに、電話交換室内の描写にはすさまじいばかりの迫力がある。

「娘のくれた太陽」の永井長太郎は東京都の税務事務所の徴収員である。これも税務事務所の徴収員をしていた著者の実人生と重なる。つまり、この作品を発表する二年まえの昭和三十年まで、著者は都の目黒税務事務所に勤めており、その夏に勤めを辞めて作家生活に入っている。勤務時代にじっさいに永井のような人物とふれあう機会があったのかもしれない。徴収員の差押えの手際《てぎわ》や、その心情の屈折を描く筆には、たしかなリアリティが感じられる。

「あの男だ！」の杉原玉吉のばあいは、浅草生まれで、空襲で両親と妹が焼死した設定になっている。これは二十年三月十日の大空襲で著者の母の住んでいた浅草永住町の家が焼けた事実をふまえているが、さいわいに現実の母は無事であった。

「母ふたり」の舞台、銀座の〔明治亭〕は、著者が株の仲買店の店員だった時代から足しげくかよった煉瓦亭《れんがてい》がモデルになっているとおもわれる。ここに描かれた母娘の軋轢《あつれき》のテーマは、この作品の三年まえに『大衆文芸』四月号に発表した「太鼓」の延長線上にあるといってよい。

池波さんも他の新人作家とおなじように、自分の体験をもとに、身ぢかなところに材をもとめて書きはじめた。これが、いちばんたしかな方法だからである。けっか、いずれの作品にも、なんらかのかたちで戦争の傷痕《きずあと》を背負いながら、新時代に適応して生きようとする人人のすがたが、くっきりとした輪郭をもって描きあげられている。いくぶん若書きの生硬さはみられるにしても、さすがに時代と人を的確に描きだす手腕はみごとである。

池波さんは、昭和三十五年ころまでは現代小説と時代小説をほぼ半々に書いている。が、それ以降はめだって時代小説が多くなり、四十年代に入ると、ほとんど時代小説一辺倒となる。池波さんは、つごう五回直木賞候補になったが、いずれも時代、歴史小説によるものであり、けっきょく受賞作も時代小説「錯乱」だった。そんなこともあって、出版社が時代ものを多く著者に要求したためとおもわれる。池波さん自身は、書く機会があれば、もっと現代小説も書きたかったにちがいない。

父母の離婚にはじまる幼少時からのさまざまな苦労や屈折を私小説風に書けば、そのまま純文学的肌《はだ》ざわりの作品となったであろう。しかし、池波さんは告白体の小説形式はとらなかった。これはもう作家の資質の問題である。かえりみるに、池波さんは幼少時から軍隊生活にいたる自分の前半生を、特別のこととはかんがえていないふうがあった。

ここで、おおげさに苦労だの屈折だのと書くのは、それこそ解説の蛇足というものであろう。どだい、シャイな東京っ子の池波さんには、自分の内面や体験をことさらに深刻げに直叙することなど、てれくさくてできることではなかった。

池波さんの選択はまちがっていなかった。大衆時代小説という虚構の枠《わく》のなかに、おのれの栄養となり血肉化した体験や思想を投げこむことで、かれの書こうとするテーマは、より広く普遍的なものとなった。

いうまでもなく、池波小説の魅力は、ゆたかなストーリー性と巧緻《こうち》な会話にある。池波さんにすれば、そこまでゆきつくために、

「それあ、ずいぶんと苦労したものだよ」

といった努力があったにちがいないのだが、もともとの天性あってこその努力である。神が作家池波正太郎にあたえたものは、まず巧みな仮構によって読者をたのしませる才能と役割であった。ふかい感動は、デザートのように、さりげなくたのしみのあとについてくるものだ。

この文庫の初期の現代小説を読まれた読者は、そこに描かれた人生テーマが、その後の娯楽性のつよい大衆時代小説のストーリーのなかに、さまざまなかたちで織りこまれ、塗りこめられている事実に気づかれることだろう。それは、純文学、大衆文学、あるいは現代小説、時代小説といったジャンルの垣根《かきね》を超えたものだ。

池波作品が、圧倒的多数の読者に支持され、没後のいまなお人気がおとろえないのは、たとえ舞台は戦国や江戸時代にとられていても、そこには時代を超えた、まぎれもない人間そのものの営みが、活《い》き活《い》きと描かれているからである。

表題作の「夢の階段」ならびに「忠臣蔵余話　おみちの客」の二篇の時代小説についてもふれねばならないのだが、すでに紙幅がつきた。

この二つの作品が書かれたのは、すでに習作の時期をおえ、直木賞を受賞して半年ばかりたったころである。筆者が面晤《めんご》の機をえたのもこの前後だったが、すでに池波さんは、自分の作品にゆるぎない自信をもっていた。だからといって奢《おご》りも気負いもなく、筆者のごとき駆け出し編集者にたいしても、すこぶる親切で、温かかった。

――この作家とは、原稿授受の関係だけではおわりたくない。

そのとき、筆者は切実におもったものだ。

昭和三十六年の春であった。おりしも、なにやら気色のわるい時代の風向きを感じさせる「風流夢譚」事件が起こったが、やがて、巷《ちまた》には坂本九の「上を向いて歩こう」の歌が軽快にながれ、流行のシームレス・ストッキングをはいた女性が潑剌《はつらつ》と初夏の街路を闊歩《かっぽ》した。

だれもが、戦後であることをわすれかけていた。

（一九九六年一月、作家）

作品は、すべて本書初収録である。

表記について

新潮文庫の文字表記については、原文を尊重するという見地に立ち、次のように方針を定めました。

一、旧仮名づかいで書かれた口語文の作品は、新仮名づかいに改める。
二、文語文の作品は旧仮名づかいのままとする。
三、旧字体で書かれているものは、原則として新字体に改める。
四、難読と思われる語には振仮名をつける。

なお本作品中には、今日の観点からみると差別的表現ととられかねない箇所が散見しますが、著者自身に差別的意図はなく、作品自体のもつ文学性ならびに芸術性、また著者がすでに故人であるという事情に鑑み、原文どおりとしました。

（新潮文庫編集部）

夢《ゆめ》の階《かい》段《だん》

新潮文庫　い－16－73

平成八年三月一日発行

著者　池《いけ》波《なみ》正《しょう》太《た》郎《ろう》

発行者　佐藤亮一

発行所　株式会社 新潮社

郵便番号　一六二
東京都新宿区矢来町七一
電話　編集部(〇三)三二六六―五四四〇
読者係(〇三)三二六六―五一一一
振替　〇〇一四〇―五―八〇八

価格はカバーに表示してあります。

乱丁・落丁本は、ご面倒ですが小社読者係宛ご送付ください。送料小社負担にてお取替えいたします。

印刷・二光印刷株式会社　製本・憲専堂製本株式会社
© Toyoko Ikenami 1996　Printed in Japan

ISBN4-10-115673-5 C0193